美语大汉

重返汉语诗歌黄金时代
在故事中与最美唐诗相遇

银鞍白马度春风

回到唐诗现场

李晓润 著

上海社会科学院出版社

自 序

在中国文学的圣殿里站着两排神仙，一边是唐朝诗人，另一边挤在一起的是其他朝代的文人。江西诗派领袖黄庭坚很不以为然，但看看庄子、司马迁、曹植、陶渊明、庾信和自己的老师苏东坡都没意见，只好忍气吞声。

假如没有唐诗，那么唐朝只有贞观永徽和开元天宝两大盛世值得一提。每个国家都会有一段时间相对强盛，如果没有健全的制度，这种依靠圣君贤相一时兴起建立的所谓盛世很难持久，最好的例证就是唐玄宗李隆基和他的开元天宝。

唐朝在对外战争中负多胜少，武功战绩和宋朝一样不堪回首，但在后人眼里，它依然是那个九天阊阖开宫殿、万国衣冠拜冕旒的中国第一王朝。这个王朝已经远去千年，但是全世界的华人聚居区依然取名唐人街。一切都和唐诗有关。

安史之乱使唐朝站在悬崖边缘，杜甫反而因此得出结论："北极朝廷终不改，西山寇盗莫相侵。"上天送给唐朝的天才诗人太多，所以唐人相信天佑我朝。

离开唐诗，唐朝平淡无奇。因为唐诗，唐朝无与伦比。

本书将带你回到那个惊才绝艳的时代，出新意于旧史之中，寄妙趣于文学之外。

只要你是中国人，你就会喜欢唐诗。只要你喜欢唐诗，今日就应断屠，用买肉的钱买书。

是为序。

李晓润

第十四回　祖咏望终南余雪　钱起见湘灵鼓瑟　166

第十五回　韦应物侍卫君王　刘长卿刚而犯上　177

第十六回　戴叔伦看鲤鱼上滩　刘方平听虫声报春　192

第十七回　卢纶挂念司空曙　顾况调侃白乐天　207

第十八回　李君虞夜上受降城　刘禹锡怀古西塞山　221

第十九回　韩昌黎声讨大鳄　柳宗元同情捕蛇　234

第二十回　居大不易白居易　始乱终弃元微之　245

第二十一回　恨不相逢我未嫁　不知秋思落谁家　260

第二十二回　孟东野走马观花　李长吉骑驴觅诗　274

第二十三回　贾岛推敲月下门　张祐往来瓜洲渡　287

第二十四回　沧海月明珠有泪　秋尽江南草未凋　301

第二十五回　温庭筠横行考场　韦端己难忘娇娘　317

附录　唐代职官简述　330

目录

自序

第一回 王子安星沉碧海 骆宾王剑起清淮 1

第二回 陈子昂寂寞登台 卢照邻苦痛投水 13

第三回 恃才傲物杜审言 近乡情怯宋之问 24

第四回 张若虚压倒全唐 贺知章老大回乡 36

第五回 李颀解听又解赏 王翰醉卧在沙场 47

第六回 春风不度玉门关 万里长征人未还 59

第七回 王昌龄诗家天子 李太白上清沦谪 71

第八回 王维独坐幽篁里 浩然不才明主弃 85

第九回 张九龄请斩安禄山 李太白醉挑杨玉环 100

第十回 李华凭吊古战场 杜甫献赋唐明皇 113

第十一回 身当恩遇恒轻敌 功名只向马上取 125

第十二回 杜少陵栖身草堂 李太白流放夜郎 138

第十三回 夜半钟声惊客梦 满城飞花动帝容 154

第一回

王子安星沉碧海　骆宾王剑起清淮

虎牢关外，两军对垒。

每队一百人，一共三十队。窦建德反复数过，李世民身后的玄甲军只有三千人。三千人就敢直面自己的十万大军，鹰扬河朔的窦建德疑窦丛生。

对李渊这个年少英武的儿子和这支号称战无不胜的玄甲军，夏王窦建德早有耳闻，可他们此刻的狂妄还是让窦建德震惊。

窦建德认为李世民不可能这么冒险，一定有轻兵正在迂回攻击夏军，所以下令按兵不动，坐等唐军主力上门。

两军在烈日下进行耐力和毅力的比拼。一个时辰之后，夏军逐渐乱了阵形，有些口渴的将士擅自下马去黄河痛饮。

李世民和他的玄甲军依旧纹丝不动。

更多的夏军将士走向河滩，横过两军阵前。他们自恃人数占绝对优势，不信玄甲军敢主动挑战。

李世民一夹马刺，抽出长刀冲向夏军。玄甲军如影随形。

人声嘈杂的前排夏军根本听不到后排同袍发出的警报声，待他们意识到危险迫近时，玄甲军的战刀已经挡住日光，给他们带来人生最后一片荫凉。

此役夏军战死三千人，被俘五万人。黄袍金冠的窦建德在五万灰头土脸的俘虏中格外显眼。唐军主力随即转攻洛阳。心悦诚服的窦建德亲临城下现身说法。彻底绝望的王世充献城投降。

唐高祖李渊号称唐朝开国皇帝，但世人公认李世民才是唐朝的真正建立者。虎牢关之战一锤定音，年轻王朝两个最强大的对手束手就擒。就算从玄武门之变以后真正登上皇位算起，李世民也不过二十七岁，当之无愧的史上最年轻开国皇帝。西去取经的唐玄奘回国后证实，就连远在印度的戒日王，也知道中国有一位英明神武的少年天子。

李世民给唐朝开国功臣刘文静的第一印象是"豁达类汉高，神武同魏祖"。北宋文豪欧阳修说李世民"除隋之乱，比迹汤武；致治之美，庶几成康"。毛泽东说"自古能军无出李世民之右者"。李敖也说唐太宗柔情侠骨一应俱全，使江山多彩，为人类增辉。

贞观初年（627年），天下安定。这天早朝的时候，心情不错的唐太宗问："众位爱卿，你们觉得朕和历史上哪一位帝王比较接近？"

文武大臣知道唐太宗希望被人比作尧舜禹汤，所以都投其所好，只有魏征一言不发。

李世民问："魏征，你怎么哑巴了？"

"臣过去在陛下面前信口开河，经常让陛下忍无可忍。臣担心陛下怀恨在心，将来会迁怒我的子孙。"

"杞人忧天。魏征，你认为朕是那种反复无常的小人？"

"除非陛下赐我免死金牌和丹书铁券，否则我今后打定主意尸位素餐明哲保身。"

唐太宗李世民（598—649年）

"好，朕答应你。现在可以说了吧。"

"陛下很像杨广。"

隋炀帝杨广是亡国昏君，李世民父子正是推翻他的统治建立唐朝。满朝文武看见魏征把李世民比作杨广，都认为得意忘形的魏征凶多吉少。

李世民强忍怒火："你说说看，朕和杨广有何相似之处？"

"杨广是隋朝开国皇帝次子，陛下是大唐开国皇帝次子；杨广凭自己的战功赶走太子当上皇帝，陛下也是凭自己的战功赶走太子当上皇帝；杨广涉嫌杀死父亲杨坚和哥哥杨勇，陛下也没有放过兄弟李建成和李元吉；杨广看上了大哥杨勇的妃子，陛下也收留了李元吉的妃子。陛下的皇位虽然是太上皇主动禅让，但天下后世肯定有人认为太上皇退位有些勉强。请问陛下和杨广是不是很像？"

魏征这些话虽然无礼却都是事实，李世民哑口无言，过了好半天才找到理由反驳。

"至少我没有开凿运河劳民伤财。"

"大运河沟通南北,长远看来有百利而无一害。"

"杨广没有玄甲军。"

"陛下亲口对我们说过,当年跟随杨广巡视塞上,亲眼见证隋军士马之强。"

"杨广没有我长得帅。"

"承认杨广帅的人包括他的仇家,说陛下帅的人主要是我们这些部下。"

"按照你这说法,朕还不如杨广?"

"靡不有初,鲜克有终。杨广已经盖棺定论,陛下亡羊补牢犹未为晚。"

夜深人静的时候李世民回首往事,发现自己当上皇帝的过程确实和老丈人隋炀帝如出一辙。他知道自己如果不奋发向上,就会被后人看作第二个杨广。魏征等人看准了李世民这种心态,经常和他抬杠。李世民气得回到后宫撞墙,久而久之骨质增生,额头两边像长了角一样。从此头上长角成了帝王的标准像。

科举考试虽然由杨广开创,但李世民把它光大发扬。有一次李世民站在城楼上看着新科进士鱼贯而入皇城,得意地对身边的文武大臣说:"天下英雄尽入吾彀中。"彀是指弓箭射程,唐太宗的意思是天下英雄都在我控制之中。很多读书人为了金榜题名,一生都在忙于赶考。中唐诗人赵嘏不禁感叹"太宗皇帝真长策,赚得英雄尽白头"。

初唐四杰都诞生在贞观年间,骆宾王诞生在贞观元年,五年之后卢照邻诞生。贞观二十三年,王勃和杨炯携手来到人间。在大唐的天空下,第一个引吭高歌的诗人正是年仅七岁的骆宾王。

鹅,鹅,鹅,

曲项向天歌。

白毛浮绿水，

红掌拨清波。

骆宾王十岁左右离开义乌，跟随当上县令的父亲来到山东青州，在父亲引导下和当地名士交游，神童的名声渐渐传遍齐鲁。他父亲去世以后，厚道的山东人民不但没有把孤儿寡母赶走，反而让出当地推荐指标，把他作为贡生送往京城参加进士大考。

唐朝进士考试不糊名，也就是说如果朝中有人，完全可以打招呼走后门。不过当时担任考官的通常是德高望重的大臣，一般不会做得太过分。那时每榜录取的进士很少超过三十人，所以每个进士的家世背景、作品人品甚至饮食习惯都会被人肉搜索，毫无秘密可言。每年出版的《登科记》都是当年的图书销量冠军。主考官要是让人抓住把柄，很可能身败名裂，著名诗人宋之问甚至因此丢了性命。

既然考试不完全取决于临场表现，举子自然想尽一切办法为自己争取印象分。最常见的就是行卷，即把自己比较得意的诗文抄录几份献给有名望的大臣。如果能够得到这些大臣的赏识推荐，那么你就可以提前准备庆功宴。还有一种方式是拉帮结派互相声援，为首的"棚头"即举子领袖连王公大臣也不敢怠慢。诗风清雅恬淡的刘长卿在中进士前就曾做过棚头，拎着实名制菜刀威慑主考。

贞观二十三年，也就是王勃和杨炯出生的这一年的五月，终南飘雪，天下缟素，千古明君之首的唐太宗被牛鼻子老道忽悠，吃下帝王特供的仙丹之后中毒，年仅五十就永垂不朽。带走一个伟大的帝王，送来两位杰出的才子，上天也是大唐的粉丝。

唐太宗逝世的时候，骆宾王正骑着瘦马走在夕阳古道，他痛哭一场后继续赶路。连续几次考试失利，他不得不回老家义乌求助。古代诗人多数都是陶渊明的信徒，他们并不想进官场勾心斗角。可是不做官就没有俸禄，没有俸禄就无法养家糊口。思想徜徉在最美

的诗乡,身体停留在最脏的官场,这是古代诗人最纠结的地方。

虽然先后得到唐太宗之弟道王李元庆和宰相刘祥道、名将裴行俭赏识推荐,但骆宾王只做过王府侍读学士、奉礼郎、侍御史之类的小官。这个裴行俭是个乌鸦嘴,他断言初唐四杰都难得善终,结果被他不幸言中。少年才子江湖老,骆宾王迎来了自己的六十大寿,可他得到的生日礼物竟是坐牢的耻辱,罪名是监守自盗。他在牢里写下《在狱咏蝉》为自己辩护。

> 西陆蝉声唱,南冠客思侵。
> 那堪玄鬓影,来对白头吟。
> 露重飞难进,风多响易沉。
> 无人信高洁,谁为表予心。

西陆指秋天,古人认为太阳沿着黄道在天上运转一圈就是一年,到了西边就是秋天。南冠指楚冠,楚国在中国南方,《左传·成公九年》记载楚国琴师钟仪戴着南冠被囚于晋国军府,此后诗文常以南冠代指囚徒。玄鬓指蝉的黑色翅膀,这里比喻自己正当盛年,鬓发还是黑色。《白头吟》最早是汉乐府民歌的相和歌辞,据说出自卓文君之手,后来包括鲍照、虞世南、李白在内的很多诗人都有拟作,最著名的是刘希夷的《代悲白头翁》。

当时武则天已经垂帘听政,骆宾王因此怀恨在心。你武则天号称知人善用,却把我这个文坛领袖关在牢中;你不把我当人才,我就给你搞破坏。出狱之后骆宾王去了幽燕一带军队幕府短暂栖身,对武则天的不满与日俱增。他的《易水送人》盛赞荆轲刺秦,暗示自己不惜以死抗争。

> 此地别燕丹,壮士发冲冠。

昔时人已没，今日水犹寒。

唐高宗调露二年（680年），骆宾王调任浙江临海丞，世称骆临海。那里靠近他的老家义乌，但骆宾王却走上了一条不归路。三年之后武则天称帝，骆宾王在扬州和英国公李勣之孙徐敬业相识，并为徐敬业写下著名的《讨武曌檄》。李勣就是传统评书里的徐茂公，入唐后赐姓李。

和王勃继承了家族的天才相反，徐敬业显然没有遗传到祖父的军事才能。起义很快失败，但是骆宾王的檄文却千古传诵。骆宾王后来下落不明，很可能和徐敬业一样死于乱军之中。

《讨武曌檄》和王勃的《滕王阁序》堪称双璧。这两篇雄文的写作时间相差不到十年。骆宾王的文采到了连敌人都佩服的地步，据说武则天看到檄文中的"一抔之土未干，六尺之孤安在"，惊问"宰相怎么能错过这样的人才？"

骆宾王之死还有其他说法，流传最广的是灵隐为僧说，事出唐人孟棨的《本事诗》。据说扬州兵败若干年后，流放江南的诗人宋之问去灵隐寺游玩，口占一联"鹫岭郁岧峣，龙宫锁寂寥"，可是怎么也想不出下一句。这时有人随口帮腔："楼观沧海日，门对浙江潮。"宋之问左右张望，除了禅床上一个老和尚，周围并无别人。他后来得知此人正是骆宾王，再次登门拜访时老和尚已不知去向。

初唐四杰中排名第一的王勃来自山西绛州龙门，他祖父文中子王通是隋末大儒。王通和初唐著名将相温彦博、杜如晦、房玄龄、魏征、李靖等人亦师亦友。他的弟弟东皋子王绩是五言律诗的奠基人。王绩的代表作《野望》当时家喻户晓。

东皋薄暮望，徙倚欲何依。
树树皆秋色，山山唯落晖。

牧人驱犊返，猎马带禽归。

相顾无相识，长歌怀采薇。

东皋是指诗人隐居的山西河津县东皋村。薄暮指傍晚太阳快落山的时候，薄是指迫近。徙倚就是徘徊、彷徨。

王勃六岁开始写文章，"构思无滞，词情英迈"，九岁撰十卷长文指出颜师古《汉书》注释的错误，十五岁时上书前面提到的宰相刘祥道，反对征伐高句丽。刘祥道觉得他滔滔雄辩文采斐然，立刻上表推荐。王勃随即对策高第，被沛王李贤征为王府侍读学士。

王勃到了王府之后，很快就和王子王孙们混熟，经常跟他们上街喝酒泡妞。当时长安流行斗鸡，王勃心血来潮代表沛王的鸡向英王的鸡下战书。唐高宗李治看到后下旨把王勃逐出沛王府。

王勃的诗歌代表作《送杜少府之任蜀州》大概就写在这前后。

城阙辅三秦，风烟望五津。
与君离别意，同是宦游人。
海内存知己，天涯若比邻。
无为在歧路，儿女共沾巾。

"城阙辅三秦"是个倒装句，本义是三秦辅城阙。城阙指唐代帝京长安城。辅是指辅佐护卫。三秦指长安附近的关中之地，项羽破秦后把关中分封给三个秦国降将，所以称三秦。五津指四川岷江的五个渡口白华津、万里津、江首津、涉头津、江南津，这里泛指整个蜀川。

从终古垂杨到桃李芬芳，从暮年隋朝到青春大唐，这段历史有诗为证，写下这段诗史的恰巧是来自同一家族的两个诗人。王绩代表旧时代的隐士，他的《野望》充满惆怅和迷茫。王勃代表新时代的歌者，他的《送杜少府之任蜀州》满怀豪情和希望。

咸亨三年（672年），可能经过几个亲王说情，王勃做了虢州参军。虢州就是现在的河南灵宝。不长记性的王勃再次惹祸，他私藏了一个逃跑的官奴。当时私藏官奴是重罪，他听说有人准备举报，竟然让人把官奴杀害掩埋。这一次大家都以为他死定了，很多人把他从好友名单中拉黑。幸好遇上天下大赦，王勃捡回一条命，只是连累他父亲贬官交趾令。交趾，就是现在的越南。王勃为此心怀愧疚，出狱后决定去探望父亲。

王勃一路上信马由缰东游西逛，希望父亲能在他到达交趾之前结束流放。唐高宗上元二年（675年）秋天，他来到洪州也就是现在的江西南昌。当时赣南的梅岭是从北方到岭南的必经之路，王勃明显

《捣练图》（局部）唐_张萱

偏离了方向。

到了南昌自然要登临天下闻名的滕王阁，不料王勃却被几名带刀军警挡在楼前。洪州都督阎伯屿正在楼上大宴宾朋，游人因此禁止靠近。

闻到酒香的王勃对军警说："阎都督是我朋友。你们还不上去通报？"

值勤的军警将信将疑。

阎伯屿今天请客有两个目的，一是庆祝他主持的滕王阁整修工程顺利完成，二是炫耀他女婿吴子章的才能。他让吴子章预先写好一篇《滕王阁赋》，经他润色后准备在宴会上当场宣读。

酒过三巡，正当阎伯屿准备把女婿隆重推出的时候，值勤的军警报告楼下来了一位不速之客。心情不错的阎伯屿同意让来客上楼。

饥肠辘辘的王勃上来之后，立刻被山珍海味吸引，根本没有留意满座英豪。

阎伯屿问："阁下是？"

王勃随口回应："在下龙门王子安。"

这话立刻引起一阵骚动。在场宾客多是文人雅士，王子安王勃的名字在当时绝对是如雷贯耳，皓月当空。平生不识王子安，便称文人也枉然。

阎伯屿听说来者是王勃，暗暗为女婿担心。不过转念一想，作赋需要用到大量的典故，事先毫无准备的王勃未必是我女婿的对手。王勃是天下第一才子，如果自己的女婿能趁此机会把他压倒，那可比加官晋爵更加荣耀。想到这里，阎伯屿主动挑起作赋的话题。

"原来是王公子，久仰大名。今天是重阳佳节，也是本官重修滕王阁顺利完工的日子。我们正想找位你这样的才子撰文纪念这件盛事。"

"好说，不过您先让我吃饱喝足。拿酒来。"

王勃开始旁若无人狼吞虎咽。这次出门为了省钱，他一路上只能吃路边摊。看见"狗吠深巷中，鸡鸣桑树颠"，他压根没想起陶渊明。阎伯屿认定王勃在趁机打腹稿，赶紧叫人把纸笔备好。

王勃左手拿着鸡腿，右手接过毛笔。

虽然是阎伯屿主动邀请，但他见王勃毫不谦让，心里有些不爽。他借口需要休息躲到隔壁，吩咐幕僚把王勃写的文章逐段背给他听。吴子章也跟过去服侍。

当听到"豫章故郡，洪都新府。星分翼轸，地接衡庐"时，阎伯屿对吴子章说："这是老生常谈。王勃号称才子，看来也不过如此。"随后是"物华天宝，龙光射牛斗之墟；人杰地灵，徐孺下陈蕃之榻。"吴子章开始紧张。阎伯屿安慰吴子章："这两句写得不错，但到目前为止，他最多和你平起平坐。"

可是在听到"落霞与孤鹜齐飞，秋水共长天一色"之后，阎伯屿立刻翻身坐起。他知道大唐最好的文章之一即将诞生，他要赶去见证历史。

王勃想起自己一路风尘，接着写道"关山难越，谁悲失路之人；萍水相逢，尽是他乡之客"，转念自己虽然名满天下，其实一事无成，所以他勉励自己"冯唐易老，李广难封。屈贾谊于长沙，非无圣主；窜梁鸿于海曲，岂乏明时。所赖君子见机，达人知命。老当益壮，宁移白首之心。穷且益坚，不坠青云之志。"

《滕王阁序》传到京城，王勃的名声如日中天。另一位和他同年出生的才子很不服气，他就是在"初唐四杰"中紧随其后的杨炯。杨炯一向认为王杨卢骆的排名错乱颠倒，声称"愧在卢前，耻居王后"。

杨炯不服王勃，也不是妄自尊大。唐朝有一种专门针对神童的考试叫童子科，参加考试的儿童要求年龄在十岁以下。杨炯是四杰中唯一通过这种考试的人。他后来又通过了制举考试，"天子自诏曰制举，所以待非常之才焉"。以评鉴人才著称的大臣裴行俭在四杰之中

也最看好杨炯。

杨炯是唐朝边塞诗的开路先锋,他的代表作《从军行》几乎每一句都是名联。

> 烽火照西京,心中自不平。
> 牙璋辞凤阙,铁骑绕龙城。
> 雪暗凋旗画,风多杂鼓声。
> 宁为百夫长,胜作一书生。

王勃离开洪州后继续南下,年底到达岭南都督府所在地南海。第二年秋天由广州坐船前往交趾,在途中遭遇惊涛骇浪,明月不归沉碧海,死时年仅二十七岁。

消息传到长安,杨炯深感痛惜,他发现自己对王勃的嫉妒已经烟消云散,所以欣然同意为王勃的文集作序。他批评初唐文风"骨气都尽,刚健不闻",高度肯定王勃拨乱反正的功绩。

杨炯比王勃更加恃才傲物盛气凌人。他把文武大臣比作"麒麟楦",讽刺他们虚有其表,就像驴马披着画皮冒充麒麟。杨炯后来做了盈川也就是现在的浙江龙游令,以为政严酷著称。几年之后,四十出头正当盛年的杨炯莫名其妙死在任上,极有可能是仇家报复杀人。

初唐四杰都出生在贞观盛世,小时候都是神童,都在王府做过侍读学士,几乎都坐过牢,最后都不得好死。天可汗和贞观盛世的阳光雨露与初唐四杰擦肩而过。

因为恃才傲物飞扬跋扈,初唐四杰并没有得到多少同情,反而招来很多流言蜚语。杜甫一声断喝之后,再也没人敢胡说八道。

> 王杨卢骆当时体,轻薄为文哂未休。
> 尔曹身与名俱灭,不废江河万古流。

第二回

陈子昂寂寞登台　卢照邻苦痛投水

"自从建安来，绮丽不足珍"，初唐四杰的最大功绩就是转变这种绮丽诗风。当时这种诗风的代表人物是上官仪，他的《入朝洛堤步月》名噪一时。

> 脉脉广川流，驱马历长洲。
> 鹊飞山月曙，蝉噪野风秋。

上官仪是唐高宗的宰相。那时因为武则天喜欢洛阳，所以朝廷经常在东都办公。据《隋唐嘉话》记载，当时承贞观之后，天下无事，上官仪独持国政，在一个等候上朝的凌晨，驱马登上洛水长堤。此时明月在天，上官仪缓辔徐行，即兴吟咏了这首诗。在场的文武百官觉得上官仪神采飞扬，飘飘欲仙，简直不是人。

但上官仪写得最多的还是"花轻蝶乱仙人杏，叶密莺啼帝女桑。飞云阁上春应至，明月楼中夜未央"一类的诗，人称上官体。

这种诗就像浓妆艳抹的所谓美女，卸妆后其实平淡无奇。上官仪被后人记住还有一个缘故，他是才女上官婉儿的祖父。

上官体流行有两个原因，一是历史传承，初唐距离南朝不远，上官体其实就是齐梁文风的袅袅余音；二是上流社会喜好，连唐太宗李世民都喜欢这种华丽柔媚的诗体，他甚至亲自动笔写过宫体诗。有识之士认为宫体诗是南朝亡国之音，伟大的王朝应该有自己的创造，而不是因循守旧祖述前朝。

初唐四杰之后，唐代诗文革新的主将陈子昂穿越剑门到达长安。其时骆宾王已经下落不明，卢照邻成了废人，王勃死于非命，杨炯也踏上了人生的最后旅程，正需要有人接过大旗冲锋陷阵。

初到长安的陈子昂也学其他举子到处行卷，可是经常吃闭门羹。也难怪大家有偏见，四川才子司马相如曾经天下知名，可那已经是八百年前。陈子昂并没有低下高昂的头，他决定出奇制胜。他在长安最热闹的风景名胜曲江贴出告示，说自己有一部价值千金的古琴，当年司马相如就是用这把琴勾引卓文君的。某月某日他将在曲江表演，表演完后拍卖古琴。如果遇到知音，他愿意把古琴免费相赠。

这个消息很快传遍长安，那些达官贵人附庸风雅，到时果然齐聚大雁塔下。陈子昂拿出古琴当众演奏一曲《平沙落雁》，赢得阵阵掌声。他又请宫廷乐师当场鉴定，证实此琴确实历史悠久价值千金。达官贵人纷纷出价，最后炒到万金。正当主持拍卖的人宣布正式成交时，陈子昂突然把古琴高高举起，当场砸得粉碎。在场所有人都目瞪口呆。

陈子昂不慌不忙打开随身带的书箱，从里面拿出自己印好的诗文集，散发给在场的达官贵人文人雅士。他站在琴台上慷慨陈词：

"在下陈子昂，是天府之国剑南来的举子。大家可能觉得这把古琴非常值钱，但我的文章更有价值。你们把我的诗带回家，如果发现我说大话，可以把我赶回老家。顺便提醒一下，如果你们有女儿或妹妹待字闺中,可以等我考上进士之后再嫁。"

陈子昂不愧为广告大师,他在一夜之间成为大唐最耀眼的明星。全国各地的书商闻风而动,陈子昂的诗文集很快称霸畅销书排行榜。连他写给邻家女孩的情书,也被书商找出来隆重包装。陈子昂顺利达到炒作目的,现在只要他在考场上发挥正常,主考官就不敢让他落榜。

陈子昂在二十四岁的时候金榜题名。进士考试没有年龄限制,而且唐朝每年录取的进士很少超过三十人,所以是真正的万里挑一。当时有"三十老明经,五十少进士"的说法,也就是说三十岁考取明经,在别人眼里你已经是大器晚成;五十岁考中进士,还有人认为你少年得志。二十四岁之前考取进士,整个唐朝也寥寥无几。唐德宗贞元十六年(800年)已经二十九岁的白居易考中第四名进士,可他依然非常得意,因为他是其中年龄最小的,"慈恩塔下题名处,十七人中最少年"。

陈子昂中进士后不久做了麟台正字,后来升任右拾遗,所以后世又称陈子昂为陈拾遗。他曾经两次随军出征,就在后一次出征契丹途中,陈子昂登上蓟北的幽州台。幽州台又名燕台,就是战国时燕昭王为了招纳贤才所筑的黄金台。陈子昂极目遥望,无限感慨。

> 前不见古人,后不见来者。
> 念天地之悠悠,独怆然而涕下。

这首《登幽州台歌》是陈子昂最著名的诗,一般认为陈子昂自伤身世怀才不遇,但我觉得陈子昂更有可能是在感叹人生有限而天地无极。

当陈子昂的魏姓友人上前线的时候,他写下《送魏大从军》鼓励朋友。

> 匈奴犹未灭，魏绛复从戎。
> 怅别三河道，言追六郡雄。
> 雁山横代北，狐塞接云中。
> 勿使燕然上，惟留汉将功。

魏绛是春秋时晋国大夫，主张和北方游牧民族和谈，成功消除晋国边患。这里借魏绛指魏大。魏大就是魏家老大。唐人习惯用兄弟排行称呼对方。杜甫在兄弟中排行第二，所以人称杜二。李白是李十二。如果有人姓王并排行第八，他的朋友就比较尴尬。

陈子昂的代表作还有《春夜别友人》。

> 银烛吐青烟，金樽对绮筵。
> 离堂思琴瑟，别路绕山川。
> 明月隐高树，长河没晓天。
> 悠悠洛阳道，此会在何年。

其中"明月隐高树，长河没晓天"意象高远，和《登幽州台歌》一样千古流传。他还写过三十八首组诗《感遇》，限于篇幅这里不再列举。

陈子昂在唐代文坛地位很高，好友卢藏用在为他的文集作序时说他"卓立千古，横制颓波，天下翕然质文一变"。白居易、韩愈、南宋刘克庄和金国文坛领袖元好问都曾盛赞陈子昂。李白刚刚出川尚未成名的时候，肯定在自我介绍的同时特别提到"我是陈子昂的老乡，请多关照"。

和骆宾王一样，陈子昂的死因也有几种说法。各种说法几乎都和他的家乡射洪县令段简有关。段简一个九品芝麻官，按照常理应该不敢迫害名满天下的陈子昂，所以史家普遍认为是武则天的侄子武三思在幕后操纵。

　　武三思迫害陈子昂的动机史书上没有留下明显线索。一般理解为武三思睚眦必报，陈子昂不肯低头。武三思是贵族子弟的典型，"别有豪华称将相，转日回天不相让。意气由来排灌夫，专权判不容萧相"。陈子昂是寒门进士的代表，"腹中贮书一万卷，不肯低头在草莽。东门酤酒饮我曹，心轻万事如鸿毛"。唐朝历史上这两大派系一直互相轻视，中晚唐的牛李党争就是这两派公开宣战。双方为了战胜对方又竞相讨好宦官，最终导致这个伟大的王朝自己成了太监。

　　陈子昂去世的时候，李白刚刚出生，天府之国从此开始以盛产才子著称。

　　回过头来再说卢照邻。卢照邻比陈子昂大三十岁，可是因为陈子昂英年早逝，所以两人去世的时间相差无几。杨炯声称"愧在卢前，耻居王后"，也就是说在他心目中，卢照邻才是四杰之首。是什么让心高气傲的杨炯自愧不如？我想非《长安古意》莫属。

　　　　长安大道连狭斜，青牛白马七香车。
　　　　玉辇纵横过主第，金鞭络绎向侯家。
　　　　龙衔宝盖承朝日，凤吐流苏带晚霞。
　　　　百丈游丝争绕树，一群娇鸟共啼花。
　　　　游蜂戏蝶千门侧，碧树银台万种色。
　　　　复道交窗作合欢，双阙连甍垂凤翼。
　　　　梁家画阁天中起，汉帝金茎云外直。
　　　　楼前相望不相知，陌上相逢讵相识？
　　　　借问吹箫向紫烟，曾经学舞度芳年。
　　　　得成比目何辞死，愿作鸳鸯不羡仙。
　　　　比目鸳鸯真可羡，双去双来君不见。

生憎帐额绣孤鸾，好取门帘帖双燕。
双燕双飞绕画梁，罗纬翠被郁金香。
片片行云着蝉鬓，纤纤初月上鸦黄。
鸦黄粉白车中出，含娇含态情非一。
妖童宝马铁连钱，娼妇盘龙金屈膝。
御史府中乌夜啼，廷尉门前雀欲栖。
隐隐朱城临玉道，遥遥翠幰没金堤。
挟弹飞鹰杜陵北，探丸借客渭桥西。
俱邀侠客芙蓉剑，共宿娼家桃李蹊。
娼家日暮紫罗裙，清歌一啭口氛氲。
北堂夜夜人如月，南陌朝朝骑似云。
南陌北堂连北里，五剧三条控三市。
弱柳青槐拂地垂，佳气红尘暗天起。
汉代金吾千骑来，翡翠屠苏鹦鹉杯。
罗襦宝带为君解，燕歌赵舞为君开。
别有豪华称将相，转日回天不相让。
意气由来排灌夫，专权判不容萧相。
专权意气本豪雄，青虬紫燕坐春风。
自言歌舞长千载，自谓骄奢凌五公。
节物风光不相待，桑田碧海须臾改。
昔时金阶白玉堂，即今唯见青松在。
寂寂寥寥扬子居，年年岁岁一床书。
独有南山桂花发，飞来飞去袭人裾。

  其中"百丈游丝争绕树，一群娇鸟共啼花"使人想起南北朝大诗人庾信《春赋》"新年鸟声千种啭，二月杨花满路飞。河阳一县并是花，金谷从来满园树。一丛香草足碍人，数尺游丝即横路"，整首诗的风格也和《春赋》接近。而"得成比目何辞死,愿作鸳鸯不羡仙",不知感动了多少恋爱中的男女。

初唐四杰虽然仕途坎坷,但是生逢这个伟大的时代,还是情不自禁引吭高歌,为来日方长的少年帝国喝彩。虽然"关山难越,谁悲失路之人;萍水相逢,尽是他乡之客",但王勃看到的却是"落霞与孤鹜齐飞,秋水共长天一色"。《长安古意》名义上写的是不可一世的贵族豪强,实际呈现的也是少年帝国雄视百代的狂放和帝国少年舍我其谁的张扬。

这首长诗当时和骆宾王的《帝京篇》齐名,但在后人眼里两者不可同日而语。在唐代长诗中,《长安古意》足以和张若虚的《春江花月夜》、李颀名字拗口的《听董大弹胡笳弄兼寄语房给事》、李白的《蜀道难》《梦游天姥吟留别》、白居易的《长恨歌》《琵琶行》

《虢国夫人游春图》(局部) 唐_张萱

分庭抗礼。杨炯的才华未必超越王勃，但他推崇卢照邻为四杰之首说明他很有眼光。单论诗歌成就，卢照邻确实当仁不让。

卢照邻是幽州范阳即今河北涿州一带人，自号幽忧子。他的家乡和字号都有一个"幽"字，这个幽字缠绕他一生。卢照邻在永徽五年（654 年）大约十八岁的时候进入邓王府。邓王是唐太宗之弟，对卢照邻非常看好，他把卢照邻比作司马相如。

离开王府后卢照邻做过益州新都尉，此后长期在洛阳闲居。有一天家里突然来了几个捕快，把他押送洛阳监狱并抄走他的书籍文稿。家人不知道出了什么变故，赶紧找人设法营救。

卢照邻莫名其妙地坐了几个月牢，这天被带到洛阳一处深宅大院。沐浴更衣之后，一个锦衣华服的肥胖中年人开始审问他。

"你是卢照邻？"

"是。"

"《长安古意》是你写的？"

"是的。"

"别有豪华称将相，转日回天不相让。意气由来排灌夫，专权判不容萧相。你写的是谁呀？"

"纯属虚构。"

"不是写的武三思吗？"

"绝对不是。这首诗十几年前就开始写了，一直在不停修改。那时候我根本没听说过梁王殿下，怎么可能写他？"

那人竟然有些失望。

"你确定你写的不是武三思？"

"不是。我只是泛泛而论，讽刺那些飞扬跋扈的新贵，长安城里向来不缺这种人。"

"武三思不就是这种人吗？"

"大人要是这么说，那我就跳进黄河也洗不清了。按照大人的逻辑，以后很多成语都不能用了。"

"怎么讲呢？"

"人心不古是在怀念前朝，世事无常暗示朝廷有一天会灭亡，偃武修文是指镇压武氏，投桃报李是要报答李唐。"

中年胖子放声大笑，起身送卢照邻出门，到了门外随口问："你觉得我嚣张吗？"

"大人和蔼可亲。"

卢照邻回到家才反应过来，这个笑容可掬的胖子很可能就是武三思本人。

当时武则天已经称帝，武三思如日中天，卢照邻没想到自己会招惹这种人，吓得从此再也没了灵感。祸不单行，此后不久他患上风疾。传说他患病也和仙丹有关。唐朝皇室声称自己是老子之后，特别迷信道教，方士们提炼的所谓仙丹一律免检，结果接连放倒天可汗和初唐第一诗人，差点改变历史进程。

药王孙思邈曾经主动上门为卢照邻看病。孙思邈去世之后，绝望的卢照邻让家人带他回河北故乡，临行前朋友们送给他一些钱粮。马车经过阳翟也就是今大河南禹州的具茨山下的时候，卢照邻看见山水清朗，决定把这里当作终老的地方，买地数十亩修筑山庄。

此时他已经年过六十，知道自己大限将至，所以预先把坟墓筑好，没事就进坟墓躺着休息。回首平生，著《五悲文》自伤身世，感叹自己命途多舛生不逢时。最后因为无法忍受病痛折磨，借口出门垂钓，趁家人不注意跳进颍水深处。

中唐诗人卢仝是卢照邻的后人。他自号玉川子，隐居嵩山少室山，山下就是少林寺。他曾经和韩愈交游，朝廷两度请他做谏议大夫他都没有接受。

卢仝好茶成癖，诗风受韩愈和李贺影响，浪漫雄奇，人称"卢仝体"。他的《走笔谢孟谏议寄新茶》是茶事诗经典，把喝茶的好

处写得神乎其神。

日高丈五睡正浓，军将打门惊周公。
口云谏议送书信，白绢斜封三道印。
开缄宛见谏议面，手阅月团三百片。
闻道新年入山里，蛰虫惊动春风起。
天子须尝阳羡茶，百草不敢先开花。
仁风暗结珠琲瓃，先春抽出黄金芽。
摘鲜焙芳旋封裹，至精至好且不奢。
至尊之余合王公，何事便到山人家。
柴门反关无俗客，纱帽笼头自煎吃。
碧云引风吹不断，白花浮光凝碗面。
一碗喉吻润，两碗破孤闷。
三碗搜枯肠，唯有文字五千卷。
四碗发轻汗，平生不平事，尽向毛孔散。
五碗肌骨清，六碗通仙灵。
七碗吃不得也，唯觉两腋习习清风生。
蓬莱山，在何处？
玉川子，乘此清风欲归去。
山上群仙司下土，地位清高隔风雨。
安得知百万亿苍生命，堕在巅崖受辛苦。
便为谏议问苍生，到头还得苏息否？

卢仝因此被誉为茶仙。据说日本茶道就是由这首茶诗演化而成，所以日本人对卢仝推崇备至，常常将他与茶圣陆羽相提并论。

卢仝的家乡河南济源思礼村东口有块"卢仝故里"碑。传说抗日战争期间有一队日本鬼子曾经把思礼村包围，可是看到石碑之后，立刻躬身退走。思礼村因此免遭战火。

除了那首古今第一茶诗，卢仝还写过《有所思》，怀念年轻时的一段情缘，明媚动人。

当时我醉美人家，美人颜色娇如花。
今日美人弃我去，青楼珠箔天之涯。
天涯娟娟姮娥月，三五二八盈又缺。
翠眉蝉鬓生别离，一望不见心断绝。
心断绝，几千里？
梦中醉卧巫山云，觉来泪滴湘江水。
湘江两岸花木深，美人不见愁人心。
含愁更奏绿绮琴，调高弦绝无知音。
美人兮美人，不知为暮雨兮为朝云。
相思一夜梅花发，忽到窗前疑是君。

大和九年（835年），唐文宗和宰相李训、左金吾卫大将军韩约等人合谋清除宦官集团，他们借观赏甘露之名把大宦官仇士良等骗到禁军后院，结果因为韩约临阵慌乱，被仇士良看出破绽反败为胜，史称"甘露之变"。身为神策军护军中尉的仇士良随即带兵追杀涉嫌参与政变的朝臣。卢仝碰巧住在宰相兼江南榷茶使王涯家，和王涯同时被杀。家族成员之间，除了才华可以继承，命运似乎也可以遗传。

第三回

恃才傲物杜审言　近乡情怯宋之问

杜甫小时候是个好学生，勤学好问，踊跃发言，可是先生看见他就头疼。

有一次先生提问。

"同学们，你们认为谁是古往今来最好的诗人？"

杜甫立刻把手高高举起。

"我知道。"

"你说。"

"我爷爷。"

先生皱皱眉头。

"杜甫小朋友，你爷爷是不错，但古往今来最好的诗人应该是屈原、宋玉。"

"我爷爷说了，他是天下第一，屈原和宋玉只配做他小弟。"

先生不想和杜甫争辩。他接着问。

"同学们，从古到今最好的书法家是谁？"

这个问题的答案所有小朋友都知道，所以全班同学都纷纷举手。杜甫为了引起老师注意，把双手都举起来，做了个投降的姿势。

先生指着坐在前排的一个小胖墩儿。

"你说。"

"王羲之。"

先生点了点头。其他同学都把手放下去，唯有杜甫依然高举。

"杜甫你怎么啦？"

"先生，小胖答错了。"

"那你认为是谁呀？"

"我爷爷。他说过去最好的书法家是王右军，但现在他是最好的，王羲之在他面前只能俯首称臣。"

先生知道杜家人比较霸道，得罪他们可能会丢掉饭碗，所以只好忍气吞声。他继续提问。

"同学们，古往今来最勇敢的人是谁？"

这个问题没有标准答案，所以学童们七嘴八舌。有人说是荆轲、专诸，有人说是飞将军李广、楚霸王项羽，有人说是赵云、吕布，还有人说是大唐的尉迟敬德、秦叔宝。

先生绝望地发现，杜甫再次把手高高举起。他本想装作没看见，但杜甫不依不饶。

先生只好问："杜甫，你又有什么高见？"

"先生，大家的答案都是错的。"

"难道又是你爷爷？"

其他学童都听出了先生的讽刺挖苦，哄堂大笑。杜甫不管不顾。

"古往今来最勇敢的人是我叔叔。"

杜甫的叔叔杜并十三岁为父报仇杀人，当时轰动一时，连武则天也知道这事。

先生说："你叔叔是很勇敢，不过古往今来第一恐怕算不上

吧？"

"项羽他们的勇敢只是传说，其中有很多夸大的成分。我叔叔那是名副其实如假包换。"

杜甫长大后自称"乾坤一腐儒"，他的一生不是在长安街头"朝扣富儿门，暮随肥马尘"，就是拖家带口"漂泊西南天地间"。那时诗歌写得再好也没有稿酬，主要用来博取名声和发牢骚。按理说混到这种地步的人应该非常谦逊，见了村干部都叫领导，可杜甫什么都缺，就是不缺自信和骄傲。他不止一次说过"诗是吾家事""吾祖诗冠古"，宣称写诗是我们老杜家的事，我爷爷的诗前无古人，其他人只能靠边站。他虽然推崇李白，也赞扬过何逊、阴铿和初唐四杰，但他显然有所保留，并不认为他们超越了自己的祖父。

这种骄傲自负来自遗传。他的祖父杜审言可能是大唐第一狂人。杜审言确实说过屈原、宋玉只配做他跟班，王羲之在他面前只能俯首称臣。

杜审言当时和李峤、崔融以及苏东坡的祖先苏味道合称文章四友。苏味道做天官侍郎的时候，刚中进士不久的杜审言还是小小的隰城尉。按照规定，他必须把自己审案的判词上交苏味道复核。第一次交完作业之后，他对守在外面等他一起下馆子的朋友说：

"苏味道必死无疑。"

听到这话的人大吃一惊，赶紧追问原因。

杜审言回答说："他看见我写的判词，必定羞愧而死。"

一般人只是年少轻狂，杜审言不是，到老依然狂妄。据说他临终的时候，宋之问等同时代著名诗人去看望他。他睁大眼睛挨个打量大家。

"我等了你们很久，有句话想和你们说。不把这句话说完，我死不瞑目。"

宋之问等以为人之将死其言也善，杜审言要对自己的狂妄表示悔恨，所以都洗耳恭听。

杜审言说："因为我的存在，你们一直做缩头乌龟。现在我要走了，你们总算有了出头之日。"

宋之问等人瞬间石化。

杜审言如此狂傲也不纯粹是大言欺人。他确实是初唐最有才华的诗人之一，仅凭一首《和晋陵陆丞早春游望》就足以青史留名。

> 独有宦游人，偏惊物候新。
> 云霞出海曙，梅柳渡江春。
> 淑气催黄鸟，晴光转绿萍。
> 忽闻歌古调，归思欲沾巾。

其中"淑气催黄鸟，晴光转绿萍"堪称神来之笔。明代著名诗论家胡应麟在他的《诗薮》中断言，初唐五言律"独有宦游人"第一。

杜审言的狂傲使他得罪了不少人。当他从洛阳丞贬为吉州司户参军的时候，遭到司马周季重和司户郭若讷两位同僚联手诬告，坐过一段时间牢。杜审言的儿子也就是杜甫的叔叔杜并当时只有十三岁，下决心为父报仇。他在周季重举行宴会的时候怀揣利刃悄悄潜入周家，在大庭广众之下把周季重刺杀，随后自己也被乱棍打死。这件事当时轰动天下。后来官至宰相的"燕许大手笔"许国公苏颋亲自为杜并撰写墓志铭。

被杜审言轻视的苏味道是苏东坡的祖先，他是赵州栾城也就是现在的河北栾城人，所以后来苏东坡写文章经常自称赵郡苏轼。苏味道九岁能诗文，二十岁中进士，早年与同乡李峤齐名，世人把他们比作汉朝的苏武、李陵。苏味道以咸阳尉进入官场。吏部侍郎裴行俭欣赏他的才学，带兵征讨突厥的时候特意把他召到军中。他后来依附武则天及其宠臣张易之兄弟，先后三度拜相。

唐朝因为李世民在唐高祖时曾做过宰相，所以高宗以后为了避讳，宰相更名为同中书门下平章事，但武则天标新立异改为同凤阁鸾台平章事。

苏味道熟谙台阁故事，擅写章奏文字。武则天知道自己抢夺李唐王朝政权的行为不得人心，女人做皇帝更是犯了封建社会大忌，所以严厉弹压一切质疑。骆宾王已经被杀在先，陈子昂又传闻被武三思害死，苏味道只好明哲保身，处事模棱两可，尽量不得罪人，所以得到外号"苏模棱"。

唐中宗即位后，苏味道被贬为眉州刺史，不久又晋升益州大都督府长史，还没赴任即病逝。他的次子苏份就在四川眉山定居，眉山苏氏后来出了三苏父子。

苏味道是唐代格律诗成型时期的重要人物，不过所写多是应制之作，只有《正月十五夜》堪称佳构。

火树银花合，星桥铁锁开。
暗尘随马去，明月逐人来。
游伎皆秾李，行歌尽落梅。
金吾不禁夜，玉漏莫相催。

据刘肃《大唐新语》记载，"神龙之际，京城正月望日盛饰灯影之会。金吾弛禁，特许夜行。贵族戚属及下隶工贾，无不夜游。车马骈阗，络绎不绝，人不得顾。王主之家，马上作乐，以相夸竞。文士皆赋诗一章以纪其事，作者数百人，惟中书侍郎苏味道、吏部员外郭利贞、殿中侍御史崔液三人为绝唱。"

文章四友之一崔融最出名的是他的考试能力，据说他"应八科制举，皆及第"，这相当于拿到八个专业的学位，是个百科全书式的牛人。他做过崇文馆学士。中宗李显做太子时，崔融是他的侍读学士。崔融的《从军行》为人称道，但我只记得他写过"年年春不待，处处酒相留。"

李峤是赵州赞皇人，他和苏味道不但是老乡，还有很多相似之处。他们都是二十岁中进士，都曾依附武则天的宠臣张易之兄弟，都曾做过位极人臣的同凤阁鸾台平章事。不过李峤年轻的时候不畏强暴，敢于和著名酷吏来俊臣对抗。在监军镇压少数民族起义时，他曾独闯僚人居住的山洞劝降。

一般小朋友做梦梦见的不是隔壁班的小美女就是变形金刚，李峤和大家不一样，梦见有仙人送他两支笔，从此以后文采飞扬。他晚年被封为赵国公。唐代文官好像没有人封王，所以李峤在诗人中的官位已经至高无上。

李峤高官厚禄健康长寿，他早先和初唐四杰喝过酒，后来又同杜审言苏味道沈佺期宋之问一起吹牛。当这些人都去世之后，他成了诗坛祭酒，上门求教的是贺知章、张若虚、张九龄和王翰这些小玩闹。他的七言歌行《汾阴行》借汉武帝故事感叹兴亡盛衰，曾经洛阳纸贵。据说安史叛军逼近长安时，准备逃难的唐玄宗登上花萼楼最后看一眼舞榭歌台，听到伶人唱《汾阴行》的结尾。

山川满目泪沾衣，富贵荣华能几时？
不见只今汾水上，唯有年年秋雁飞。

李隆基触景生情，无限感慨，连声赞叹李峤之才。

李峤最好的格律诗是《和杜学士江南初霁羁怀》。这个杜学士应该就是杜审言。杜审言做过修文馆直学士。

大江开宿雨，征棹下春流。
雾卷晴山出，风恬晚浪收。

《关山密雪图》 宋_许道宁

岸花明水树，川鸟乱沙洲。
羁眺伤千里，劳歌动四愁。

其中"岸花明水树，川鸟乱沙洲"可以媲美杜审言的"淑气催黄鸟，晴光转绿萍。"

唐代诗人中有人狂傲如杜审言，也有人谄媚如宋之问。如果说杜审言是大唐第一狂人，那宋之问就是大唐第一奸人。武三思、李林甫等人的奸诈出于本能，奸诈是他们安身立命的根本，所以情有可原，而宋之问完全可以凭借自己的才华得到升迁，他的奸诈纯粹因为急于求成。

宋之问的籍贯有两种说法，河南灵宝或山西汾阳。如果他真是刘希夷的舅舅，那么他更有可能是河南人，因为刘希夷是颍川或汝州人。颍川和汝州都在今天的河南境内。

上元二年（675年）也就是王勃写《滕王阁序》那年，宋之问和外甥刘希夷同时金榜题名，那时他只有二十岁左右，比外甥刘希夷小。据说宋之问喜欢刘希夷的"年年岁岁花相似，岁岁年年人不同"，希望刘希夷让给他。刘希夷开始答应，后来又反悔。宋之问恼羞成怒，让家奴用装土的麻袋把刘希夷活埋了。

开元著名宰相张说的次子驸马张垍在他的《控鹤监秘记》中记载了宋之问另一件厚颜无耻的事，"之问尤谄事二张，为持溺器，人笑之"。二张就是英俊潇洒的张易之、张昌宗兄弟，他们都是武则天的宠臣兼情人。宋之问为了讨好张易之兄弟，竟然愿意为他们捧夜壶，实在匪夷所思。张易之倒台之后，宋之问贬官泷州参军。泷州就是今天的广东罗定。宋之问在经过梅岭时写下两首名诗。其中一首是《题大庾岭北驿》。

> 阳月南飞雁，传闻至此回。
> 我行殊未已，何日复归来。
> 江静潮初落，林昏瘴不开。
> 明朝望乡处，应见陇头梅。

另一首《度大庾岭》再次表示自己不愿做岭南人，希望有人能帮他内迁。

> 度岭方辞国，停轺一望家。
> 魂随南翥鸟，泪尽北枝花。
> 山雨初含霁，江云欲变霞。
> 但令归有日，不敢恨长沙。

宋之问受不了岭南的天气燥热和鸟语花香，也喝不惯阿二靓汤，竟然从广东逃回故乡。途经襄阳附近的时候写下代表作《渡汉江》。

岭外音书断，经冬复历春。
近乡情更怯，不敢问来人。

经历了这些变故，"天下丑其行"，但宋之问满不在乎。回到洛阳后，得知友人张仲之和驸马都尉王同皎等试图刺杀武三思发动政变，他立刻让侄子告密，致使张仲之满门抄斩。宋之问因此当上鸿胪主簿，逃离贬所的事既往不咎。鸿胪寺掌管各种朝仪，相当于现在的外交部礼宾司。

他本来依附太平公主，太平公主推荐他做了考功员外郎，史称"宋考功"。可是看到韦后女儿安乐公主后来居上，又转而写诗称赞安乐公主仪态万方。安乐公主把他提拔为中书舍人。太平公主一气之下揭发他做主考的时候受贿贪赃。宋之问又被贬为越州长史。传说就是这次江南之行，他见到了骆宾王。

临淄王李隆基联手太平公主发动政变，镇压韦后和安乐公主母女，拥戴他父亲唐睿宗李旦重新登基。声名狼藉的宋之问再次遭到流放，地点又是他最不想去的岭南。李隆基觉得大唐帝国之所以变乱频繁，就是因为有太多宋之问这种毫无政治操守的小人，他继任皇帝后立刻派大内高手赶赴钦州。

宋之问与沈佺期齐名。他们的诗技巧纯熟，讲求声韵，属对精密，宣告格律诗最终定型，因此格律诗又称"沈宋体"。宋之问的另外一个贡献是发明了"近乡情怯"这个成语，把游子临近故乡的复杂心情表现得淋漓尽致。

传闻被宋之问杀害的刘希夷是个美男子，诙谐幽默酒量惊人，不但会写诗，而且善弹琵琶精通音律。要是生活在今天，肯定秒杀那些欺世盗名的所谓才子。当时流行律诗，可是刘希夷却擅长古体，所以文名不如舅舅宋之问。给他招来杀身之祸的就是下面这首《代悲白头翁》。

> 洛阳城东桃李花，飞来飞去落谁家？
> 洛阳女儿惜颜色，行逢落花长叹息。
> 今年花落颜色改，明年花开复谁在？
> 已见松柏摧为薪，更闻桑田变成海。
> 古人无复洛城东，今人还对落花风。
> 年年岁岁花相似，岁岁年年人不同。
> 寄言全盛红颜子，应怜半死白头翁。
> 此翁白头真可怜，伊昔红颜美少年。
> 公子王孙芳树下，清歌妙舞落花前。
> 光禄池台文锦绣，将军楼阁画神仙。
> 一朝卧病无相识，三春行乐在谁边？
> 宛转蛾眉能几时？须臾鹤发乱如丝。
> 但看古来歌舞地，惟有黄昏鸟雀悲。

这首诗感叹青春易逝人生无常，白头老翁曾经是红颜少年，歌舞升平也难免曲终人散，没有不老的公子王孙，只有永远的花落春残。

据说当他写到"今年花落颜色改，明年花开复谁在"的时候，感觉这两句诗和石崇的"白首同所归"一样不吉利，决定删去。可是接下来一句"年年岁岁花相似，岁岁年年人不同"和前一句大同小异，他不舍得再删，于是安慰自己死生有命富贵在天，干脆连前一句一起保存。他把诗拿去向年龄相仿的舅舅宋之问显摆。宋之问特别喜欢"年年岁岁花相似，岁岁年年人不同"，听说没人看过就

恳求他割爱。刘希夷答应后又反悔。平时大家就说舅舅才貌不如外甥，恼羞成怒的宋之问终于忍无可忍。

沈佺期和宋之问齐名，他们同样被人比作苏武李陵，有道是"苏李居前，沈宋比肩"。两人都是河南人，同一年出生，同一年中进士，都做过考功员外郎，都曾因受贿入狱，都依附张易之并因此遭到流放，而且流放地都是岭南，真是名副其实的难兄难弟。

沈佺期从岭南回来之后，写了首《回波乐》调侃自己："回波尔时佺期，流向岭外生归。身名已蒙齿录，袍笏未复牙绯。"他决定更换讨好对象，直接写诗取悦皇帝。这一招果然高明，不久他从起居郎兼修文馆直学士升为太子詹事，得到了他梦寐以求的高干待遇。

燕国公张说是开元初年的文坛领袖，他曾经称赞"沈三兄诗须还他第一"。从流传下来的作品看，沈佺期比宋之问更有才华，他的两首边塞诗都堪称经典。

杂诗

闻道黄龙戍，频年不解兵。
可怜闺里月，长在汉家营。
少妇今春意，良人昨夜情。
谁能将旗鼓，一为取龙城。

独不见

卢家少妇郁金堂，海燕双栖玳瑁梁。
九月寒砧催木叶，十年征戍忆辽阳。
白狼河北音书断，丹凤城南秋夜长。
谁谓含愁独不见，更教明月照流黄。

后一首诗借用了乐府古题"独不见"，本身却是标准的七律。

郭茂倩《乐府诗集》把"独不见"解为"伤思而不得见也。"诗中长安少妇的良人征戍辽阳，夫妻已经十年未见，音书渺茫。在这漠漠轻寒的夜里，芳心随秋叶飘零，思念如寒砧断续。

"谁谓"一般解作"谁说"，但这里似乎可以解作"你说"。流黄通常理解为绢做的罗帐。最后一联的意思应该是，你说空怀思念不能相见也就罢了，偏偏明月又来捣乱，提醒我你也在遥远的月光之下，今夜看来是睡不成了。后来晏殊词"明月不谙离恨苦，斜光到晓穿朱户"，意思和这句差不多。

沈佺期还写过一首《夜宿七盘岭》，从题目到声韵都是标准的五律，彻底摆脱乐府的痕迹。

> 独游千里外，高卧七盘西。
> 山月临窗近，天河入户低。
> 芳春平仲绿，清夜子规啼。
> 浮客空留听，褒城闻曙鸡。

只有在静夜空山住过的人，方能领略"山月临窗近，天河入户低。芳春平仲绿，清夜子规啼"的意境。

第四回

张若虚压倒全唐　贺知章老大回乡

武则天在贞观十一年（637年）进宫做了才人，英明神武的唐太宗完全没有看出这个外表柔弱的十四岁小姑娘内心如此强大，他身经百战建立的帝国差点在她的清澈眼波中折戟沉沙。

中国最伟大帝王之后出现中国唯一女皇，唯一女皇抢夺的正是最伟大帝王的江山，上天好像故意把历史安排得如此精彩纷呈。

武则天在唐高宗永徽六年（655年）成为皇后，显庆四年（659年）将凌烟阁功臣中排名第一的长孙无忌等人赶出长安，实际控制皇权长达五十年。无数李唐宗室和功臣宿将奋起反抗，但都如海上潮汐旋起旋灭，受制于武则天这轮明月。平心而论，武则天是个雄才大略的女人，她一边任用酷吏排除异己，一边选拔贤能励精图治。连以维护正统自居的《资治通鉴》都不得不承认，武则天"政由己出，明察善断，故当时英贤亦竞为之用"。

武则天本人也是诗人。唐太宗逝世后，武则天依照惯例出家为尼，那时她已经和唐高宗李治暗通款曲。有段时间唐高宗没来看她，她写了首情诗《如意娘》寄给李治，希望唐高宗不要始乱终弃。

> 看朱成碧思纷纷，憔悴支离为忆君。
> 不信比来长下泪，开箱验取石榴裙。

看朱成碧有两种解释，一指泪眼模糊颜色不分，一指花落叶留季节更换。两种解释用在这里都说得通。

唐人喜欢牡丹，中唐著名诗人刘禹锡说"庭前芍药妖无格，池上芙蕖净少情。惟有牡丹真国色，花开时节动京城。"武则天称帝以后定都洛阳，洛阳地脉花最宜，牡丹尤为天下奇。有一年冬天，忠于唐朝的大臣试图发动政变，鼓动武则天出宫游玩。武则天心生疑虑，决定临时把赏花日期提前。大臣说现在还没到时间，必须春暖花开才能看到牡丹。武则天当即派人把诏命送到花神殿，勒令第二天百花开放。这就是她的《腊日宣诏幸上苑》。

> 明朝游上苑，火速报春知。
> 花须连夜发，莫待晓风吹。

武则天开创武举发明殿试，进士考试从此一枝独秀后来居上。随着进士出身的李峤、苏味道和张九龄等人相继拜相，唐朝读书人看到了前所未有的希望，因为李峤、苏味道的出身都很平常，张九龄更是来自偏僻的岭南曲江。魏晋南北朝以来那种门第决定一切的社会风气开始转向，以至于"缙绅虽位极人臣，不由进士者终不为美"，高门大族第一次在真才实学面前信心沦丧。日本和朝鲜的遣唐使甚至要求科举考试也对外开放。金榜题名直到晚清都是无与伦比的荣耀，风头盖过那些百战功成凯旋的大将。

正因为朝野重视进士，莘莘学子一旦得到地方推荐成为贡生，

立刻被看作潜在的封疆大吏，人称"白衣公卿"或"一品白衫"。举国上下都认为，万般皆下品，唯有进士高。金榜题名被视为"登龙门"，有诗为证：

东风节气近清明，车马争来满禁城。
二十八人初上牒，百千万里尽传名。

唐宣宗每次接见朝臣，都要问是否进士出身。如果回答"是"，他接着还要追问主考官姓名以及当时的试题。遇到没有考中进士的才子，他会非常惋惜。他甚至自封"乡贡进士李道龙"。

进士放榜之日，俗称曲江大会。皇帝亲临曲江紫云楼，教坊优伶载歌载舞，整座长安城万人空巷。每年都有年少英俊的进士被选为探花郎，他们可以走进任何一位王公贵族的花园采摘花朵，集花成囊带回琼林宴上。花木被攀折践踏的王公贵族不但不生气，反而像中了大奖一样到处宣扬。就连平康里的歌妓也以接待新科进士为荣：

银釭斜背解鸣珰，小语偷声贺玉郎。
从此不知兰麝贵，夜来新惹桂枝香。

那种轰动长安、名扬天下的骄宠，连出家人都心动。晚唐女道士鱼玄机有次出游看到曲江大会的盛况，回去郁闷了很多天，"自恨罗衣掩诗句，举头空羡榜上名"。

这天也是富贵人家挑女婿的日子。他们往往全家出动守在金榜前，一听到有人大叫"我中了"，立刻扑上去抢人。无论老少俊丑，先抢回家再说。回去之后大摆筵席，追问"结婚了没有？"没结婚或丧偶最好，结婚了就动员离婚，总之来了就别想走。李商隐和韩冬郎的父亲韩瞻是同榜进士，泾原节度使王茂元出动部下勇士抢人，他们双双做了王茂元的女婿。

江淮举子卢储在唐宪宗元和十四年（819年）来到长安，向大臣李翱行卷请求推荐。李翱正好有事必须外出，便将卢储的诗文随手放在书案上。李翱十五岁的长女在父亲书房偶然看到卢储的文章，当晚她对父亲说"此人才气非凡，一定能中状元"。李翱看完觉得确实不错，请人向卢储提亲。古人结婚很早，卢储估计已经成家，所以婉言谢绝。可是过了一段时间在友人劝说之下，卢储又答应了。当时李翱的老师韩愈已经是文坛领袖，李翱也很有门路，经他不遗余力推荐，卢储果然在第二年高中状元。

在卢储和李翱千金新婚之夜，卢储乘兴写了一首诗《催妆》。

昔年将去玉京游，第一仙人许状头。
今日幸为秦晋会，早教鸾凤下妆楼。

中进士做高官还有一个好处，那就是让你更容易青史留名。以下面将要出场的张若虚和贺知章为例，张若虚一首《春江花月夜》足以笑傲唐朝，贺知章的《咏柳》和两首《回乡偶书》在唐诗中只能算是中上之作。可是史书上贺知章的事迹很多，而张若虚几乎没有提到，其中一个重要原因就是贺知章进士出身并且官位很高。

今天我们都知道张若虚是唐朝著名诗人，他的代表作是《春江花月夜》。可你如果翻查唐宋以来的各种唐诗选集、诗话杂记，你会怀疑张若虚和金庸《倚天屠龙记》里的张无忌一样，是个历史上并不存在的人物。这些书籍几乎只字未提张若虚和他的《春江花月夜》。清朝蘅塘退士的《唐诗三百首》是近几百年最流行的唐诗选本，《春江花月夜》也没有入选。

张若虚是扬州人，做过兖州兵曹，与贺知章、张旭、包融合称"吴中四士"。兵曹大致相当于现在的武装部长，主要任务是忽悠农

家子弟上战场，告诉他们当兵可以欣赏边疆风光，少数民族姑娘都很开放。可是农家子弟虽然老实但不傻，很快就不再受骗上当。当时男子为了逃避兵役宁愿自残或请人把自己打伤，白居易因此写了《新丰折臂翁》。整天和一群躲在山里宁死不当兵的老百姓捉迷藏，肯定不是张若虚小学作文里表达的"我的理想"。

最早收录张若虚《春江花月夜》的书籍是宋人郭茂倩的《乐府诗集》，上有《春江花月夜》同题诗五家七首，张若虚这首只是其中之一。隋炀帝和晚唐诗人温庭筠都写过这个乐府旧题，只不过因为张若虚这首诗名声太响，而且写的就是夜晚的花月春江，所以容易让人以为这个诗题是张若虚独创。

春江潮水连海平，海上明月共潮生。
滟滟随波千万里，何处春江无月明？
江流宛转绕芳甸，月照花林皆似霰。
空里流霜不觉飞，汀上白沙看不见。
江天一色无纤尘，皎皎空中孤月轮。
江畔何人初见月？江月何年初照人？
人生代代无穷已，江月年年只相似。
不知江月待何人，但见长江送流水。
白云一片去悠悠，青枫浦上不胜愁。
谁家今夜扁舟子？何处相思明月楼？
可怜楼上月徘徊，应照离人妆镜台。
玉户帘中卷不去，捣衣砧上拂还来。
此时相望不相闻，愿逐月华流照君。
鸿雁长飞光不度，鱼龙潜跃水成文。
昨夜闲潭梦落花，可怜春半不还家。
江水流春去欲尽，江潭落月复西斜。

近代_溥心畬

斜月沉沉藏海雾,碣石潇湘无限路。
不知乘月几人归?落月摇情满江树。

相对大江明月的永恒,人生就像春花容易凋残,而在这短暂的人生里,我们还要经历离合聚散。"江畔何人初见月?江月何年初照人?"在刘希夷《代悲白头翁》"年年岁岁花相似,岁岁年年人不同"的基础上更进一层,追问短暂人生和永恒宇宙的关联。整首诗清新空灵,既有北朝民歌的明快,又有南朝民歌的婉转。晚清著

名学者王闿运盛赞《春江花月夜》"用《西洲》格调,孤篇横绝,竟为大家"。

后来的咏月诗词,鲜能出其轨范。"此时相望不相闻,愿逐月华流照君"几乎涵盖所有和月亮有关的诗文。南宋胡仔《苕溪渔隐丛话》说"中秋词自东坡《水调歌头》出,余词尽废"。其实苏东坡"但愿人长久,千里共婵娟"也没有突破《春江花月夜》的范围。

贺知章是张若虚的朋友,因为同样来自吴越,早年经常一起唱和遨游。在唐代诗人中,贺知章可能是人生最圆满的人。乾隆皇帝自称十全老人,说自己打赢了十场战争,我觉得贺知章才是真正的十全老人。人生不如意事常八九,贺知章几乎没有。

贺知章出生在和杭州西湖一江之隔的会稽永兴,也就是现在的浙江萧山,后来随家人迁移到山阴也就是现在的绍兴。在苏东坡到达杭州之前,绍兴是浙江乃至江南的文化都城,因为那里有王羲之的兰亭。贺知章前半生忙于考试,中状元并考取超拔群类科时已经年近四十,后半生和风流天子唐玄宗重叠,横跨贞观永徽和开元天宝两大盛世。

贺知章来到世上和离开人间仿佛经过神仙掐算,他在贞观之治刚刚过去十年的时候出生,安史之乱爆发前十年他已回到家乡寿终正寝。这九十年是唐朝历史上最好的九十年,也是中国历史上最好的九十年。他不但没有像李白杜甫王维那样被安史之乱波及,反而因为他过去侍读的太子李亨利用这次动乱提前登基成为唐肃宗,获得了礼部尚书的追赠。

唐朝人的平均寿命可能不到四十岁,杜甫四十出头写的《赠卫八处士》已经提到"访旧半为鬼",但贺知章活了将近九十岁。在那个人生七十古来稀的年代,这相当于现在的百岁人瑞。考虑到贺知章嗜酒如命,如此健康长寿更是罕见。看来饮酒有碍健康的理论,至少在贺知章身上没有应验。贺知章最好的几首诗都是八十五岁告老还乡之后的作品。

除了文章风度名扬天下，贺知章还是著名书法家。时人为了得到他的墨宝每天投其所好，请他下馆子帮他送情书。贺知章喝醉之后来者不拒，而且往往比清醒时写得更好。他兴之所至还喜欢在亭台和屏风上写字，经常有人为了争夺他的真迹打得头破血流。

贺知章平易近人，善于奖掖后进。他看了李白的《蜀道难》后夸赞李白是天上谪仙，使李白一夜之间名动京城。他和李白、李适之、李琎、崔宗之、苏晋、张旭、焦遂是当时的"饮中八仙"，经常在长安酒肆流连。有人觉得身为大臣醉卧街头有失体面，但贺知章不以为然，因为八仙中有人比他地位更高，其中那位李琎是唐朝宗室汝阳王。李琎爱好音乐而且人物俊秀，被他叔叔唐玄宗赞为"花奴"。

和那些道貌岸然的官僚不同，贺知章始终像个顽童。他在晚年自号"四明狂客"和"秘书外监"，更加放浪不羁潇洒随性。工部尚书陆象先是他的远亲，特别喜欢和他交往。陆象先曾经说过："贺兄言论倜傥，真可谓风流高士。我和子弟很久不见面，并不想念他们，可是和贺知章一天不见，就觉得自己像个猥琐小人。"

天宝二年（743年），贺知章做了个梦，梦见自己夜游仙宫，醒来之后明白大限将至。他以年老为由上表请求允许他做道士并回到山阴故里。唐明皇李隆基为了表示对他的尊重，把他请入皇宫，让所有皇子皇孙都来和他辞行，并且亲自写诗相送，同时命令有关部门在城外大摆筵席，允许文武百官放假一天，送别这位德高望重的老臣。此外李隆基还封贺知章之子为朝散大夫兼本郡司马，唯一的职责就是侍候他老爸。贺知章希望可以得到周宫湖数顷湖面做放生池，玄宗干脆赐他镜湖剡川一曲。

天宝三年贺知章在子孙护送下坐轿南下。他已经多年没有回去，过去的亲友所剩无几。

> 离别家乡岁月多，近来人事半消磨。
> 唯有门前镜湖水，春风不改旧时波。

最有意思的是，他虽然乡音未改，可是村里的儿童不信他是同乡先辈。

> 少小离家老大回，乡音无改鬓毛衰。
> 儿童相见不相识，笑问客从何处来。

除了这两首《回乡偶书》，贺知章还有一首《咏柳》脍炙人口。

> 碧玉妆成一树高，万条垂下绿丝绦。
> 不知细叶谁裁出，二月春风似剪刀。

"吴中四士"之一的张旭是苏州人。他做过常熟县尉、金吾长史，和贺知章一样好饮，一样癫狂，世称张颠。他也属于"饮中八仙"。他的书法造诣连贺知章也退避三舍，唐文宗曾下诏以李白诗歌、裴旻剑舞、张旭草书为"三绝"。张旭有《肚痛帖》《古诗四帖》等书法真迹传世。

张旭之母陆氏是大书法家虞世南的外孙女，张旭从小在母亲督促下练字。母亲的急于求成使张旭产生逆反心理，做官之后经常喝得烂醉在街上暴走。想得到他真迹的人比贺知章的追随者更辛苦，因为他们必须跟着他奔跑。张旭兴之所至，甚至以头发蘸墨作书。周星驰电影《唐伯虎点秋香》里唐伯虎用祝枝山身体作画，极有可能是受到张旭启发。

据说张旭早年书法并无过人之处，有一次偶然遇见公主车驾和重庆棒棒军争道，双方你来我往互不相让，开始领略笔法之妙，后来又从公孙大娘舞剑器得到顿悟，从此更上一层楼。

初唐书法大家就像盛唐著名诗人一样争相问世，不循常理。人们认为欧阳询、虞世南、褚遂良、柳公权都不算尽善尽美，惟有张旭毫无争议。传说颜真卿曾两度辞官专心拜他为师。杜甫称赞张旭草书"悲风生微绡，万里起古色。锵锵鸣玉动，落落群松直"。

张旭留下的诗文不多，但《桃花溪》却入选《唐诗三百首》。

隐隐飞桥隔野烟，石矶西畔问渔船。
桃花尽日随流水，洞在清溪何处边？

包融是"吴中四士"中最不起眼的一个，没有好诗传世，可以忽略不计，但王湾却不能不提。贺知章将近四十岁才中进士，王湾不到二十岁就金榜题名，他是唐朝年龄最小的进士之一。王湾是洛阳人，做过荥阳主簿。《河岳英灵集》的编者殷璠说王湾词翰早著，为天下所称。开元五年（717年），朝廷命马怀素主持编校《群书四部录》，王湾受荐编书，书成升任洛阳尉。

洛阳当时地位和长安相当，洛阳尉就相当于现在的上海市公安局长。可是王湾并不留恋官位，不久之后他就远走高飞。王湾虽然是北方人，但他对江南情有独钟，经常往来吴楚间。他最著名的诗《次北固山下》就是他的江南游记。

客路青山外，行舟绿水前。
潮平两岸阔，风正一帆悬。
海日生残夜，江春入旧年。
乡书何处达？归雁洛阳边。

这首诗不同版本差异明显，有的甚至已经改名《江南意》，内

容大相径庭:"南国多新意,东行伺早天。潮平两岸失,风正数帆悬。海日生残夜,江春入旧年。从来观气象,惟向此中偏。"

据殷璠《河岳英灵集》记述,"海日生残夜,江春入旧年,诗人以来少有此句。张燕公手题政事堂,每示能文,令为楷式。"张燕公就是燕国公张说,他把这句诗亲手书写在宰相衙门的屏风上,告诉僚属这是好文章的榜样。

明朝著名诗论家胡应麟认为"海日"一联形容景物墨妙无前,可以看作初唐和盛唐诗歌的分水岭。

第五回

李颀解听又解赏　王翰醉卧在沙场

在唐代诗人中，李颀的名声和他的成就最不相称。张若虚已经正名，李颀却似乎没有机会翻身。这一切可能和他的名字有关。"颀"字除了组词"颀长"，好像再也派不上用场，把它单独放在一个地方，即使是语文老师也看着陌生，不敢贸然相认。

名如其人，李颀是第一个大量写作长篇歌行并且留下不少名篇的人。整个唐朝一共有十几首优美的长诗传世，李颀出品几乎占了三分之一。

李颀是剑南东川或赵郡人，小时候因为调皮捣蛋，被家里送到河南登封住过一段时间，在少林寺做过武僧。李颀的好友高适笔下"千场纵博家仍富，几度报仇身不死"的邯郸少年，很可能就是以李颀为原型。不过李颀报仇不死的主要原因不是他武艺高强，而是伤人后及时赔偿。有一天他决定痛改前非，因为他发现自己已经家徒四壁，只有一条小狗不离不弃。

李颀出身豪富的传说应该和实际相符。他是唐朝最好的音乐评论家，懂得欣赏一些很少见的西域音乐，一看就是从小打下的基础。当时大多数平民百姓接受的音乐教育，除了笛子和二胡就是鸟叫。

家财荡尽的李顾开始隐居颍阳读书，经过十年辛苦，在唐玄宗开元二十三年（735年）蟾宫折桂，不久之后做了新乡尉。

这天晚上，他和几个朋友正在酒楼喝酒闲聊，议论最近发生的连环大案。新年前后洛阳十几位王公贵族接连被盗。大家都觉得这伙强盗胆大包天，狂妄到极点。

这时一个捕头跑来报告，有人正在和本地的几个黑道中人接触，试图脱手一些珠宝。

李顾酒兴正浓，不以为意。

"你带人盯住他们，把他们抓起来关进牢里，明天我再审问。"

那位捕头提醒他："大人，根据我们掌握的情况，他们想出手的东西很可能来自洛阳。"

"不可能吧，现在风声这么紧。"

"我看过其中一件翡翠，极有可能出自大内。"

李顾的几个朋友也是江湖中人，顿时来了兴趣。

"这些人胆大妄为，他们敢在东都洛阳连续犯案，到了新乡顶风销赃也不是不可能。他们认为我们这种小地方谁也奈何不了他们。"

李顾只好随大流，喝完海碗里的酒起身工作。

"走，我们去看看。"

一行人上马来到靠近新乡北门的城隍庙。不料有个捕快不小心惊动了群盗布置的暗哨，正在庙里交易的大盗得到警讯，踢翻装扮成买家的捕头，飞身上了城隍庙屋顶。

李顾问捕头："你们有没有通知守城门的驻军？"

"没有。"

"赶快派人上城楼。"

城隍庙的屋顶离北门城楼至少有两丈之遥，而且飞檐上翘无法助跑。捕头不相信有人能够飞越这么远的距离，所以一边召集人手一边摇头。可是当他带领手下爬上城楼时，不可思议的一幕出现了。

三个强盗在光滑的琉璃瓦屋顶上倒立行走。他们看起来像是无头僵尸，在月光下显得特别诡异。

待捕头反应过来下令放箭时，他们已经飞落北门城楼。

这些大盗事先在城楼上布满铁蒺藜。捕快和赶来助阵的驻军纷纷中招。强盗们顺着绳索从容出逃。他们一口气跑出三五里，这才在一个山冈上停下来休息。连同暗哨和城外接应的人在内，他们一共有五个人。

其中一个比较年轻的强盗说："大哥，今天这些笨蛋要是预先在城楼上埋伏弓箭手，我们就插翅难逃。"

"你们千万别小看公门中人。刚才已经有人想到要封锁城楼，只是慢了一步。"

"以后我们不能在城里交易了。"

"我也不想呀。可是谁敢在这荒山野岭和我们做买卖？"

有人咳嗽一声。

"谁？"强盗首领立刻警觉，"请高人现身。如果这是前辈的地盘，我们愿意留下买路钱。"

其他几名强盗立刻抽出刀剑准备迎战。

强盗首领说："你们把刀剑收起来。"

"为什么？"年轻强盗勤学好问。

"这位高人对我们的逃跑路线了如指掌，说明他有备而来。他没有向官府通风报信，说明他并不想为难我们。"

"我们比他人多，完全可以跟他干。"

"他既然敢现身，就说明他完全有能力对付我们。再说，你怎么知道他的人比我们少？"大盗首领提高声音："这位前辈高人，我们本来应该当面拜见。但是为了大家的安全，我们还是互不相识比

第五回　李颀解听又解赏　王翰醉卧在沙场

较方便。晚辈愿意留下部分金银珠宝，希望前辈放我们一条生路。"

躲在树后的正是李颀。他问："你们是从洛阳来的？"

大盗首领说："既然前辈知道我们的来历，那我们更要请前辈手下留情，否则我们只好以命相拼。"

李颀沉默。

大盗首领说："前辈，我们可以走了吗？"

"你们走吧。洛阳王公贵族的珠宝无数，你们的性命只有一条。希望你们从此以后金盆洗手。"

大盗首领带着同伙面朝李颀的方向跪下磕头。年轻的那位不太情愿，被首领踢了一脚。

他们留下一个包袱，小心翼翼退走。

李颀继续在新乡待了一年多，然后借口不喜欢官场应酬辞去工作，此后再也没有上班，却一直在唐朝房价最贵的东京洛阳呼朋唤友，赌马泡妞。

李颀性格豪放，交游很广。物以类聚人以群分，当时著名诗人王昌龄和高适等都是他的哥们，这几个朋友都不是一本正经的官员。王昌龄做过龙标尉，高适做过封丘尉。几个警察局长混在一起，多半没干好事。他们性格豪放却又心慈手软，"拜迎长官心欲碎，鞭挞黎庶令人悲"，根本不适合做官，即使做了官也很难升迁。高适后来拜将封侯是因为在安史之乱中意外显示了自己的军事才能。

李颀有一首著名的送别诗《送陈章甫》，写的虽然是他的一个朋友，但我觉得正是他自己的写照。

四月南风大麦黄，枣花未落桐叶长。

青山朝别暮还见，嘶马出门思旧乡。

陈侯立身何坦荡，虬须虎眉仍大颡。

腹中贮书一万卷，不肯低头在草莽。

东门酤酒饮我曹，心轻万事如鸿毛。
醉卧不知白日暮，有时空望孤云高。
长河浪头连天黑，津口停舟渡不得。
郑国游人未及家，洛阳行子空叹息。
闻道故林相识多，罢官昨日今如何？

通常篇幅比较长的文章才能塑造人物形象，李颀却只需要寥寥数行。这可以说是李颀横行诗坛的独门兵器，连李白、杜甫也未能掌握这门绝技。

因为对自己的国力过于自信，所以唐朝特别好战，太宗贞观年间平均每年至少发生一场战争，主要对手是突厥和高句丽。玄宗开元天宝平均两年至少发生一场战争，主要对手是吐蕃和南诏。平定安史之乱用了将近十年。而唐朝和南诏的战争，从天宝年间一直打

《照夜白图》唐_韩幹

第五回 李颀解听又解赏 王翰醉卧在沙场

到唐朝末年，持续了一百多年。

唐朝好战却不善战，在对外战争中很少占上风，三征南诏、四征高句丽、鏖战吐蕃，大多以失败告终，突厥曾经兵临长安城下，安史叛军更是马踏长安洛阳。只是因为综合国力太强，唐朝才没有提前灭亡。战争习以为常，诗人身不由己，就连王维这个不穿袈裟的和尚，都曾经"使至塞上"，更何况王昌龄、李颀、高适这种性格比较豪放的人。这是唐朝边塞诗繁荣的重要原因。

李颀的《古从军行》是边塞诗经典。

白日登山望烽火，黄昏饮马傍交河。
行人刁斗风沙暗，公主琵琶幽怨多。
野云万里无城郭，雨雪纷纷连大漠。
胡雁哀鸣夜夜飞，胡儿眼泪双双落。
闻道玉门犹被遮，应将性命逐轻车。
年年战骨埋荒外，空见蒲桃入汉家。

轻车是指飞将军李广的堂弟轻车将军李蔡。唐代边塞诗通常借用汉朝的人名地名指桑骂槐。这首诗很难得地兼顾战争双方，既写到战争给汉军将士带来的牺牲，也写到战争给游牧民族造成的苦难。"年年战骨埋荒外，空见蒲桃入汉家"，讽刺汉唐两朝发动的战争多数都毫无意义，只能得到葡萄之类可有可无的东西。

下面这首《古意》同样批评战争的旷日持久和毫无必要。

男儿事长征，少小幽燕客。
赌胜马蹄下，由来轻七尺。
杀人莫敢前，须如猬毛磔。
黄云陇底白云飞，未得报恩不得归。

辽东小妇年十五，惯弹琵琶能歌舞。
今为羌笛出塞声，使我三军泪如雨。

李颀的边塞诗和诗体人物传记都堪称独树一帜，但这些作品只能让他成为著名诗人。真正让他跻身伟大诗人行列的，是他无与伦比的音乐评论才能。

琴歌

主人有酒欢今夕，请奏鸣琴广陵客。
月照城头乌半飞，霜凄万木风入衣。
铜炉华烛烛增辉，初弹渌水后楚妃。
一声已动物皆静，四座无言星欲稀。
清淮奉使千余里，敢告云山从此始。

《渌水》和《楚妃》是琴曲名。正是因为有李颀这样的知音，当时的几个音乐家才得以青史留名。

听安万善吹觱篥歌

南山截竹为觱篥，此乐本自龟兹出。
流传汉地曲转奇，凉州胡人为我吹。
旁邻闻者多叹息，远客思乡皆泪垂。
世人解听不解赏，长飙风中自来往。
枯桑老柏寒飕飗，九雏鸣凤乱啾啾。
龙吟虎啸一时发，万籁百泉相与秋。
忽然更作渔阳掺，黄云萧条白日暗。
变调如闻杨柳春，上林繁花照眼新。
岁夜高堂列明烛，美酒一杯声一曲。

觱篥又名"筚篥""悲篥",有胡笳和羌笛两种说法,是乐器也是武器,羌人"用以惊中国马"。诗题中的安万善虽然有个汉名,其实和安禄山一样是个胡人。那时候唐朝国力强盛影响深远,很多少数民族都有汉名,就像今天有些人热衷取洋名。

李颀最著名的音乐诗是《听董大弹胡笳弄兼寄语房给事》。董大即董庭兰,当时著名的琴师。《胡笳弄》是根据胡笳乐谱改编的琴曲,所以董庭兰是弹琴而非吹奏胡笳。房给事是指著名宰相房琯,他曾任给事中,董庭兰后来做了他的门客。房琯经常召集朋友去他家听琴,很多人甚至通过董庭兰走后门。房琯在安史之乱中罢相据说就是受董庭兰牵连。

> 蔡女昔造胡笳声,一弹一十有八拍。
> 胡人落泪沾边草,汉使断肠对归客。
> 古戍苍苍烽火寒,大荒沉沉飞雪白。
> 先拂商弦后角羽,四郊秋叶惊摵摵。
> 董夫子,通神明,深山窃听来妖精。
> 言迟更速皆应手,将往复旋如有情。
> 空山百鸟散还合,万里浮云阴且晴。
> 嘶酸雏雁失群夜,断绝胡儿恋母声。
> 川为净其波,鸟亦罢其鸣。
> 乌孙部落家乡远,逻娑沙尘哀怨生。
> 幽音变调忽飘洒,长风吹林雨堕瓦。
> 迸泉飒飒飞木末,野鹿呦呦走堂下。
> 长安城连东掖垣,凤凰池对青琐门。
> 高才脱略名与利,日夕望君抱琴至。

李颀把董庭兰的琴技说得神乎其神,连妖精也从深山跑来偷听。唐朝四大李姓诗人李白、李颀、李贺和李商隐都妙想天开，完全不受自然法则和社会制度局限。后来武侠小说里那些违反常识和无视地心引力的武功战法，很可能受到他们的启发。

王世贞对李颀的七律推崇备至，但从李颀的七律代表作《送魏万之京》来看，李颀的格律诗远不如他的歌行体出色当行。他和本家李白一样，性格潇洒豪放，律诗不是不能写，终究非其所长。

> 朝闻游子唱离歌，昨夜微霜初渡河。
> 鸿雁不堪愁里听，云山况是客中过。
> 关城树色催寒近，御苑砧声向晚多。
> 莫见长安行乐处，空令岁月易蹉跎。

李颀经常往返洛阳和颖阳，偶尔也去长安。他和王维、綦毋潜、崔颢以及洛阳尉刘晏等人交往频繁。王昌龄去江宁和高适去封丘经过洛阳，他都设宴款待并有诗相送。殷璠《河岳英灵集》成书于天宝十二年（753年），李颀在此之前离开人间。

李颀写过这么多好诗却至今声名不彰，王翰正好相反，一首金曲就让他成为当时的流行偶像。

王翰是并州晋阳即今山西太原人。因为太原是李渊、李世民父子的龙兴之地，所以唐朝建立后被定为北京。后来唐玄宗逃往成都，所以成都算是唐朝南京。王翰是个考试机器，中进士后又举直言极谏科（制举考试一种，和超拔群类科相同），后来还通过了超拔群类科考试，难度直逼崔融的"应八科制举皆及第"。

王翰兼有李颀的豪爽和杜审言的狂妄。他在景云元年（710年）中进士后惊世骇俗，把当时海内知名文士分为九等，公然在吏部东街张榜公布。这份名单立刻引起轰动。王翰把自己和文坛领袖张说、北海太守李邕放在第一等。那些被他列为低等动物的文人义愤填膺，其

中有些还是当朝大臣。由于吏部尚书宋璟等人帮王翰说话，王翰才没有受到惩罚，但是为了躲避舆论攻击，暂时回到故乡闲居。

王翰出自并州豪门，相比之下，陈子昂和李颀只能算来自小康之家。在他赋闲期间，两位未来的宰相张嘉贞和张说先后来到并州做官，他们都喜欢潇洒豪俊的王翰。王翰经常在宴席上痛饮狂歌，"发言立意，自比王侯。颐指倊类，人多嫉之"。二张毫不介意。他们可能收下了王翰的名姬宝马，当然虚怀若谷装聋作哑。

开元九年，张说再次成为宰相，王翰也开始时来运转，先后做过秘书省正字、通事舍人和驾部员外郎。他和张九龄、祖咏、贺知章等人都是张说宰相府的常客。当时王翰不过三十开外，但已经是举世公认的"朝端英秀，词场雄伯"。富可敌国、才气无双加上前途无量，王翰在当时的偶像排行榜上无限风光。

张说罢相后，王翰失去靠山，那些受过他羞辱的朝官趁机扑上去群殴。王翰被贬为汝州长史，改仙州别驾。虽然官越做越小，但他到仙州后，还是日聚英豪提笼架鸟，和祖咏等人恣意胡闹，于是又被贬为道州司马。长期声色犬马的生活，使他的身体非常虚弱，由于偶感风寒没有得到及时治疗，竟因此死在半道。

在李白到达长安之前，王翰就是当时的超级偶像。杜甫在《壮游》一诗中说自己"七龄思即壮，开口咏凤凰。九龄书大字，有作成一囊。李邕求识面，王翰愿卜邻"，虽然是他自卖自夸，但间接说明王翰当时名满天下。杜甫说王翰想和他做邻居没有旁证，当时倒是确实有人觉得与王翰为邻三生有幸。

王翰以一首《凉州词》轰动当代留名千载。

葡萄美酒夜光杯，欲饮琵琶马上催。
醉卧沙场君莫笑，古来征战几人回。

诗中流露出作者的反战倾向，但是豪气纵横，看不出多少哀伤，这就是所谓的盛唐气象。明代诗坛领袖王世贞认为此诗可以作为唐朝七绝压卷之作，在他看来这首诗艳压群芳，王之涣《凉州词》、王维《渭城曲》、李白《春夜洛城闻笛》和王昌龄《出塞》亦当避让。

王翰的诗大多歌咏沙场少年和玲珑美人，感慨春意阑珊人生短暂，辞采华丽音韵婉转。代表作除了《凉州词》，还有《饮马长城窟行》。

长安少年无远图，一生惟羡执金吾。
麒麟前殿拜天子，走马西击长城胡。
胡沙猎猎吹人面，汉虏相逢不相见。
遥闻鼙鼓动地来，传道单于夜犹战。
此时顾恩宁顾身，为君一行摧万人。
壮士挥戈回白日，单于溅血染朱轮。
归来饮马长城窟，长城道傍多白骨。
问之耆老何代人，云是秦王筑城卒。
黄昏塞北无人烟，鬼哭啾啾声沸天。
无罪见诛功不赏，孤魂流落此城边。
当昔秦王按剑起，诸侯膝行不敢视。
富国强兵二十年，筑怨兴徭九千里。
秦王筑城何太愚，天实亡秦非北胡。
一朝祸起萧墙内，渭水咸阳不复都。

东汉开国皇帝刘秀年轻时候曾经说过"仕宦当作执金吾，娶妻当得阴丽华"。执金吾位同九卿，是守卫京师尤其是皇城的北军最高统帅，相当于现代的中央警卫司令。"执金吾缇骑二百人，持戟

五百二十人，舆服导从，光满道路，群僚之中，斯最壮矣。"因此长安少年和刘秀一样羡慕不已。

这首《饮马长城窟行》和《凉州词》都流露出反战的倾向，但那时正当盛唐，举国上下都认为犯我强汉者虽远必诛，所以并没有对世道人心产生多大影响。"葡萄美酒夜光杯，欲饮琵琶马上催"甚至被理解为潇洒豪放，年轻的大唐诗人们唱着《凉州词》走向边关和战场。

王翰是唐朝诗人中活得最洒脱的人。李白长安市上酒家眠，天子呼来不上船，王翰醉卧沙场君莫笑，古来征战几人还；李白一心想求仙，王翰认为神仙不假外求，自己快活就是神仙，在人间已是癫，何苦要上青天；李白喜欢游览名山大川，王翰认为姿色是一道风景线，踏遍青山不如温柔同眠。

第六回

春风不度玉门关　万里长征人未还

>白日依山尽，黄河入海流。
>
>欲穷千里目，更上一层楼。

在一个秋天的黄昏，王之涣登上鹳雀楼。他在楼下的时候还是初唐，他刚刚告别初唐四杰和陈子昂，到了楼上已是盛唐，张九龄、王昌龄、王维、孟浩然、李白、杜甫、高适、岑参、张继济济一堂。

胡应麟认为王湾的"海日生残夜，江春入旧年"宣告盛唐驾到，但更多人觉得王之涣的这首《登鹳雀楼》才是盛唐风标。这首诗出现之后，唐朝从贞观永徽进入开元天宝。那种天下太平、百姓富足的景象，杜甫多年之后依然念念不忘，"忆昔开元全盛日，小邑犹藏万家室。稻米流脂粟米白，公私仓廪俱丰实。九州道路无豺虎，远行不劳吉日出。齐纨鲁缟车班班，男耕女桑不相失。宫中圣人奏云门，天下朋友皆胶漆。百余年间未灾变，叔孙礼乐萧何律。"

鹳雀楼在山西永济，和《西厢记》故事的发生地普救寺相距不远。当地的两大名胜都和唐代诗人有关。《西厢记》改编自元稹的《会真记》，张生的原型极有可能是元稹本人。永济离潼关很近，交通方便，所以鹳雀楼经常有诗人登临赋诗。中唐诗人畅当也写过五言绝句《登鹳雀楼》，这首诗可以和王之涣所作分庭抗礼。

迥临飞鸟上，高出世尘间。
天势围平野，河流入断山。

畅当姓氏罕见，他和王之涣一样出身官宦家庭，不过他父亲畅璀官至礼部尚书，而王之涣的父辈只做过县令之类的小官。畅当考取进士之前曾经负羽从军，这首诗也写得境界高远豪气干云。

太原王氏是魏晋以来的名门望族，不过王之涣这一支早已家道中落。王之涣和王昌龄、高适是好朋友，三人有一个共同点，就是年轻的时候游手好闲，既不读书考进士，也没想过要做诗人。有一天不知是互相约好，还是像鱼玄机一样受了新科进士的刺激，突然拿起笔开始写诗，并且很快声名鹊起。

开元中，他们三人已经名满天下，经常一起游山玩水，不醉不归。这日微雪天寒，三人照例去旗亭饮酒取暖，那里允许他们拖欠酒钱。有一群梨园子弟随后走进旗亭。三人见对方人多，主动把八仙桌让给他们，自己移到角落上的小桌，一边烤火一边冷眼旁观。过了一会儿，又有几位妙龄歌妓陆续赶到。大概是因为喝了点酒心情不错，这些梨园子弟开始轻歌曼舞。

王昌龄说："我们都是小有名气的诗人，平时谁也不服谁，今天是个一分高下的机会。"

王之涣问："你想赛诗？我奉陪。谁输了谁出酒钱。"

三人中高适最年轻也最寒酸，平时下馆子很少掏钱，今天要是凭才学赢了，就可以还两王的部分人情，所以也欣然同意比拼。

高适问王昌龄："你说怎么比？"

"不用比，他们会帮我们分出高低。"王昌龄指着那些歌妓说，"我们的诗都已经改编成流行歌曲，一会儿她们肯定会唱到，我们只要计数就行了。谁的诗被她们唱得最多，谁就笑到最后。"

王之涣和高适都觉得这办法不错。

一个歌妓果然开始唱"寒雨连江夜入吴，平明送客楚山孤……"这是王昌龄的《芙蓉楼送辛渐》。他得意地放下一枚筷子。

过了一会儿，又位一歌妓唱起"开箧泪沾衣，见君前日书。夜台何寂寞，犹是子云居……"这是高适的《哭单父梁九少府》，所以高适也放下一枚筷子。

第三个歌妓唱的是"奉帚平明金殿开，且将团扇暂徘徊……"这又是王昌龄的得意之作《长信秋词》。

王之涣一看急了，他说："这几个歌姬根本不懂诗，欣赏不了我的阳春白雪。"

王昌龄见他想耍赖，当然不干。好容易赢了一回的高适也不答应。王之涣无奈，只好指着歌姬中长得最美的那位说："这样行不行，我们以这位美女唱什么定输赢。如果她唱的依然不是我的诗，那我对你们五体投地，从此以后心甘情愿做小弟。不过她要是唱了我的诗，你们得拜我为师。"

王昌龄和高适勉强同意。

过了一会儿，那个梳双鬟的美女清清嗓子起来歌唱。

王之涣提心吊胆，直到她唱出"黄河远上白云间，一片孤城万仞山……"

王之涣得意狂笑，手舞足蹈。

"怎么样，服了没有，还不快叫师父？"

那些梨园子弟看见三人一直在指点议论，走过来询问原因。高

适说出实情。梨园子弟久仰大名，当即请三位诗人入席，为他们付酒钱并索要签名。他们醉倒之前唯一记得的画面，就是几位歌妓脉脉含情的眼睛。

当时写诗只有虚名，不能养家糊口，三个好朋友迫于生计只好分手。王之涣来到冀州衡水县做主簿。就在衡水主簿任上，他再次尝到了做诗人的甜头。衡水县令李涤的小女儿仰慕王之涣的才华，向父母表示非他不嫁。此时的王之涣早已有妻有子，李小姐嫁给他只能做小妾，她父母当然不愿意。李小姐只好祭出自古以来小女孩对付父母的绝招，一哭二闹三上吊。李涤拗不过女儿，最终同意了这门婚事。

大概是因为偶尔挪用公款请朋友喝酒，王之涣遭人投诉，老丈人也不便袒护。王之涣一气之下带着李小姐拂袖而去，在外游荡了十五年，后来因为生活所迫才重新开始写简历求官。吏部官员都在家里教子孙背诵过王之涣的《登鹳雀楼》，所以对他很有好感。正好这时文安县尉离任，而王之涣的祖父做过文安县令，于是王之涣被派往文安。因为他几次做官都在河北境内，《唐才子传》误以为他是蓟门当地人。

文安地处北京和天津之间。这里当时靠近边关，民风强悍。王之涣在文安做官期间，高适曾经来看望他，两人携手同游蓟门，最远到过今天的山海关外。高适写下一首《营州歌》描述当地的风土人情：

营州少年厌原野，狐裘蒙茸猎城下。
虏酒千钟不醉人，胡儿十岁能骑马。

文安当地的匪盗听说王之涣是个书生，而且年过五十，所以没把他放在眼里。王之涣暗中摸清匪情，而后把他们一网打尽。这些匪盗多是地方豪强子弟，王之涣给他们两条路：坐牢或当兵。地方豪强虽然对王之涣怀恨在心，还是敲锣打鼓把子弟送去参军。驻军将领正为兵员不足的事发愁，所以王之涣的拥军行为让他非常感动，知道他是著名诗人后，更以和他交往为荣。地方豪强本想报复王之涣，见此情景不敢轻举妄动。

文安从此果然既文明又安全，老百姓对他很满意，上司也表扬推荐。王之涣工作更加卖力，因此积劳成疾，终于在五十五岁的时候以身殉职。驻军将领派兵护送他的遗体和家眷回乡。王昌龄和高适等人把他安葬在洛阳北邙。生在洛阳、死葬北邙是当时上流社会的人生理想。

值得庆幸的是，王之涣是少数留下墓志铭的诗人之一。他的墓志铭20世纪30年代才发现，作者靳能称王之涣"孝闻于家，义闻于友，慷慨有大略，倜傥有异才"。但不知什么原因，这位著名诗人的作品只有六首流传至今。《登鹳雀楼》已是盛唐风标，但他的

《京江送别图》（局部）明_沈周

《凉州词》更上一层楼。《登鹳雀楼》只是使普通人佩服，《凉州词》足以让诗人们低头。

> 黄河远上白云间，一片孤城万仞山。
> 羌笛何须怨杨柳，春风不度玉门关。

这首诗通过玉门关外的荒凉景象表达反战的倾向，但是含蓄蕴藉，哀而不伤。章太炎誉为"绝句之最"，不过更多人认为这首诗在名篇如云的唐朝还不至于"天下独绝"，至少王昌龄的《出塞》可以和它平分秋色。

> 秦时明月汉时关，万里长征人未还。
> 但使龙城飞将在，不教胡马度阴山。

最有意思的是，这两首诗因为都属边塞诗经典，而且押的是同一种韵，经常被人弄混。很多小朋友背诵《凉州词》的时候，直接从"黄河远上白云间，一片孤城万仞山"跳到"但使龙城飞将在，不教胡马渡阴山"，或者反过来，从"秦时明月汉时关，万里长征人未还"直取"羌笛何须怨杨柳，春风不度玉门关"。

如果一定要在这两首边塞诗经典中选择更好的一首，那我倾向于王昌龄的《出塞》。因为王之涣的《凉州词》虽然气势如虹，但只是在空间上场面浩大，而王昌龄的《出塞》穿越时空。"秦时明月汉时关，万里长征人未还"照映古今，仅凭这两句就足以傲视群雄。而且"秦时明月汉时关"在时间上和张若虚的"江畔何人初见月？江月何年初照人？"衔接得天衣无缝，把整个人类历史涵盖其中。后面"但使龙城飞将在，不教胡马渡阴山"不如"羌笛何须怨杨柳，春风不度玉门关"委婉，但国难思良将，边塞诗本不以委婉见长。

王之涣的两首名作都和黄河有关，他一生好像也没有离开过黄河两岸。真希望他去过江南，或许也会留下描写江南的名篇。

《凉州词》的故事还有续篇。据说到了晚清，喜欢《凉州词》的慈禧太后要求一位书法很好的大臣把《凉州词》写在檀香扇上。大臣不敢怠慢，回去反复练习之后才开始落笔。谁知他过于紧张，竟然少写了那个"间"字。他把老婆孩子一起叫到跟前，提前交代了后事，告诉儿子读书做官太危险，以后就在老家种田，打死也别考公务员。

老婆孩子哭成一片。大臣长叹一声，硬着头皮进宫求见。

慈禧太后拿过扇子一看，果然拉长老脸。

"怎么少写了一个字？"

大臣灵机一动为自己狡辩。

"老佛爷，臣没有漏字，只是略作调整，推陈出新。"

他把王之涣的诗重新断句后，就成了下面这首词：

> 黄河远上，白云一片，孤城万仞山。
>
> 羌笛何须怨？杨柳春风，不度玉门关。

慈禧反复诵读了几遍，觉得勉强说得通，于是放过这位大臣。

王昌龄是琅琊王氏。天下王姓分为三房，太原王氏、琅琊王氏和京兆王氏。琅琊王氏因为帮助东晋建国，"王与马，共天下"，并且出现了王导、王羲之这样杰出的人才，所以在王氏三房中最为兴旺发达。但是到了王昌龄这一代，早已和王之涣一样沦为普通士族。

王昌龄住在"水临灞岸，山接芷阳，风传长乐之钟，日下新丰之树"的白鹿原上。他年轻的时候笑傲王侯，无奈家道中落，一度穷困到需要下田耕作。因为物价太贵，自己在房前屋后种了点有机

蔬菜，时不时还把多余的青菜挑到集市上去卖。

有的学者根据王昌龄边塞诗对边疆地理风情的准确描述，判断他在中进士前去过西北边疆漫游，最远可能到过传说中李白的出生地中亚碎叶城。穷家富路，旅游是最花钱的一项活动。王昌龄的家产说不定就是因此被他挥霍一空的。

王昌龄写过两首《少年行》，极有可能描述的是他自己早年的生活情景。年轻时王昌龄和诗中的西陵少年一样，相逢意气为君饮，系马高楼垂柳边，觉得没有必要进官场俯仰随人。中年以后为了养家糊口不得不向现实低头。他的家庭背景连王之涣、高适都不如，史书上没有留下他父祖做官的记录，他不考进士就没有出路。年近不惑始中进士不是他不擅长考试，而是他起步较晚，证据之一是他不久之后又考取难度更高的博学宏词。

王昌龄在开元十五年（727年）中进士后做了秘书省校书郎，因为朝中无人一直没有得到升迁，一气之下又在开元二十二年参加了博学宏词考试，通过考试后被任命为汜水尉。汜水靠近东都洛阳，境内虎牢关在先秦曾经是和函谷关齐名的天下雄关，这里正是当年唐太宗李世民带领三千玄甲军大破王世充和窦建德十万联军的地方。过往官员都要下马参观虎牢关并指名宴请王昌龄，他们吹捧王昌龄为天下第一诗人。王昌龄兴奋之下经常喝醉，喝醉之后喜欢骂人，他后来成为官场公敌很可能和他口无遮拦有关。

做了几年汜水尉之后，王昌龄第一次遭到流放。这次流放岭南的原因和具体地点至今是个谜团。开元末年他从岭南北归的时候，顺道去襄阳拜访孟浩然，没想到这次拜访要了老朋友的命。孟浩然当时背上长了个毒疮，大夫嘱咐不能饮酒。孟浩然一看见好朋友，早把医嘱抛在脑后，立刻让家人宰了一只肥鹅，结果"食鲜疾动"。他强撑病体登高目送王昌龄消失在远处山口，自己随后一头栽倒滚下山坡。

王昌龄回到长安不久被任命为江宁丞。江宁就是现在的南京。岑参有《送王大昌龄赴江宁》诗相送。经过洛阳的时候，李颀和綦毋潜等人也为他饯行。王昌龄在江宁期间刘慎虚正在附近隐居，两人交往频繁。这段时间王昌龄尽情观赏江南风景，应该有个不错的心情。

可是几年之后他又被流放龙标。唐人编的《河岳英灵集》说他"再历遐荒"，五代人编的《旧唐书》本传说他"不护细行，屡见贬斥"，元朝人编的《唐才子传》说他"晚途不谨小节，谤议沸腾，两窜遐荒"，但都没说具体罪名。日本高僧遍照金刚空海大师所著《文镜秘府论》中有王昌龄的两句逸诗"得罪由己招，本性易然诺"，隐约透露了他再遭贬斥的原因。

王昌龄觉得自己问心无愧，所以请辛渐代他向洛阳亲友致意。这就是他的名作《芙蓉楼送辛渐》。

寒雨连江夜入吴，平明送客楚山孤。
洛阳亲友如相问，一片冰心在玉壶。

听说王昌龄被贬龙标，李白写了《闻王昌龄左迁龙标遥有此寄》，希望自己可以陪朋友一起上路，顺便游览传说中的夜郎古国。

杨花落尽子规啼，闻道龙标过五溪。
我寄愁心与明月，随君直到夜郎西。

后来当唐肃宗君臣讨论如何处理加入永王反叛集团的李白时，有人想起这首诗，于是大家一致同意帮李白报名参加夜郎自驾游，满足他"随君直到夜郎西"的诉求。

陶渊明《桃花源记》问世之后，到处都有人声称桃花源就在他们家门口，但最符合陶渊明描述的可能是今天的湖南常德桃源县，

因为这里西汉以来就是武陵郡。龙标曾是武陵属县。王昌龄在诗中多次提到武陵桃花源，很可能亲自探访过那个"芳草鲜美，落英缤纷"的地方。这一带山清水秀，王昌龄也算因祸得福。

沅溪夏晚足凉风，春酒相携就竹丛。
莫道弦歌愁远谪，青山明月不曾空。

这首诗名叫《龙标野宴》，完全没有迁客骚人的满目凄凉。另一首诗《送柴侍御》宣布他已经把武陵当作故乡。

流水通波接武冈，送君不觉有离伤。
青山一道同云雨，明月何曾是两乡。

当地人认为他的名篇《芙蓉楼送辛渐》也是在龙标写的，还特意重建了一座芙蓉楼。但多数学者认为芙蓉楼在润州丹阳即今天的镇江丹阳，因为同名诗还有一首"丹阳城南秋海阴，丹阳城北楚云深。高楼送客不能醉，寂寂寒江明月心"，明确指出高楼是在江苏丹阳。

不过芙蓉楼在龙标的可能性也不是完全没有。唐宋时期湘、资、沅、澧流域芙蓉遍地，因此湖南一直被称为芙蓉国。龙标正在沅水流域。现在江苏丹阳和湖南洪江各有一座芙蓉楼，生前走投无路的诗人肯定想不到自己身后会如此抢手。

在桃源仙境尽情遨游，王昌龄可以暂时忘记自己被放逐。当地官员也对他比较照顾。当他离开龙标的时候，心怀感激的王昌龄知恩图报，这就是他的《答武陵太守》。

仗剑行千里，微躯敢一言。
曾为大梁客，不负信陵恩。

王昌龄在龙标期间，他的进士同年常建正在湖北长江南岸梁子湖一带隐居，曾经寄诗邀请王昌龄一起归隐。王昌龄离开龙标后，并没有赴常建之招。他在洞庭湖一带和李白邂逅。诗家天子和天上谪仙把酒言欢。王昌龄因此写了一首《巴陵送李十二》作为纪念。

摇曳巴陵洲渚分，清江传语便风闻。
山长不见秋城色，日暮蒹葭空水云。

此时安史之乱爆发，唐玄宗放弃长安逃往剑南。王昌龄无处可去，只好顺长江东下，在他熟悉的金陵一带停留了一段时间。后来看到叛军在郭子仪等人打击下节节败退，他渡江北上试图从军。他在安徽濠州看见官军滥杀无辜，私设关卡掠夺财物，愤而求见刺史闾丘晓。闾丘晓袒护自己的士兵，反诬王昌龄企图投靠安史叛军。王昌龄拒绝下跪。闾丘晓下令砍断他的双腿，一不做二不休，随后命令士兵杀人灭口。诗家天子竟因此中道崩殂。

不久之后，唐肃宗任命张镐为河南节度使，持节都统淮南等道诸军事。正好这时张巡在睢阳被叛军包围，张镐立刻带领大军日夜兼程，同时传檄濠州刺史闾丘晓引兵救援。闾丘晓拥兵自重，迁延不进。当张镐赶到淮口时，睢阳已经被叛军攻陷，张巡、许远和猛将南霁云等为国捐躯。愤怒的张镐带兵突然闯进闾丘晓军营，下令把正搂着美女春眠不觉晓的闾丘晓拖出去打死。

闾丘晓演技一流，立刻开始痛心疾首。

张镐屏退左右，低声对闾丘晓说："其实我知道你即使出兵也于事无补。我完全可以不杀你。"

闾丘晓以为有希望活命，感激涕零，主动献出全部财产。

"请大人放我一条生路。"

"你为什么不放王昌龄一条生路？"

"我上有八十老母，我要死了就没人尽孝。"

"王昌龄家里也有老母。"

"你既然一心要为王昌龄报仇，那就痛快给我一刀。"闾丘晓自知难以幸免，所以口气开始强硬。

"王昌龄是诗家天子，你是流浪狗身上的虱子，死一百次也不能给他偿命。就这么一刀砍死岂不便宜了你？"

"你想把我凌迟处死？"

"那样太残忍，而且现在正在打仗，不能在你身上浪费时间。"张镐命令军士，"来人，把他带去靶场，让那些胆小的新兵用来练箭。刺史大人愿意用自己的生命为平定叛乱作最后的贡献。"

闾丘晓问："这和凌迟有什么区别？"

"当然有。运气好的话你可能一箭就被射死，远没有凌迟痛苦。"

"我什么时候说我愿意了？"

"你还有其他选择吗？你放心，我会请求朝廷追认你为革命烈士。"

第七回

王昌龄诗家天子　李太白上清沦谪

王昌龄在盛唐名重一时，和李白相差无几。李白是天上谪仙，王昌龄是诗家天子。他们都擅长七言绝句。王昌龄左迁龙标，李白供奉翰林，《唐诗别裁》的作者沈德潜说"七言绝龙标、供奉，妙绝古今，别有天地"。王世贞说"七言绝句王少伯与太白争胜毫厘，俱是神品"。王夫之甚至认为王昌龄的七绝超越李白。

和李白、王昌龄同时代的殷璠在天宝十二年（753年）编选《河岳英灵集》，王昌龄的诗歌入选最多，其次是王维、常建和李颀，然后才是李白、高适。可见至少在以殷璠为代表的那部分当时人眼里，王昌龄不愧诗家天子。

王昌龄善于用乐府旧题写边塞诗。他的边塞诗浑然天成，和高适、岑参相比有过之无不及。比如他的组诗《从军行》，几乎每一首都是经典。

一

青海长云暗雪山,孤城遥望玉门关。
黄沙百战穿金甲,不破楼兰终不还。

二

大漠风尘日色昏,红旗半卷出辕门。
前军夜战洮河北,已报生擒吐谷浑。

三

烽火城西百尺楼,黄昏独上海风秋。
更吹羌笛关山月,无那金闺万里愁。

四

琵琶起舞换新声,总是关山旧别情。
撩乱边愁听不尽,高高秋月照长城。

在唐朝之前的魏晋南北朝,王谢两个高门大族的声势接近甚至超越皇室,尤其是王昌龄所属的琅琊王氏。王昌龄虽然已经家道中落,但他从来没有忘记自己是芝兰玉树的王谢子弟。他的边塞诗有一种纵横天地的豪情自信,刚柔相济哀而不伤,比高适和岑参的作品更能代表盛唐气象。

《出塞》组诗除了不朽名篇"秦时明月汉时关",另一首也是不可多得的好诗。

骝马新跨白玉鞍,战罢沙场月色寒。
城头铁鼓声犹振,匣里金刀血未干。

这首诗有的诗歌选集归入李白名下，但我认为作者是王昌龄的可能性更大。李白虽然出生在西域，但成年后却没有去过边关，所以他的边塞诗不注重细节描写，并且多半站在征人妻子的角度泛泛而论。而这首诗的作者很可能亲眼目睹边关将士战罢归来，见过军刀因为带血和刀鞘粘在一起难以分开的情景。

王昌龄还有一首《塞上曲》（蝉鸣空桑林）和两首《塞下曲》经常被人提到，但明显不如那些七绝灵动夭矫。

除了擅长写边塞题材，他的宫闱诗也写得特别好，体裁依然是他最拿手的七绝。王昌龄是名副其实的七绝圣手。

长信秋词

一

金井梧桐秋叶黄，珠帘不卷夜来霜。
熏笼玉枕无颜色，卧听南宫清漏长。

二

奉帚平明金殿开，且将团扇暂徘徊。
玉颜不及寒鸦色，犹带昭阳日影来。

三

真成薄命久寻思，梦见君王觉后疑。
火照西宫知夜饮，分明复道奉恩时。

四

长信宫中秋月明，昭阳殿下捣衣声。
白露堂中细草迹，红罗帐里不胜情。

第二首以昭阳日影比拟君王恩泽。第三首"真成薄命久寻思，梦见君王觉后疑"是宫闱诗最动人的细节描写，比白居易的"红颜未老恩先断，斜倚熏笼坐到明"更加凄凉深刻。

王昌龄还写过《春宫怨》。

> 昨夜风开露井桃，未央前殿月轮高。
> 平阳歌舞新承宠，帘外春寒赐锦袍。

另有一首名字很相似的《西宫春怨》。

> 西宫夜静百花香，欲卷珠帘春恨长。
> 斜抱云和深见月，朦胧树色隐昭阳。

"云和"指琴瑟。诗中妃子静夜无眠，起来想用音乐打发时间。可是在开始抚琴之前，不由自主地望向昭阳殿那边。整个画面就定格在这一刻，给人无限的想象空间。她是开始轻拢慢捻，还是一声叹息之后把琴瑟放到一边？

王昌龄的《闺怨》也是名篇。

> 闺中少妇不知愁，春日凝妆上翠楼。
> 忽见陌头杨柳色，悔教夫婿觅封侯。

闺怨是古代诗歌的重要题材。宫闱诗或宫词一般也列入"闺怨"范围，但因为名家名作太多，已经可以独立成军。

王昌龄的《青楼曲》也属于闺怨诗，不过这个青楼是"家住层城临汉苑"的贵妇住处，而不是满楼红袖招的烟花之地。

白马金鞍随武皇,旌旗十万宿长杨。

楼头少妇鸣筝坐,遥见飞尘入建章。

"长杨"是指上林苑内宫殿长杨宫,这里是秦汉皇家猎场,位于今陕西周至东南。"建章"是指汉武帝太初元年修筑的建章宫,在长安城外未央宫西,也属于上林苑范围,千门万户气势雄伟。太液池和金铜仙人都在建章宫内。

因为去过江南,他也善于写江南女子的天真烂漫。

采莲曲

一

吴姬越艳楚王妃,争弄莲舟水湿衣。

来时浦口花迎入,采罢江头月送归。

二

荷叶罗裙一色裁,芙蓉向脸两边开。

乱入池中看不见,闻歌始觉有人来。

离别是古代诗人最重要的题材,王昌龄也不例外。除了名作《芙蓉楼送辛渐》,下面这首《同从弟南斋玩月忆山阴崔少府》也是人见人爱。

高卧南斋时,开帷月初吐。
清辉澹水木,演漾在窗户。
苒苒几盈虚,澄澄变今古。
美人清江畔,是夜越吟苦。
千里其如何,微风吹兰杜。

王昌龄和李颀一样爱好音乐，他也写过几首音乐诗，最动人的是《听流人水调子》。

孤舟微月对枫林，分付鸣筝与客心。
岭色千重万重雨，断弦收与泪痕深。

沈德潜说"龙标绝句，深情幽怨，意旨微茫，令人测之无端，玩之无尽。"但我认为深情幽怨只是王昌龄七绝偶然的表情，无论他的人生还是他的诗心，王昌龄都无悔无怨，可以诉苦，绝不乞怜。

边塞诗和闺怨诗的题材风格和表现手法几乎截然相反，王昌龄却能同时登峰造极，他是唯一一个可以做到这一点的诗人。李敖说唐太宗侠骨柔情一应俱全，也许这个评语更适合王昌龄。王昌龄最流行的绰号是"诗家天子"。诗家天子的另一个版本是"诗家夫子"。我觉得诗家夫子适合杜甫或王维、孟浩然，王昌龄诗高华悠远，如龙腾四海，凤舞九天，还是诗家天子比较相称。

如果在世界范围内进行比较，我们会发现唐朝很像古希腊城邦国家雅典。古雅典同样文学艺术高度发达，好战但是经常败给另一个古希腊城邦国家斯巴达。更加尚武的斯巴达及其盟邦多次兵临雅典城下。在一百年左右的时间里，古雅典这个只有几万人口的城邦国家相继诞生了埃斯库罗斯、索福克勒斯和欧里庇得斯这三大悲剧家，喜剧家阿里斯托芬的成就也和他们不相上下。后世只有莎士比亚可以和他们比肩，也就是说，人类有史以来最伟大的五位戏剧家有四位在古雅典。

除了这几大戏剧家，古雅典同时还诞生了苏格拉底、柏拉图和亚里士多德这三位伟大的哲学家。苏格拉底因为经常在打仗的时候做逃兵，成为阿里斯托芬讽刺挖苦的对象。阿里斯托芬的喜剧上演的时候，苏格拉底本人就在剧场。苏格拉底不但不生气，还应观众要求站起来亮相,让大家比较台上的演员和他本人是否相像。

　　唐朝仅盛唐就出现了五位伟大的诗人,公元 690 年,孟浩然和诗家天子王昌龄同时诞生。701 年,诗佛王维和诗仙李白携手来到人间,712 年诗圣杜甫出生。每过十一年就有一两位伟大诗人诞生,从孟浩然出世到杜甫降生不过二十二年。二十二年在人类史上只是一瞬间,却有五位伟大诗人从天而降,王勃在《滕王阁序》中说的物华天宝人杰地灵,最适合用来形容盛唐。

　　如果加上白居易、刘禹锡、李贺、李商隐和杜牧,中国最伟大的诗人绝大部分都在唐朝。能和他们并肩站在一起的,只有屈原、曹植和陶渊明等寥寥数人。苏东坡的才华绝后空前,但他的诗词成就必须加在一起,才能和这些前辈巨星相提并论。

　　换句话说,中国有史以来最伟大的诗人盛唐占了一半,这还没算边塞诗的两员大将高适和岑参。和他们同时的还有张九龄、王之涣、李颀、王湾、祖咏、张继、常建。

《李白行吟图》宋_梁楷

后面这几位诗人的光芒虽然被五大巨星所掩，但如果把他们放到南宋以后，每个人都可以以南面称尊。

如果人类可以穿越时光，那我一定要去盛唐。我要陪张九龄看海上生明月，听王维唱阳关三叠，站在祖咏身边望终南余雪。我还要随王之涣登上鹳雀楼，听王昌龄表白一片冰心在玉壶，请求李白带我去长安市上饮酒，帮助漂泊西南的杜甫漫卷诗书。在夜来风雨之后，同孟浩然一起担忧花落知多少。烟花三月下扬州。姑苏城外，张继已经和我相约枫桥。

唐诗最伟大的代表是李白和杜甫。但如果只选一个代表，那毫无疑问是李白而不是杜甫。杜甫虽然炉火纯青超凡入圣，但无奈李白本是天上谪仙。一个得天独厚的王朝，肯定要请一位来自天上的神仙代言。

李白字太白，太白就是天上的启明星，据说他母亲怀孕时梦见过太白金星。这其实就是要告诉世人，李白不是凡人。他离开四川之前的经历基本是个谜团，学仙学剑，正说明他远离人间。据说他出川的时候，身为豪商巨贾的哥哥送给他满船黄金，这也是他冒着生命危险走水路的原因。最先帮他在长安造势的是著名道士司马承祯，而把他称为谪仙人的贺知章也是个仙风道骨的高人。

在连和尚、歌妓都会写诗的唐朝，他的五绝只有王维、七绝只有王昌龄可以比肩，歌行体更是独占鳌头。他自称"五岳寻仙不辞远，一生好入名山游"，在那个交通不便、虎狼横行的年代如此不辞辛苦，唯一的解释就是他在寻找回到天上的路。就连登临武昌黄鹤楼，他最关心的也是那些从这里飞升的仙人。

证明李白可能是神仙的证据还有很多，当时李白有很多追星族，这其中包括诗圣杜甫，可奇怪的是，几乎没人去过他的家乡拜访他的故居和父母。杜甫在成都滞留四年，还在陈子昂的家乡梓州住过将近两年，而江油就在剑门和成都之间的官道附近，离梓州只有咫尺之遥。杜甫参观过陈子昂故居，却没有去江油寻访李白家乡的记录。

至于说他出生在遥远的碎叶城，那地方在今天的吉尔吉斯斯坦托克马克城，不要说当时，就是现在也很难查证。一个人出于什么目的要对自己的身世讳莫如深？有人推断李白是在玄武门之变中被杀的李建成、李元吉的后人，可这事早已时过境迁。

证明李白不是凡人还有一个依据，他虽然写过思念故乡的诗，但是出川之后从未回过故里。晚年因为卷入唐肃宗和永王李璘兄弟之间的宫廷斗争流放夜郎，溯江而上到了三峡之后听到大赦的消息，他立刻掉头东下，怎么看他都没把四川当作自己的老家。

此外另有一个旁证就是李白对明月特别迷恋。他曾追问过明月的出处去向，写过无数和月亮有关的诗文。他有妹妹名月圆，儿子伯禽小名明月奴。李白在漫游四海的过程中，最好的旅伴就是天上的这轮明月。他一生都在仰望星空，就连他最后离开人间，传说也是酒后错把水中月和天上那轮明月弄混。

当然，最能证明李白是神仙的，是他超凡入圣的才华。

李白留下的散文不多，且多是求人引荐的书信。这些求职信已成经典，后世所有自以为怀才不遇的人，先把求职信写到李白这个水平再抱怨。李白最脍炙人口的散文是《春夜宴从弟桃李园序》，告诉我们什么叫不鸣则已，一鸣惊人。

> 夫天地者，万物之逆旅也；光阴者，百代之过客也。而浮生若梦，为欢几何？古人秉烛夜游，良有以也。况阳春召我以烟景，大块假我以文章。会桃李之芳园，序天伦之乐事；群季俊秀，皆为惠连；吾人咏歌，独惭康乐。幽赏未已，高谈转清。开琼筵以坐花，飞羽觞而醉月。不有佳咏，何伸雅怀？如诗不成，罚依金谷酒数。

"逆旅"是指客栈或旅馆。"大块"是指大自然或大地。"群季"指诸弟。"惠连"即谢惠连,南北朝著名诗人谢灵运族弟,著名的王谢子弟之一。"康乐"即谢灵运,他是淝水之战中大败苻坚的东晋名将谢玄之孙,袭封康乐公。"坐花"即坐在花丛中。"羽觞"是指古代一种鸟雀状酒器,有头尾羽翼。"醉月"即醉倒在月光下。"金谷"指洛阳西北金谷涧,西晋豪强石崇的金谷园修筑于此,他在《金谷诗序》中提到"遂各赋诗,以叙中怀,或不能者,罚酒三斗"。

李白还是书法大家。他的真迹《上阳台帖》现藏故宫博物院。帖后有书法大家宋徽宗赵佶题跋:太白尝作行书"乘兴踏月,西入酒家,不觉人物两忘,身在世外"一帖,字画飘逸,豪气雄健,乃知白不特以诗鸣也。

很多人认为李白在《清平调》之外没有写过词,但更多人认为传世的《菩萨蛮》和《忆秦娥》非李白莫属。这两首词被誉为"百代词曲之祖"。

菩萨蛮

平林漠漠烟如织,寒山一带伤心碧,暝色入高楼,有人楼上愁。玉阶空伫立,宿鸟归飞急。何处是归程,长亭连短亭。

忆秦娥

箫声咽,秦娥梦断秦楼月。秦楼月,年年柳色,灞陵伤别。乐游原上清秋节,咸阳古道音尘绝。音尘绝,西风残照,汉家陵阙。

五代两宋词家人才辈出,名家名作浩如烟海,可是谁也不敢说自己已经超越李白。

在唐朝以后大多数学者眼里,杜甫是中国最伟大的诗人,但他一生最佩服的就是李白。他知道李白是仙才,自己的诗写得再好也只是人才;他的诗李白可以写,李白的诗他却写不出来。他在《春日忆李白》中把自己对李白的仰慕表达得淋漓尽致。

>白也诗无敌,飘然思不群。
>清新庾开府,俊逸鲍参军。
>渭北春天树,江东日暮云。
>何时一尊酒,重与细论文。

"清新庾开府,俊逸鲍参军"说的是南北朝著名文学家庾信和鲍照。杜甫的意思是李白兼有庾信的清新和鲍照的俊逸。

杜甫怀念李白的诗歌几乎每首都是脍炙人口的名篇,可见他写的时候非常用心。例如下面这首五律《不见》。

>不见李生久,佯狂真可哀。
>世人皆欲杀,吾意独怜才。
>敏捷诗千首,飘零酒一杯。
>匡山读书处,头白好归来。

匡山是李白当年读书的地方,如今也遭到各地哄抢。有人认为在济南郊外,有人认为在湖北武穴,但一般认为李白老家四川江油的大匡山才是真迹所在。

现存杜甫写到李白的诗有将近十首,而且大部分是名篇,但李白写给杜甫的诗只有两首并且平淡无奇,远不如他写给王孟的《闻王昌龄左迁龙标遥有此寄》和《送孟浩然之广陵》。

李白对待杜甫还不如对待只有一面之缘的安徽人汪伦。据清朝袁枚《随园诗话补遗》记载，汪伦为了忽悠李白去他家乡旅游，在给李白的信中写道："先生好游乎？此地有十里桃花；先生好饮乎？此地有万家酒店。"李白接信后欣然前往。到了汪伦家乡，李白问十里桃花和万家酒店在什么地方。汪伦回答说："桃花者，潭水名也，并无桃花；万家者，店主人姓万也，并无万家酒店。"李白放声大笑，留连数日离去，临行时写下《赠汪伦》。

李白乘舟将欲行，忽闻岸上踏歌声。
桃花潭水深千尺，不及汪伦送我情。

杜甫对李白几乎无条件倾慕，可见在他心目中李白处在怎样的高度。其实直到今天，任何人只要看了李白的《蜀道难》《梦游天姥吟留别》《将进酒》《长相思》《行路难》《庐山谣寄卢侍御虚舟》和《宣州谢朓楼饯别校书叔云》，都会感叹"此曲只应天上有，人间能得几回闻"。能够写出如此诗章的人，不太可能是凡人。

杜甫写诗"为人性僻耽佳句，语不惊人死不休"，李白也笑他"借问别来太瘦生，总为从前作诗苦"。杜甫和"两句三年得，一吟双泪流"的贾岛、"吟安一个字，捻断数茎须"的卢延让都是苦吟诗人，而李白"敏捷诗千首"，从来不知道苦吟为何物。三首脍炙人口的《清平调》据说就是在唐玄宗和杨贵妃面前一气呵成，当时他正在长安市上醉眠，被高力士带人抬到宫中时依然半睡半醒，把杨贵妃当作酒家女要求来个爱的抱抱，唐玄宗不得不"唤起谪仙泉洒面"。

杜甫说"白也诗无敌"，李白一生确实罕遇对手，但是崔颢打破了他的全胜纪录。李白做了湖北人的女婿，经常往来武昌和安陆，但是却没有题诗黄鹤楼，因为"眼前有景道不得，崔颢题诗在上头"。

> 昔人已乘黄鹤去，此地空余黄鹤楼。
> 黄鹤一去不复返，白云千载空悠悠。
> 晴川历历汉阳树，芳草萋萋鹦鹉洲。
> 日暮乡关何处是，烟波江上使人愁。

崔颢的这首《黄鹤楼》让李白无话可说，他在黄鹤楼下吃了很多碗热干面，依然找不到办法可以取胜。他不甘心失败，上船顺流东下寻找灵感，在金陵登上凤凰台，写诗向崔颢挑战。

> 凤凰台上凤凰游，凤去台空江自流。
> 吴宫花草埋幽径，晋代衣冠成古丘。
> 三山半落青天外，二水中分白鹭洲。
> 总为浮云能蔽日，长安不见使人愁。

写完之后才发现，自己竟然被崔颢潜移默化。这首《登金陵凤凰台》明显模仿了崔颢《黄鹤楼》的句法。

其实李白写过几首和黄鹤楼有关的诗，他的名作《送孟浩然之广陵》又名《黄鹤楼送孟浩然之广陵》。此外还有一首《与史郎中钦听黄鹤楼上吹笛》。

> 一为迁客去长沙，西望长安不见家。
> 黄鹤楼中吹玉笛，江城五月落梅花。

不过在这两首诗中黄鹤楼都只是配角，所以把黄鹤楼写得最好的诗人，确实非崔颢莫属。《沧浪诗话》的作者严羽甚至认为"唐人七律诗，当以崔颢《黄鹤楼》为第一。"

崔颢和李白年龄相当，开元十一年（723）进士，曾经做过司勋

员外郎。他早年风流倜傥,写的都是"十五嫁王昌,盈盈入画堂"之类的情诗,据说还因此被邀请他去家里做客的李邕赶出去。李邕是个很有意思的人,自己杀人越货,却看不惯年轻人喝酒泡妞。

崔颢写得最好的情诗是《长干行》。

> 君家何处住?妾住在横塘。
> 停船暂借问,或恐是同乡。

《河岳英灵集》的编者殷璠说崔颢"晚节忽变常体,风骨凛然。一窥塞垣,说尽戎旅"。以此推断崔颢应该是边塞诗大家,但他现存诗歌边塞诗并不多,其中又只有《古游侠呈军中诸将》堪称佳作。

崔颢的律诗很有气势,除了《黄鹤楼》响遏行云,下面这首《行经华阴》同样横扫千军。

> 岧峣太华俯咸京,天外三峰削不成。
> 武帝祠前云欲散,仙人掌上雨初晴。
> 河山北枕秦关险,驿路西连汉畤平。
> 借问路旁名利客,何如此处学长生?

崔颢似乎对安史之乱早有预感,在战争爆发前一年离开人间。

第八回

王维独坐幽篁里　浩然不才明主弃

苏东坡堪称古今第一全才，最接近他的不是李白而是王维。苏东坡是诗文书画四绝，王维是诗文音书画五绝。苏东坡诗词的成就加在一起，才能接近王维的诗歌造诣。王维的散文《山中与秀才裴迪书》毫不逊色于苏东坡的前、后《赤壁赋》和《记承天寺夜游》。

历来对王维诗画最高最权威的评价正是来自苏东坡，他说"味摩诘之诗，诗中有画；观摩诘之画，画中有诗"，"于维也敛衽无间言"。这后一句的意思是，我对王维佩服得无话可说。"敛衽"是指行礼时收敛衣袖，《战国策·楚策》："一国之众，见君莫不敛衽而拜，抚委而服。""间言"有建言和非议两解，这里应该更接近后者。

王维有一点远超苏轼，那就是他的音乐造诣。有人批评苏东坡的诗词不协音律，这和他性格豪放有关，但他的音乐才能确实相对平凡。而王维堪称音乐大师，正是他的音乐天赋帮助他考中状元。他在开元九年（721年）中进士后做的第一个官就是太乐丞。

王维祖籍山西祁县，他父亲做了汾州司马后全家迁到山西永济

也就是鹳雀楼所在地。他和弟弟王缙都是从小多才多艺。王缙后来通过草泽科、文辞清丽科考试，官至同中书门下平章事。两兄弟一个才华绝代，一个位极人臣，生了这么两个儿子，他们的父母想不得意都难。

因为才名早著，所以王维十五岁就去京城应试，并很快得到王公贵族的推许。不久之后，长安开始流传一个和他音乐天赋有关的神奇传说。

某个王公大臣家藏一幅教坊演奏图，这幅图画的名字已经模糊不清。有人想看看王维是否名实相符。

"根据这些乐工的神态姿势，郎君可否看出他们在演奏什么乐曲？"

王维仔细看了看之后回答："他们在演奏《霓裳羽衣曲》，此时正演奏到第三叠第一拍。"

在座王公大臣将信将疑，有好事者立即召来教坊乐师当场演绎。到了《霓裳羽衣曲》第三叠第一拍，乐师们的神态手势果然和画上完全一致。在场公卿叹为观止。

当时的伶人乐师远没有今天的歌手有地位，说白了就是倡优蓄之，所以王维决心考进士。在王维交往的王公大臣里，最欣赏他的是唐玄宗的弟弟李隆范。李隆范就是杜甫《江南逢李龟年》里提到的那个"岐王"。岐王听说王维想考进士，所以带他去见太平公主。王维打扮成伶人，怀抱琵琶跟在岐王身后。

席间岐王让王维上前奏乐助兴。太平公主觉得非常好听，询问岐王乐曲名。

岐王说："我也不知道。这是乐师本人刚度的新曲。"

太平公主这才注意到王维。

"你这首曲子叫什么名字？"

"还没想好。请公主赐名。"

太平公主见王维身穿一袭郁轮袍，妙年洁白，玉树临风。

《江干雪霁图卷》 唐_王维

"要不就叫《郁轮袍》吧。"

王维演奏完毕躬身退下。岐王趁机把王维的诗卷递给太平公主。

"最近我得到一本诗集,不知公主看过没有?"

太平公主随手翻了翻。

"看过呀,怎么啦?"

"那您知道这些诗的作者是谁吗?"

"这些诗风格很像东皋子王绩的《野望》,不会也是王绩写的吧?"

"这些诗的作者远在天边,近在眼前。他就是刚才演奏《郁轮袍》的那位少年。"

第八回　王维独坐幽篁里　浩然不才明主弃

"怎么可能？你肯定在骗人。"

"我哪敢骗姑姑呀。"

岐王和李隆基都是太平公主的侄儿。

太平公主问："既然他这么有文采，你怎么让他做伶人？"

"他希望我介绍他认识公主，有事相求。"

"你是一字齐肩的亲王，还有什么事你不能办，必须我出面？"

"王维想考进士，但是听说公主已经推荐了张九皋，他只好明年再考。"

"为什么呀？"

"王维认为状元非他莫属。可是公主推荐张九皋的话，他就只能屈居第二。"

"这么自信呀。那你让他考吧。只要他有真材实料，我保证没人可以把他挤掉。"

王维果然在开元九年考中状元，年仅二十岁。

因为王维是才华横溢的翩翩少年，而唐朝皇室的公主又以豪放著称，所以人们传言王维和太平公主、玉真公主或唐玄宗在杨玉环之前的宠妃武惠妃有私情，甚至说王维和李白是情敌，他们都喜欢玉真公主。下面这首《秋夜曲》就是王维写给心上人的情诗。

桂魄初生秋露微，轻罗已薄未更衣。
银筝夜久殷勤弄，心怯空房不忍归。

桂魄就是月亮，相传月中有桂树，魄是指月初生时的微光。轻罗是指轻盈的丝织品，通常用来做夏装。后来杜牧写过"轻罗小扇扑流萤"。

王维经常出入公主府，这些流言也不完全是空穴来风。后来王维一心向佛，可以理解为情场失意看破红尘——完美的香港电影剧本。

不过可以肯定的是，王维年少的时候不是书呆子，不然写不出《相思》这么美好的情诗。

> 红豆生南国，春来发几枝？
> 愿君多采撷，此物最相思。

宁王李宪有宠姬数十人。其中一人和潘金莲出身相似，她的前夫也卖烧饼。有一天宁王问她："你还会想念卖烧饼的吗？"她不回答。宁王把她前夫找来和她相见，她泪流满面。当时王维也在场，即席赋诗。

> 莫以今时宠，宁忘昔日恩。
> 看花满眼泪，不共楚王言。

其他文士搁笔不敢再写。这首诗让宁王动了恻隐之心，他让宠姬跟卖饼者破镜重圆。

王维春风得意，成为当时年轻人的偶像，郁轮袍也成为最流行的时装。可惜好景不长，中状元的当年就因为属下伶人舞黄狮子犯禁，被贬为济州司仓参军。恰好此时唐玄宗发表诏书"自今以后，诸王公主驸马外戚家，除非至亲以外，不得出入门厅，妄说言语"。所以王维很有可能是因为和岐王、太平公主等皇亲国戚过于亲近，被急于挽回皇族声誉的李隆基借故扫地出门。

王维在济州做了几年司仓参军，又在淇上住了两年。淇水两岸是当时的恋爱天堂，在古代的艳名直逼桑间濮上。开元十七年，王维结束在淇上的儿女情长回到长安，昔日的翩翩少年已经步入忧患中年。人生的无常让他心灰意冷，他开始跟随大荐福寺道光禅师学习顿教，认识了寄住寺庙的诗人孟浩然。孟浩然开元十六年赴长安应

试，落第后滞留长安。

　　孟浩然是湖北襄阳人。年轻时的孟浩然仗义疏财，四面八方的穷人和骗子都找上门来。孟浩然招架不住，只好躲进鹿门山中。东汉末年的世外高人庞德公也曾在此隐居。这个庞公不是和诸葛亮齐名的凤雏先生庞统，但他和诸葛亮庞统有过交往，据说正是他最早把庞统和诸葛亮称为凤雏卧龙。孟浩然写过一首《夜归鹿门歌》，记述他的山居岁月。

> 山寺钟鸣昼已昏，渔梁渡头争渡喧。
> 人随沙岸向江村，余亦乘舟归鹿门。
> 鹿门月照开烟树，忽到庞公栖隐处。
> 岩扉松径长寂寥，惟有幽人自来去。

　　这段时间孟浩然过得非常悠闲，经常带着童子在襄阳附近游山玩水，寻幽探胜。

> 北山白云里，隐者自怡悦。
> 相望试登高，心随雁飞灭。
> 愁因薄暮起，兴是清秋发。
> 时见归村人，沙行渡头歇。
> 天边树若荠，江畔洲如月。
> 何当载酒来，共醉重阳节。

　　南朝陶弘景《答诏问山中何所有》说"山中何所有，岭上多白云。只可自怡悦，不堪持赠君。"孟浩然这首《秋登万山寄张五》的开头两句就从陶诗演化而成。

　　孟浩然的偶像是陶渊明，他们同样嗜酒如命，为了一壶好酒随时可以改变自己的政治主张，为了有钱买酒才考虑进入官场。孟浩然有个朋友家有佳酿，所以他经常找借口《过故人庄》。

> 故人具鸡黍，邀我至田家。
> 绿树村边合，青山郭外斜。
> 开轩面场圃，把酒话桑麻。
> 待到重阳日，还来就菊花。

"待到重阳日，还来就菊花"，这一顿还没吃完已经在预订下一顿了，借口还很高雅。

那时候孟浩然活得很潇洒，不是春天在家数落花，就是夏日南亭怀辛大。

春晓
春眠不觉晓，处处闻啼鸟。
夜来风雨声，花落知多少。

夏日南亭怀辛大
山光忽西落，池月渐东上。
散发乘夕凉，开轩卧闲敞。
荷风送香气，竹露滴清响。
欲取鸣琴弹，恨无知音赏。
感此怀故人，中宵劳梦想。

这些描述隐居生活的诗歌悠闲自在，音韵优美，逐渐让孟浩然名扬四海。孟浩然在盛唐五大诗人中成名最早，当他崭露头角的时候，王昌龄正在西北漫游，李白还没出川，王维刚刚考中状元，杜

甫还在私塾挑战先生的容忍底线。李白出川之后在洞庭湖一带流连数年，初衷很可能是接近孟浩然。

因为生活悠闲，所以孟浩然早年无心做官，直到四十岁的时候才由朋友鼓动来到京城长安。进士虽然没考上，但是在太学演讲的时候引起轰动。当时张九龄、王维等名人都来捧场。孟浩然应听众要求即席赋诗，才思敏捷无人能敌。

王维对他非常欣赏，让他从寺庙搬进家里客房。喜欢附庸风雅的唐玄宗李隆基知道后突然来访。孟浩然不敢见驾，手足无措躲到床下。李隆基看见他的衣角，故意不说破，慢条斯理地和王维闲聊。孟浩然在床下非常难受，时间久了难免伸腿扭腰。大内侍卫以为床下有刺客，立刻亮出刀剑把绣床围住。孟浩然只好从床底爬出求饶。

李隆基放声大笑。

"孟浩然，我早就知道你在床下五体投地，虽然朕是皇帝，但你也没必要行此大礼。最近写了什么好诗，念给朕听听。"

孟浩然因为惊魂未定，念出了他所有诗中最不应该让皇帝听到的《岁暮归南山》。王维一听就知道要玩完。

> 北阙休上书，南山归敝庐。
> 不才明主弃，多病故人疏。
> 白发催年老，青阳逼岁除。
> 永怀愁不寐，松月夜窗虚。

李隆基果然当场变脸。

"你说不才明主弃，大家都知道你孟浩然有才，所以只能反证朕不是明主。朕刚刚才知道你到了长安，立刻摆驾主动前来见你。朕没有放弃你这个人才，你为什么对我栽赃陷害？"

孟浩然只好再次跪下解释。王维也帮着说情。

李隆基不听，带领侍卫扬长而去。

经过这件事之后，孟浩然知道自己做官是没指望了。王维也觉得此地不宜久留，"杜门不欲出，久与世情疏。以此为长策，劝君归旧庐"。

孟浩然写了首《留别王维》表示自己命该如此，回家倒没什么，只是不想和知己离别。

> 寂寂竟何待，朝朝空自归。
> 欲寻芳草去，惜与故人违。
> 当路谁相假，知音世所稀。
> 只应守寂寞，还掩故园扉。

开元十七年冬，孟浩然返回襄阳。在盛唐诗人中，王维和孟浩然不但齐名，还是相交莫逆的死党。两人的诗风本就相近，现在更加互相影响。送走孟浩然后，王维心情抑郁。可是屋漏偏逢连夜雨，开元十九年他的夫人因病去世，这时他刚过而立之年。此后王维不再续弦，后半生一直独身。但他并没有下定决心归隐，三十四岁那年他奔赴洛阳，献诗中书令张九龄，"贱子跪自陈，可为帐下不？"说出这种低声下气的话，王维自己也觉得脸上无光，立刻躲进嵩山少林寺请求佛祖原谅。

归嵩山作

清川带长薄，车马去闲闲。
流水如有意，暮禽相与还。
荒城临古渡，落日满秋山。
迢递嵩高下，归来且闭关。

当年被他夺走状元的那位张九皋是张九龄的弟弟，王维因此认为张九龄可能会故意打压自己。实际上张九龄没那么小气，第二年就推荐王维做了右拾遗。

有个姓元的朋友奉命出使西域，王维写了一首《送元二使安西》。这首歌称霸排行榜多年，在传唱过程中又有了《渭城曲》或《阳关曲》等新名。即使你东游吴越，也有人为你唱《阳关三叠》。

渭城朝雨浥轻尘，客舍青青柳色新。
劝君更尽一杯酒，西出阳关无故人。

孟浩然回到襄阳，恰巧李白来访。孟浩然不好意思承认得罪皇帝差点客死他乡，只说自己吃不惯长安的肉夹馍和烤全羊，还是家乡的米饭香。李白正在日思夜想如何接近唐明皇，看见孟浩然如此淡泊名利，立刻写诗颂扬：

赠孟浩然

吾爱孟夫子，风流天下闻。
红颜弃轩冕，白首卧松云。
醉月频中圣，迷花不事君。
高山安可仰，徒此揖清芬。

孟浩然功败垂成，表面虽然无所谓，其实心里非常郁闷，他决定去东南旅游散心。当时李白和他的第一任妻子宰相许圉师孙女正在度蜜月，所以酷爱游玩的他没有随行，只是写了一首《送孟浩然之广陵》："故人西辞黄鹤楼，烟花三月下扬州。孤帆远影碧空尽，唯见长江天际流。"

孟浩然拜访刘慎虚等好友，写下名篇《宿建德江》。

> 移舟泊烟渚，日暮客愁新。
> 野旷天低树，江清月近人。

开元二十二年，韩朝宗任襄州刺史兼山南东道采访使。他几年前对李白爱理不理，但对孟浩然非常客气。他觉得自己有把握说服唐玄宗捐弃前嫌起用孟浩然，所以和孟浩然约好一起去长安。孟浩然心有余悸，临行前故意找来几个朋友喝得烂醉如泥，气得韩朝宗大骂他不识抬举。

开元二十四年张九龄罢相，次年贬为荆州长史，到任后聘请孟浩然为幕僚。孟浩然心情大好，写下名作《望洞庭湖赠张丞相》。

> 八月湖水平，涵虚混太清。
> 气蒸云梦泽，波撼岳阳城。
> 欲济无舟楫，端居耻圣明。
> 坐观垂钓者，徒有羡鱼情。

"涵虚"指天空倒映在水中。"混太清"指水天一色，太清就是天空。"欲济无舟楫，端居耻圣明"是说想渡湖却没有舟船，闲居在家有负于太平盛世，孟浩然暗示自己需要张九龄引荐。

孟浩然在岳阳楼上陪张九龄赏花饮酒，王维却在戈壁滩上风餐露宿。开元二十五年河西节度副使崔大逸战胜吐蕃，唐玄宗命王维出塞劳军。王维第一次看见边地风光。长河大漠触动他写出边塞诗经典《使至塞上》。

> 单车欲问边，属国过居延。
> 征蓬出汉塞，归雁入胡天。
> 大漠孤烟直，长河落日圆。

萧关逢候骑，都护在燕然。

　　孟浩然懒散惯了，很快从张九龄幕府辞职回家。开元二十八年他舍命招待流放归来的王昌龄，几乎在这同时，王维奉命去黔中考选官员，特意取道襄阳探望孟浩然。两个好朋友没有见到最后一面，不过王维写下《汉江临眺》献给九泉之下的友人。

楚塞三湘接，荆门九派通。
江流天地外，山色有无中。
郡邑浮前浦，波澜动远空。
襄阳好风日，留醉与山翁。

　　这首诗和孟浩然的《望洞庭湖赠张丞相》、李白的《渡荆门送别》、杜甫的《登岳阳楼》齐名，都是描写洞庭湖一带壮丽风景的名篇。

　　安史之乱前，王维官至文部郎中，他对官场的态度就像很多人对待婚姻，不甘心同床异梦，又下不了决心离婚。五十岁这年他在为母亲寻找墓地时意外发现世外桃源辋川，开始考虑在此颐养天年。他在守墓时认识了隐居辋川的裴迪。裴迪一直在山中温习功课准备参加进士考试。

　　在王维帮助下，裴迪后来考中进士并做过蜀州刺史。他和王维约好将来回到辋川继续做邻居。安史之乱的发生使他们提前实现了这个心愿。由于官太小被唐玄宗当作断后的路障，王维在叛军攻陷长安时举手投降。因为他的诗名很响，安禄山派人把他带到洛阳关在菩提寺内，强迫他做了给事中。他趁机逃走，朝中有人认为按律当斩，弟弟王缙挺身而出为他辩护。

　　王氏兄弟感情很深，大家应该记得王维写过《九月九日忆山东兄弟》。王缙请求朝廷允许他用自己的官职俸禄为哥哥赎罪免死,并且举例说明王维即使深陷敌营也心怀朝廷。他把王维诗《凝碧池》献给皇帝。

> 万户伤心生野烟,百官何日再朝天。
> 秋槐叶落空宫里,凝碧池头奏管弦。

王缙说这是王维在洛阳软禁期间写的诗,当时宫廷乐师雷海清因为拒绝为安禄山演奏被处死。这个解释并不可信,很有可能是精明能干的王缙提前为老哥安排好的脱身之计。王缙的巧舌如簧使王维不但没有受到处分,反而晋升太子中允、中书舍人。王维在花甲之年官至尚书右丞,这是他宦海生涯的最高峰,后世称他为王右丞,可是王维此时已经意兴阑珊,他厌倦了官场的酬应往还,常年请假住在辋川。

辋川在终南山下。终南山当时是大唐第一名山,很多达官贵人都在这里度假消夏。诗人们没钱住在米珠薪桂的长安,也在山里找个农家茅屋住下。

终南山

> 太乙近天都,连山到海隅。
> 白云回望合,青霭入看无。
> 分野中峰变,阴晴众壑殊。
> 欲投人处宿,隔水问樵夫。

王维的山庄有点像江南园林,辋水环绕,旁边还有竹洲花坞。王维《积雨辋川庄作》写的就是辋川风景。

> 积雨空林烟火迟,蒸藜炊黍饷东菑。

漠漠水田飞白鹭，阴阴夏木啭黄鹂。
山中习静观朝槿，松下清斋折露葵。
野老与人争席罢，海鸥何事更相疑。

王维和裴迪泛舟往来，弹琴赋诗，啸咏终日。《辋川闲居赠裴秀才迪》记述这段闲情，王维自比陶渊明。

寒山转苍翠，秋水日潺湲。
倚杖柴门外，临风听暮蝉。
渡头余落日，墟里上孤烟。
复值接舆醉，狂歌五柳前。

王维有时和裴迪相约同游，有时独自在山中漫步，行到水穷处，坐看云起时。更多的时候是焚香静坐，独坐幽篁里，弹琴复长啸。深林人不知，明月来相照。王维被后人称为"诗佛"，他晚年确实大彻大悟，佛学和诗艺都已经超凡脱俗。

王维坐化后王缙和裴迪把他葬在山庄附近，让他永远面对他喜欢的辋川山水。唐代宗时王缙做了宰相，爱好诗文的代宗夸赞王维诗名冠代，要求王缙把王维的诗歌整理好进呈御览，王缙一共搜集到四百来篇。

王维后半生的忘年交裴迪当时也很有名，可是留下来的作品不多。下面两首是他的代表作。

送崔九
归山深浅去，须尽丘壑美。
莫学武陵人，暂游桃源里。

华子冈

落日松风起,还家草露晞。

云光侵履迹,山翠拂人衣。

王维的《山中》和《华子冈》惊人相似。

荆溪白石出,天寒红叶稀。

山路元无雨,空翠湿人衣。

王维诗名远胜裴迪,很多人想当然认为裴迪涉嫌抄袭,其实未必,完全可能先有裴诗。王维擅长后来江西诗派提倡的点铁成金脱胎换骨,他曾把李嘉祐的"水田飞白鹭,夏木啭黄鹂"点化成名句"漠漠水田飞白鹭,阴阴夏木啭黄鹂",因此"山路元无雨,空翠湿人衣"很有可能来自"云光侵履迹,山翠拂人衣"。

第九回

张九龄请斩安禄山　李太白醉挑杨玉环

意气风发的女皇武则天不但精明强干而且身体健康，威加海内直到八十二岁高龄才放下权杖。她在临终前想把皇位传给自己的侄儿武三思等人，狡猾的神探狄仁杰见旁边无人趁机捣蛋，故意问武则天姑侄和母子哪个更亲？残存的母性使武则天把第三子李显重新立为皇太子。不过武则天让位的真正原因显然不是因为亲情，她比谁都清楚武家子弟无德无能，让出皇权才能避免满门抄斩。

武则天去世后，唐中宗李显登基。李显可能是史上最窝囊的皇帝，他的母亲武则天、皇后韦氏和女儿安乐公主都没把他放在眼里。景龙四年（710年），李显暴病身亡，民间传说他是被韦后和安乐公主母女毒死。临淄王李隆基先是联手太平公主发动政变，把韦后母女和上官婉儿一网打尽，拥戴自己父亲相王李旦为帝，接着又击败太平公主夺取皇位继承权，太平公主被迫在家中自尽。

李隆基不但效法唐太宗发动政变夺取政权，而且任用贤臣重现贞观之治。唐太宗有名相杜如晦和房玄龄，唐玄宗则有姚崇、宋璟。"房杜姚宋"都是纯粹的政治家，在"姚宋"之后出现的张说和张九龄则集著名宰相和文坛领袖于一身。中国历史上最有成就的诗人在开元天宝联袂降临，有些原因可能永远说不清，但肯定和张说、张九龄两个文人宰相相继主政有关。

张说的文章和苏颋齐名，他和苏颋后来被封为燕国公和许国公，因此人称"燕许大手笔"。张说的诗歌则以《邺都引》号令群伦。

君不见魏武草创争天禄，群雄睚眦相驰逐。
昼携壮士破坚阵，夜接词人赋华屋。
都邑缭绕西山阳，桑榆汗漫漳河曲。
城郭为墟人代改，但有西园明月在。
邺旁高冢多贵臣，蛾眉曼睩共灰尘。
试上铜台歌舞处，唯有秋风愁杀人。

张说出将入相，"昼携壮士破坚阵，夜接词人赋华屋"既是说魏武帝曹操，也是张说自况。张九龄和王翰等著名诗人都是他家高楼华屋的常客，得到他的提拔奖赏。

张说的接班人张九龄至今仍是岭南第一人，他在历史上的影响力可以从北宋神童宰相兼著名词人晏殊身上发生的一个故事得到见证。当十四岁的晏殊初到开封一鸣惊人之后，当时担任宰相的寇准反对重用晏殊，他说："晏殊是南方人，不宜重用。"宋真宗当即反驳："张九龄不是南方人？"

张九龄的曾祖做过韶州别驾，因此就在韶州安家。他小时候也是神童，十三岁上书求见广州刺史王方庆。王方庆对他的文采非常惊讶，断言"此子必能致远"。他在二十岁左右登进士第，又通过道侔伊吕科考试。"侔"是指相等，"伊吕"是指伊尹和吕尚，伊尹辅佐商汤，吕尚辅佐周武王。唐玄宗那时候还是太子，在东宫亲自

策问天下才士。张九龄对策高第，从校书郎升为右拾遗。

　　张九龄很早就显示出知人善任的才能，多次为吏部甄选人才都以公正著称。宰相张说见他既是本家又才能出众，所以非常器重。张说罢相之后，已经是中书舍人的张九龄也受到牵连，先后做过洪州都督、桂州都督充岭南道按察使。唐玄宗对他的才干印象很深，张说去世后立刻重新起用张九龄。张九龄得到李隆基器重还有一个原因，据说他举止优雅风度翩翩，在他去世后李隆基对宰相推荐的人物总要问"风度得如九龄否？"

　　除了人物俊秀政绩突出，张九龄还是个火眼金睛的相术高手。当安禄山还是范阳节度使张守珪帐下偏将的时候，有一次因为战败被张守珪押送长安。张九龄断言"禄山狼子野心，面有逆相。现在不除，终成后患。"唐玄宗不听劝告放虎归山。后来安史乱起，李隆基在逃难途中想起张九龄的预言，特地派人去韶关祭奠。

　　张九龄写过十二首《感遇》，他的诗歌托物言志，含蓄蕴藉，不像张说那样直抒胸臆。"感遇"是古代诗人最常写的诗题，张九龄的作品当仁不让排名第一。

一

兰叶春葳蕤，桂华秋皎洁。
欣欣此生意，自尔为佳节。
谁知林栖者，闻风坐相悦。
草木有本心，何求美人折。

二

江南有丹橘，经冬犹绿林。
岂伊地气暖，自有岁寒心。
可以荐嘉客，奈何阻重深。

>运命唯所遇，循环不可寻。
>徒言树桃李，此木岂无阴。

不过他最负盛名的还是《望月怀远》。即使在唐诗的满天繁星中，《望月怀远》也是最明亮的星辰。

>海上生明月，天涯共此时。
>情人怨遥夜，竟夕起相思。
>灭烛怜光满，披衣觉露滋。
>不堪盈手赠，还寝梦佳期。

这里的"情人"泛指一切有情的人，而不仅是"终成眷属"的男女恋人。不过千百年来，大家都愿意理解为后者。这首诗完全没有使用典故，就像还在若耶溪边浣纱的西施，素面朝天，荆钗布裙依然倾国倾城。

张说的《邺都引》和张九龄的《望月怀远》奠定了盛唐气象的基调。中国的历次诗文革新运动最初都是登高呼，应者没有，直到发起者地位尊崇才开始引领潮流。如果韩愈没有做过吏部侍郎，欧阳修没有做过参知政事，很难想象唐宋古文运动能够改变一个朝代的风向。

贺知章、王翰等人直接受到张九龄影响，王维、孟浩然和他一脉相承。不过，所有的文学理论都无法解释李白的出现，他和张说张九龄领袖文坛无关。贺知章的说法最简单也最接近真相，李白来自天上，上天把他作为礼物送给盛唐。

开元十三年（725 年），二十五岁的李白仗剑去国，辞亲远游。他站在船头放声歌唱，三峡这个天造地设的扬声器又把他的歌声传到天上，惊动了远在长安的帝王将相。他的出现就像八月十五的

月亮，所有人都只能抬头仰望。王维、孟浩然、王昌龄、杜甫是南帝、北丐、东邪、西毒，他是中神通王重阳。

在渝州也就是现在的重庆，李白写下名作《峨眉山月歌》。

> 峨眉山月半轮秋，影入平羌江水流。
> 夜发清溪向三峡，思君不见下渝州。

"平羌"即青衣江，源出四川芦山，流经乐山汇入岷江。

不过李白经过渝州的时候心情没有这首诗表现的这么悠游，因为他人生第一次重大挫折就是发生在渝州。几年前他曾经从家乡专程拜访名满天下的大书法家渝州刺史李邕。自视甚高的李邕把年少轻狂的李白拒之门外。李白一气之下写了一首《上李邕》，声称自己一定会卷土重来。

> 大鹏一日同风起，扶摇直上九万里。
> 假令风歇时下来，犹能簸却沧溟水。
> 世人见我恒殊调，闻余大言皆冷笑。
> 宣父犹能畏后生，丈夫未可轻年少。

李白虽然很快天下知名，但是直到四十二岁才得到唐玄宗召见。在这十七年的时间里，他写过几封求职信，但没有太多紧迫感，因为他并不缺钱。他在《上安州裴长史书》中说，"曩者游维扬，不逾一年，散金三十余万"。虽然难免夸大，但和真实情况应该相差不远。

那时候的李白和所有年轻人一样，最大的愿望是做一名侠客江湖横行打抱不平，"十步杀一人，千里不留行。事了拂衣去，深藏身与名。"他为此曾经刻苦习武，后来移家东鲁就是为了向一位高手学习剑术。李白第一次有据可查的江湖争斗发生在洞庭湖边，当时和他在一起的还有另一个四川人吴指南。吴指南也是富家公子。两人和当地恶少大战，吴指南当场被打死。李白吃了这次亏之后，更加刻苦练习武艺。

一个剑眉虎目的年轻人，胯下五花马，身上千金裘，腰间宝剑金镶玉振，出手豪阔挥金如土，活脱脱一个古龙武侠小说中的人物。可以想象李白所到之处，大盗小偷奔走相告。

我怀疑李白故意这么高调。一是这身打扮很拉风方便泡妞，他能在宰相许圉师孙女的追求者中脱颖而出，这副豪门公子的派头肯定增色不少。二是只有被抢才可以正当防卫，才可以合法打斗，伤人之后不用坐牢。凡是练武的人都希望在真刀真枪的战斗中展现自己的实力，中国功夫之所以备受质疑，就是因为没有在世界格斗大赛中证明自己。

许圉师的孙女同样心高气傲，在偏僻的湖北安陆难觅佳偶。正在这时李白来到她身边，他有棱角分明的混血外貌，他能写世间最动人的情书，他是最好的护花使者，他的定情信物是一对南海夜明珠，而且传说他是唐朝宗室之后。这就是中国版的白马王子。许小姐顾不得相国孙女的矜持，李白单膝跪下之后求婚的话还没出口，她就回答："我愿意！"

许小姐和李白成亲后，立刻要求李白天天向上，她觉得李白必须做官，不然外人会认为她下嫁李白纯粹是为了翠羽明珰。孟浩然去扬州旅游时想邀李白同往，被许小姐挖苦得差点跳进长江。

安陆当时叫安州。李白多次拿着许家的名刺去找本州长史裴宽，他自己也写了求职信《上安州裴长史书》。李白没有吸取上次拜见李邕的教训，口气依然狂傲。他扬言如果裴宽不理他，他就要"西入秦海，一观国风，永辞君侯，黄鹄举矣。何王公大人之门不可以弹长剑乎？"裴宽见他态度傲慢，果然置之不理。李白受了刺

第九回　张九龄请斩安禄山　李太白醉挑杨玉环

激,不用许小姐提醒,自己收拾行李北上长安,希望能用出人头地反击裴宽的狗眼看人。

到长安之后李白见过宰相张说父子,寓居终南山玉真公主别馆,也曾谒见其他王公大臣,但是没有明显进展。不过无论何时,李白都不忘花天酒地。他认识了陆调等贵公子,经常出入平康里和长安酒肆。

少年行

五陵少年金市东,银鞍白马度春风。

落花踏尽游何处?笑入胡姬酒肆中。

山西太原是唐朝的北京,李唐王朝的龙兴之地。李白和陆调等人决定去太原旅游,却在长安北门和一伙恶少发生冲突。李白和陆调等人打退这些恶少,没想到对方神通广大,召来更多同伙,其中有些人手持禁军定制的宝刀。李白一看形势不妙,赶紧让陆调杀开血路报警求助。可能因为这次冲突没有吃亏,所以后来李白到处吹

牛。他晚年重逢陆调,还津津乐道回忆这场打斗。

叙旧赠江阳宰陆调

风流少年时,京洛事游遨。
腰间延陵剑,玉带明珠袍。
我昔斗鸡徒,连延五陵豪。
邀遮相组织,呵嗾来煎熬。
君开万丛人,鞍马皆辟易。
告急清宪台,脱余北门厄。

这天他们来到并州城外,意外看见当地官府正在处决犯人。其中一个年轻犯人身穿军装体格强壮,蓬头垢面却气宇轩昂。李白向监斩官打听这位军人的情况。监斩官说:"现在还没到行刑的时候,你可以自己问他。"

那军人倒也爽快,把自己的犯罪经过原原本本说出来。原来他带了一小队士兵负责押运粮草,路上碰见饥民一哄而上把粮食抢

《簪花仕女图》 唐_周昉

走。他不让士兵镇压，上级因此认定他和饥民串谋。

李白转身问监斩官："他说的是事实吗？"

"差不多吧。"

"你能不能放了他？"

"那可不行。放了他我就得去五台山出家。"

李白让小童从行李中取出一些金银。

"你们只有两个选择，拿上金银放人，或者不要钱和我们拼命。"

监斩官没想到有人会劫法场，所以身边带的警卫并不多。那时因为经常杀人，连向来爱看热闹的老百姓也不来围观，真是叫天天不应，叫地地不灵。

监斩官和手下士兵商量之后，很明智地选择拿钱放人。

那军人拱手谢恩："请问公子高姓大名？将来如果有机会我一定要报答救命之恩。"

陆调等人正要报上李白的名字，被李白使眼色制止。李白知道这件事传出去可能会对自己不利，吩咐给那军人留下盘缠后鞭马离去。

那军人拉住李白一个僮仆的缰绳，再三保证不会出卖自己的恩人。那僮仆虚晃一鞭夺路强行，留下一句莫名其妙的话"我们公子是天上一颗星"。

李白没料到自己无意间救下的这位军人后来会力挽狂澜，拯救大唐江山。

和陆调等人分手后，李白去了洛阳、开封，途经南阳回安陆。他这次北上把随身携带的金银挥霍一空，却没有取得任何进展。气愤的许夫人把李白的五花马藏起来，并将他的僮仆遣散。夫妻两人开始产生矛盾。

三十五岁这年，李白趁夫人不注意从家中逃走，再次北上太原。他去了雁门关。雁门关是战国名将李牧带兵抗击匈奴的地方，这里有李牧的祠庙。李牧和《道德经》的作者老子一武一文，是李姓公认的杰出祖先。李白隆重拜祭远祖后南返，途经襄阳的时候顺道拜访了孟浩然。

开元二十九年，四十一岁的李白和许夫人离婚，带着儿子伯禽和女儿平阳，来到山东泰安学剑。他和孔巢父等"竹溪六逸"隐居徂徕山。天宝元年又带着子女南下会稽，想和道士吴筠一道隐居修仙。他很早就写过《秋下荆门》，表示自己对越中山水的向往，至此终于如愿。

> 霜落荆门江树空，布帆无恙挂秋风。
> 此行不为鲈鱼鲙，自爱名山入剡中。

途经江东时，为了照顾年幼的子女，李白续娶了刘氏。到达安徽南陵后听从县尉韦冰的建议把家小安顿在当地，自己继续赶往会稽。这时吴筠正巧被唐玄宗征召，因此和李白刚好错过。吴筠向皇帝推荐李白。唐玄宗此前已经从玉真公主和另一位著名道士司马承祯那里听说过李白的大名，所以派使者宣召李白入京。李白得到这个好消息，立即回到南陵，兴奋地写下《南陵别儿童入京》。

> 白酒新熟山中归，黄鸡啄黍秋正肥。
> 呼童烹鸡酌白酒，儿女嬉笑牵人衣。
> 高歌取醉欲自慰，起舞落日争光辉。
> 游说万乘苦不早，著鞭跨马涉远道。
> 会稽愚妇轻买臣，余亦辞家西入秦。
> 仰天大笑出门去，我辈岂是蓬蒿人。

汉朝会稽人朱买臣做官之前因为贫穷遭到老婆轻视辱骂，做官后老婆羞愧之下上吊自杀。李白第二位妻子刘氏也经常挖苦李白只

会吹牛说大话，所以李白接到皇帝召见令后做的第一件事，就是把刘氏作为不合格产品退还她妈。

到了长安之后，由于吴筠是出家人，所以李白需要另找大臣引荐。他求见太子宾客贺知章。贺知章看了他的新作《蜀道难》，惊呼他为"谪仙人"。

唐玄宗和杨贵妃一起接见李白。当时正是暮春时节，兴庆池牡丹盛开。李白奉诏写了《清平调》三首。

一

云想衣裳花想容，春风拂槛露华浓。
若非群玉山头见，会向瑶台月下逢。

二

一枝红艳露凝香，云雨巫山枉断肠。
借问汉宫谁得似，可怜飞燕倚新妆。

三

名花倾国两相欢，常得君王带笑看。
解释春风无限恨，沉香亭北倚栏杆。

这几首诗把杨玉环写得倾国倾城。杨玉环飘飘欲仙。李白有些得意忘形，他让太监高力士帮他磨墨脱靴。高力士是帮助李隆基夺取皇权的功臣，连李隆基都另眼相看，所以他对李白的轻慢怀恨在心。他一边向唐玄宗诬告李白挑逗杨玉环，一边又对杨玉环说赵飞燕是西汉亡国的祸水红颜，李白把她比作赵飞燕是在骂她祸国殃民。李隆基和李白渐渐疏远。

李白明显感到自己正在失宠，所以开始和贺知章等醉卧长安街头，天子呼之不朝。离开了这些酒友回到住处，他依然离不开酒，没有酒伴他就《月下独酌》。

> 花间一壶酒，独酌无相亲。
> 举杯邀明月，对影成三人。
> 月既不解饮，影徒随我身。
> 暂伴月将影，行乐须及春。
> 我歌月徘徊，我舞影零乱。
> 醒时同交欢，醉后各分散。
> 永结无情游，相期邈云汉。

《月下独酌》一共四首，后面几首振振有词，把自己的贪杯好饮强调到受命于天的地步，"天若不爱酒，酒星不在天。地若不爱酒，地应无酒泉。"

清醒的时候他也去走访朋友，可能还动过隐居终南的念头。《下终南山过斛斯山人宿置酒》就写于这个时候。

> 暮从碧山下，山月随人归。
> 却顾所来径，苍苍横翠微。
> 相携及田家，童稚开荆扉。
> 绿竹入幽径，青萝拂行衣。
> 欢言得所憩，美酒聊共挥。
> 长歌吟松风，曲尽河星稀。
> 我醉君复乐，陶然共忘机。

天宝三年（744 年）正月，李白和文武百官送贺知章归越。世事洞明的贺知章提醒李白远离宫廷，并邀请他做客山阴。李白随即

上书请求还山。唐玄宗求之不得，下令赐金放还。

还有一件事值得一提，从天宝三年开始，唐玄宗下令改称天宝三载，他认为自己的丰功伟绩已经可以追攀上古圣君唐尧虞舜，而《尔雅》说"唐、虞曰载"。后来他的儿子唐肃宗继位后勉强沿用了几年，在至德三年（758年）终于忍无可忍改了回来。

第十回

李华凭吊古战场　杜甫献赋唐明皇

盛唐还有一些和王昌龄、孟浩然诗风相近的诗人，比如刘慎虚、綦毋潜、储光羲、李华和常建。他们都是王维、孟浩然的友人。这些诗人留下的诗歌数量不多，但"情幽兴远，思苦语奇。忽有所得，便惊众听"。

李华来自赵郡赞皇，和杜甫、岑参、张继是同龄人。他是开元二十三（735年）年进士，又在天宝二年（743年）考中博学宏词，官至监察御史、右补阙。安史叛军攻陷长安，他被迫做了安禄山的凤阁舍人，乱平后贬为杭州司户参军。晚年他得了和卢照邻类似的病，半身风痹瘫痪，隐居山阳度过余生。中国至少有四个地方曾经取名山阳，分别是山东菏泽、江苏淮安、河南焦作和陕西商洛。山阳的字面意思是山南，有人认为李华隐居的山阳是大别山南麓。

李华是和萧颖士齐名的散文家，世称"萧李"。他们是韩愈、柳宗元古文运动的先驱。

李华只写过一首好诗《春行即兴》，只写过一篇好文《吊古战

场文》，可是这一诗一文已足以让今天两岸三地所有著作等身的作家汗颜。

春行即兴

宜阳城下草萋萋，涧水东流复向西。
芳树无人花自落，春山一路鸟空啼。

在这种天生丽质、风流自赏的诗歌面前，无论"我站在桥上看风景，看风景的人在楼上看我"还是"黑夜给了我黑色的眼睛，我却用它寻找光明"，都是白云；无论"乡愁是一枚小小的邮票"还是"前世的五百次回眸换得今生的一次擦肩而过"，都是苍狗。

李华还做过一件值得一提的事，这件事和李白有关，请允许我在这里卖个关子，暂时按下不表。

说完李华，我们再来看刘慎虚。刘慎虚同样通过了进士和博学宏词考试，同样一诗成名，而且还是无题诗。

道由白云尽，春与青溪长。
时有落花至，远闻流水香。
闲门向山路，深柳读书堂。
幽映每白日，清辉照衣裳。

刘慎虚做过崇文馆校书郎、洛阳尉以及夏县令之类的小官，中年以后啸傲山林，与僧侣为邻，五十五岁左右在江西去世，葬在洪州建昌桃源里。郑处晦《明皇杂录》把他和王昌龄、常建、李白、杜甫等人相提并论，说他们"虽有文章盛名，皆流落不偶"。

刘慎虚如此盛名，但现存史料连他是否江西人都无法确定。另一位诗人綦毋潜的籍贯也说不清，一般认为他是江西南康人。綦毋潜十五岁游学长安,与当时诗坛大家交往频繁,渐有诗名。中进士后做过左拾遗、集贤院待制、著作郎等官。很多人知道綦毋潜是因为王维的这首《送綦毋潜落第还乡》。

> 圣代无隐者,英灵尽来归。
> 遂令东山客,不得顾采薇。
> 既至君门远,孰云吾道非。
> 江淮度寒食,京洛缝春衣。
> 置酒临长道,同心与我违。
> 行当浮桂棹,未几拂荆扉。
> 远树带行客,孤村当落晖。
> 吾谋适不用,勿谓知音稀。

当时也有人认为綦毋潜才是唐朝江西最好的诗人,"盛唐时江右诗人惟潜最著"。辛文房《唐才子传》甚至说"荆南分野数百年来独秀斯人"。赣南毗邻湖南,唐朝的荆南节度使管辖范围包括湘南的一部分,这和綦毋潜是荆南人的说法并不矛盾。

綦毋潜的诗风接近王维,代表作《春泛若耶溪》入选《唐诗三百首》。

> 幽意无断绝,此去随所偶。
> 晚风吹行舟,花落入溪口。
> 际夜转西壑,隔山望南斗。
> 潭烟飞溶溶,林月低向后。
> 生事且弥漫,愿为持竿叟。

若耶溪在今浙江绍兴市东南,相传为西施浣纱处。

殷璠《河岳英灵集》盛赞綦毋潜的《题灵隐寺山顶禅院》前所未有。

招提此山顶，下界不相闻。
塔影挂清汉，钟声和白云。
观空静室掩，行道众香焚。
且驻西来驾，人天日未曛。

"招提"是寺院的别名，来自梵文音译，此外招提还有招引提携的意思。"观空"是佛教用语，和孙行者的法号"悟空"意思相近。"空"在佛教中内涵很广，包括无心、真心、佛心、本心、清净心等。"且驻西来驾"，佛法来自西方。

储光羲是綦毋潜同榜进士。他是中唐著名诗人戴叔伦的老乡，润州延陵也就是今天的江苏金坛人。中进士后做过冯翊、汜水等地县尉，长期得不到升迁，一气之下隐居终南山，准备走"终南捷径"。

"终南捷径"的典故来自陈子昂的好友卢藏用。卢藏用是陈子昂、赵贞固好友，陈、赵两人都死得很早，卢藏用对他们的子女视同己出。卢藏用的义举深受大家称道，可是他热衷做官又被大家嘲笑。唐朝皇帝经常在东西两京轮流办公，皇帝坐镇长安的时候，卢藏用就隐居终南山；皇帝去了洛阳，卢藏用又去洛阳郊外少室山隐居，因此人称"随驾隐士"。

著名道士司马承祯受唐玄宗召见之后准备离开长安，卢藏用指着终南山说："这里风景绝佳，很适合隐居呀。"

"我觉得这里只是做官的捷径。"司马承祯回答。

卢藏用听出了司马承祯的挖苦，恨透了这个牛鼻子老道。

卢藏用后来如愿以偿。储光羲也终于熬出了头，他出山做了主管神祠的太祝，所以世称储太祝。他在安史之乱爆发前曾经出使安禄山的根据地范阳，叛军攻陷长安后和王维等人一道被俘并接受了安禄山的官禄。可能因为写过文章赞扬安禄山英明神武,后来虽然趁乱逃跑,叛乱平定后还是受到惩处,死在岭南贬所。

储光羲的传世诗作只有《杂咏五首》比较突出。这组诗每首只有六句,长度介于绝句和律诗之间。其中最为人称道的是《钓鱼湾》。

垂钓绿湾春,春深杏花乱。
潭清疑水浅,荷动知鱼散。
日暮待情人,维舟绿杨岸。

这里的"情人"说的多半也是男性友人。储光羲的诗后人评价很高。《唐诗别裁》编者清人沈德潜把储光羲和王维、孟浩然、韦应物、柳宗元相提并论,他说:"陶诗胸次浩然,其中有一段渊深朴茂不可到处。唐人祖述者,王右丞有其清腴,孟山人有其闲远,储

《落花图》 明_沈周

太祝有其朴实，韦左司有其冲和，柳仪曹有其峻洁，皆学焉而得其性之所近。"

常建祖籍河北邢台，开元十五年和王昌龄同时考取进士，仕宦不如意，只好寄情山水，移家隐居湖北鄂州一带。这里正是武昌鱼的真正产地，估计是奔着鱼来。大历中曾经做过盱眙尉。

常建和王昌龄交情很深，王昌龄贬官龙标的时候，他曾写信邀请王昌龄一起归隐。王昌龄去世后，他写了《宿王昌龄隐居》怀念友人。

清溪深不测，隐处唯孤云。
松际露微月，清光犹为君。
茅亭宿花影，药院滋苔纹。
余亦谢时去，西山鸾鹤群。

"清光犹为君"的大意是明月不知王昌龄已经一去不回，依然夜夜来送清辉。

殷璠《河岳英灵集》把常建诗放在李白之前，"建诗似初发通庄，却寻野径，百里之外，方归大道。所以其旨远，其兴僻。佳句辄来，惟论意表。"《四库全书总目》认为常建是最接近王维、孟浩然的诗人，他的诗"卓然与王、孟抗行者，殆十之六七"。我喜欢常建的《三日寻李九庄》。

雨歇杨林东渡头，永和三日荡轻舟。
故人家在桃花岸，直到门前溪水流。

常建还写过一些不错的边塞诗，《河岳英灵集》推崇他的《吊王将军墓》，但我认为下面这首《塞下曲》更好。

玉帛朝回望帝乡，乌孙归去不称王。
天涯静处无征战，兵气销为日月光。

不过常建最负盛名的还是《题破山寺后禅院》。

清晨入古寺，初日照高林。
曲径通幽处，禅房花木深。
山光悦鸟性，潭影空人心。
万籁此俱寂，但余钟磬音。

破山寺就是兴福寺，位于江苏常熟虞山北麓，现已成当地著名景点。常建的诗是最好的广告。这首诗出现两个名联，"曲径通幽处，禅房花木深"和"山光悦鸟性，潭影空人心"几乎可以说是中国古典建筑的美学指南。

前面说过杜甫的祖父杜审言很不谦虚，但他毕竟中过进士，同时也是初唐最杰出的人物之一。这就给杜甫出了个难题。所谓青出于蓝胜于蓝，他认为自己必须超越祖父取得的成绩。杜审言公元708年就已去世，杜甫四年之后的712年才出生。杜甫错过了爷爷的教导，但他没有丢失骄傲自负这个传家宝。他在《奉赠韦左丞丈二十二韵》中，直接宣布自己是国宝熊猫，厚颜无耻的程度直逼大学生的求职简历和政府官员的施政报告。

甫昔少年日，早充观国宾。
读书破万卷，下笔如有神。
赋料扬雄敌，诗看子建亲。
李邕求识面，王翰愿为邻。
自谓颇挺出，立登要路津。

致君尧舜上，再使风俗淳。

李邕和王翰也许看在他是杜审言孙子的份上说过几句客套，杜甫照单全收。李邕就是李白诗中提到的那个"英风豪气今何在"的李北海。他父亲李善是注释《昭明文选》的学术权威，他本人集朝廷命官、书法大家和黑道枭雄于一身。李邕手下养着数百亡命之徒，经常抢劫财物杀人灭口。当他在海洲即今天的连云港做刺史的时候，日本一支五百人的遣唐使船队在港口登陆。李邕看见他们带了很多准备献给朝廷的珍宝，假装热情款待，把这些使者灌醉后全部扔进大海。李邕后来碰到比他更狠的宰相李林甫，在朝堂上被当廷杖杀。

不过杜甫回首往事的诗也不全是自吹自擂。比如他说"忆昔十五心尚孩，健如黄犊走复来。庭前八月梨枣熟，一日上树能千回"就非常真实可爱。古人十五岁都差不多结婚了，他叔叔杜并十三岁就报仇杀人，而杜甫到了成家立业的年龄还整天上蹿下跳，谁能想到后来杜诗最大的特点是"沉郁顿挫"？

杜甫和李白有个共同的地方，那就是爱好旅游。不过李白一生都在路上，家庭从来都不能拖住他的脚步，而杜甫出游主要在三十五岁之前，三十五岁之后无论去哪里都携妇将雏，明显比李白更负责任。

杜甫从十九岁开始到处游历，中途回到洛阳参加过一次进士考试，在金榜上翻来覆去没找到自己的名字。他在江南混了三年，估计是为了江南佳丽；在山东河北漂了五年，名义上可能是拜祭孔孟，实际上也可能是为了齐鲁美人。

他的名作《望岳》就是写在这段时间。

岱宗夫如何？齐鲁青未了。

> 造化钟神秀，阴阳割昏晓。
>
> 荡胸生层云，决眦入归鸟。
>
> 会当凌绝顶，一览众山小。

这首诗是历来登泰山诗中最有名的一首。"会当凌绝顶，一览众山小"比王之涣的"欲穷千里目，更上一层楼"更加霸道。有学者考证这首诗是杜甫二十五岁的时候写的。李白在同样的年龄写了《峨眉山月歌》。二十五岁是个象征性的年龄，如果一个诗人在这个年龄还没有写出代表作品，就应该考虑改行卖兰州拉面，不是所有人都能像高适一样大器晚成。

杜甫在三十而立的时候回到洛阳。看见房价上涨，头脑灵活的杜甫觉得发财的机会来了，决定做房地产商。他通过家族关系在洛阳郊区陆浑买了块土地修筑山庄。陆浑本是古代少数民族之一，曾经聚居洛阳郊区，汉唐两朝在他们聚居的地区设有陆浑县。这一带风景优美，是公认最有升值潜力的地方。初唐诗人宋之问也在陆浑有过自己的山庄。

安史之乱前的唐朝是世界上最强大的国家，洛阳又是大唐的文化都城，科举考试经常在洛阳举行，白马寺、龙门石窟和金谷园毫不逊色于长安的大雁塔、曲江和乐游原。洛阳是退休高官和豪商巨贾养老休闲的首选，大家都觉得在陆浑做房地产想不发财都难。杜甫不但把家里的全部积蓄投进去，还借了亲友不少钱。后来他穷困潦倒，主要原因就是因为这次投资失误。

在杜甫三十三岁那年，被唐玄宗赐金放还的李白经过洛阳。杜甫见到了自己的偶像，此时山庄基本完工，所以他跟着李白、高适漫游梁宋。第二年夏天他们一起拜见从北海来到齐州的李邕。这年秋天，杜甫和李白在兖州城东石门分手，从此再没见面。这一年杜甫刚刚三十出头，李白也不过四十多。此后的二十年阴差阳错，他

们再无机会聚首，这一别竟成永诀。

杜甫告别李白后回到老家河南巩县，在这里遇见另一个和他很有缘的牛人。

话说张九龄做宰相的时候，有个进士陕西华阴人严挺之得到他的赏识，被他推荐为右拾遗。严挺之在开元十四年至十六年连续三年知贡举主持进士考试，举子们都认为他公平正直，储光羲、綦毋潜、王昌龄、常建就是在他做主考期间中的进士。后来张九龄又提拔他为尚书左丞。随着张九龄失势，严挺之也遭到李林甫排挤，被贬为洛州刺史，年逾古稀的时候在洛阳去世。

严挺之是奉儒守法的文官，但他儿子严武却是个天不怕地不怕的混世魔王。严武不到十岁的时候就因为不满严挺之冷落他的生母拿小铁锤打破了父亲小妾的头，后来在太学读书又把邻居军法官的女儿拐走。军法官知道后找严家要人，同时上告到朝廷。官府下令通缉严武，军法官也派兵千里追寻。

严武带着军法官之女向东逃到河南巩县。因为逃跑的时候太匆忙，他已经身无分文。这时他想起父亲好友杜审言是巩县人，于是登门求援。此时杜审言已经去世多年，严武只见到了杜审言的子孙。他们不让严武进门。

当时杜甫正好在老家，他悄悄跟在严武后面，看见四周无人才上前相认。杜甫把盘缠交给严武，告诉他杜家在城外河湾里有条船。严武千恩万谢，带着军法官的女儿来到河边。不料本地捕快在路人指引下逐渐逼近，严武情急之下用琵琶弦把军法官女儿勒死沉入河底。捕快没有看见军法官的女儿，以为身材魁梧的严武只是普通船夫。严武逃过一劫。

杜甫看见捕快全体出动直扑河湾，认定严武插翅难逃，没想到捕快一无所获。他假装路过偷偷问严武："你把那姑娘藏在哪里？"严武悄声告诉杜甫真相，杜甫吓得腿一软坐在地上。

严武告别杜甫继续流浪，杜甫则收拾行李去了长安。杜甫有点害怕胆大妄为的严武，希望严武离他越远越好。没想到乱世出英雄，这个心狠手辣的少年很快脱颖而出。严武当上东川节度使的时候刚刚三十出头，正是杜甫现在的年龄。唐朝的节度使上马管军，下马管民，相当于后世的总督。杜甫无意中买了严武这支潜力股，后来得到最好的回报。

从天宝五年到天宝十年，杜甫一直在长安，每年都名落孙山，于是向司马相如学习，在天宝十年向唐玄宗献赋求官。李隆基看了他的《三大礼赋》，觉得他很有才气，让他做集贤院待制。这一年杜甫四十岁。集贤院待制是个闲官，收入低到养家糊口都难，杜甫只好把家小送往奉先乡下请亲友照看。

战争一直在大唐帝国的四境发生，民间传说手握重兵的安禄山即将造反，苦等房地产升值的杜甫开始失去信心。他试图把陆浑山庄脱手变现，可是无人愿意接盘。天宝十一年杜甫写了《兵车行》，十二年写了《丽人行》，前者批评战争的残酷无情，后者讽刺杨家的鸡犬升天。

杨玉环家族的炙手可热让杜甫更加觉得自己怀才不遇，他心里肯定无数次用脏话问候李隆基。后来文学史家往往强调杜甫"忠君爱国"，爱国是肯定的，忠君却有待商榷。杜甫肯定不是愚忠的迂腐文人。他的那些深刻批评安史之乱的诗歌，正是在对始作俑者李隆基愤怒谴责。

天宝十四年安史乱起，杜甫被任命为河西尉。河西据说是现在的云南河西县，这时候如果他去了彩云之南，正好可以远离战乱。但杜甫和李白一样，认为自己除了写诗还可以为君王排忧解难，所以借故没有赴任。朝廷改授他右卫率府胄曹参军，右卫率府是保卫东宫的太子卫队，胄曹参军是管理盔甲的普通官吏，依然是个薪俸低廉的闲职。杜甫闲着没事，请假去奉先探望妻子，途中写下

名作《自京赴奉先咏怀五百字》。当年年底，他的小儿子因为营养不良饿死。

诗人不幸国家幸，正是这些磨难使我们多了一位伟大的诗人。李白在民间的名声比杜甫响亮，但杜甫在诗人中的影响又远在李白之上。因为李白的天才只能用来崇拜，杜甫的诗歌却可以进行模仿。

第十一回

身当恩遇恒轻敌　功名只向马上取

如果没有安史之乱，唐玄宗也许是中国历史上最完美的皇帝。

他有一种与生俱来的霸气，七岁就在朝堂之上训斥金吾大将军武懿宗，声称"这里是我李家天下，轮不到你放肆"，让祖母武则天又惊又喜。

他在青年时期两度力挽狂澜，捍卫李唐王朝的统治。

他开创了长达四十年的开元、天宝盛世。

在他做皇帝期间，中国诗歌的成就无与伦比。

他被梨园子弟奉为祖师。他的一生就是一台大戏，英雄美人，乐极生悲，霓裳一曲千峰上，舞破中原始下来。

杨玉环本是李隆基第十八子寿王李瑁的妃子。李隆基偶然听高力士说起杨玉环长得有点像武惠妃。武惠妃正是李瑁生母，生前深受李隆基宠爱。李隆基开始只是出于好奇想看杨玉环一眼，谁知一见之下惊为天人。年近花甲的李隆基当即决定横刀夺爱。为了掩人耳目，杨玉环在从儿子怀抱走向父亲寝宫的过程中，曾经做了几年

尼姑。

天宝四年（745年），唐玄宗正式册立杨玉环为贵妃，因为王皇后已被废除，所以杨贵妃成为实际上的皇后。可怜寿王从此只能借酒浇愁，表面装作毫不在乎，心里暗骂老爹禽兽。晚唐著名诗人李商隐为此写了一首无题诗。

> 龙池赐酒敞云屏，羯鼓声高众乐停。
> 夜半宴归宫漏永，薛王沉醉寿王醒。

中国历来的统治者都喜欢自欺欺人，一方面压制言论唯我独尊，谁有意见就是反叛，一方面又根据大家没有意见判断自己很受欢迎。唐玄宗发现自己乱伦朝野竟然毫无异议，于是只争朝夕，接着干了一件更愚蠢的事。

他不但拒绝张九龄的建议斩杀安禄山，反而加封安禄山为御史大夫、左羽林大将军、东平郡王，让安禄山兼任平卢、范阳、河东三镇节度使。安禄山统帅的军队数量已经和禁军非常接近，素质更是远超禁军。最让人抓狂的是，为了显示他对安禄山的信任，他把举报安禄山谋反的人押送范阳交给安禄山处置。曾经聪明绝顶的李隆基如今愚蠢透顶。不过几乎每个独裁者都会一意孤行，这就是后人呼唤民主制度的原因。

天宝六载，安禄山曾经来过长安。唐玄宗为了表示宠幸，让他出入内廷。唐朝妇女以肥为美，安禄山本人也是个超级胖子，他和杨玉环站在一起就是安徽省会。安禄山虽然肥胖，但是像洪金宝一样身体灵活，跳起胡旋舞来速度飞快。他比唐玄宗年轻十八岁，肯定认为自己和杨玉环才是天生一对。

唐玄宗让杨玉环和安禄山以兄妹相称，安禄山却主动要求做杨玉环的儿子。杨玉环没有拒绝，还煞有介事地为安禄山举办满月

《驯马图》 近代_溥心畬

酒,把安禄山裹在襁褓里抬着满宫游走,所以就连很多正统史学家都怀疑他们的关系不清不楚。爱江山更爱美人,安禄山回到范阳之后立刻准备造反。在历史这台永不落幕的大戏里,一意孤行的李隆基终于让自己从小生变成了小丑。

唐朝末年的宰相郑畋在《马嵬坡》诗里说:"终是圣明天子事,景阳宫井又何人?"意思是唐玄宗至少比陈后主高明,没有导致亡国丧身。很多人以为郑畋在为李隆基唱赞歌,其实把唐玄宗和陈后主放在一起,本身就是一种讽刺。我觉得应该把"终是圣明天子事"改为"终是梨园子弟事",唐玄宗证明自己不过是个梨园子弟,无论他在台上多么耀眼,最终结局都是曲终人散。

天宝十四年十一月初九,安禄山以"奉密旨讨杨国忠"为名,召集十五万大军,日夜兼程杀入中原。

安史之乱使很多人失去了自己的身份地位甚至身家性命,但是也有一些人因祸得福。前者以唐玄宗、杨贵妃、杨国忠、高仙芝、封常

清、哥舒翰为代表,后者以唐肃宗、郭子仪、严武、高适为代表。

高适晚年成为唐朝诗人中地位最显赫的人,他被封为"渤海县侯,食邑七百户",是唐代著名诗人中唯一被封侯的人,其他诗人爵位最高的张九龄也不过是"始兴开国伯,食邑五百户",所以《旧唐书》说"诗人之达者唯适而已",但高适早年几乎是所有诗人中最落魄的人。

史书说高适是渤海即今河北沧州一带人,其实这只是他的郡望,那一带是高氏发祥地。就像我们说王昌龄是琅琊王氏,但王昌龄可能根本没去过山东琅琊。高适父亲也是个地方官员,曾经在张九龄故乡韶州做过长史。和李白一样,高适认为自己天生就该做大事,根本不屑于从小事做起。可能因为从小游手好闲,没有认真学习过儒家经典,高适也没有参加过进士考试。后来他和李白一见如故,因为两人都好高骛远,不愿意按部就班。

高适在二十岁左右曾经去长安求官,以为自己可以像苏秦、张仪那样凭着三寸不烂之舌拜相封侯,结果根本找不到机会开口。他后来写了一首《别韦参军》,回忆当年遭到冷落的情景,"白璧皆言赐近臣,布衣不得干明主。归来洛阳无负郭,东过梁宋非吾土。"

高适为了追求名位常年游荡在外,即使传统佳节也不能和家人团圆。他虽然安慰自己这是成大事者必须经历的磨难,但每到除夕之夜,听见客栈外爆竹声声,心中还是五味杂陈。

除夜作

旅馆寒灯独不眠,客心何事转凄然?
故乡今夜思千里,霜鬓明朝又一年。

他本来不屑于写诗,觉得诗歌是雕虫小技壮夫不为,后来在和李白、王昌龄、王之涣、李颀等人交往之后,觉得诗歌是最好的名片，于是开始琢磨诗艺，很快就名声大振。

开元二十六年（738年），一个跟随幽州节度使张守珪出塞的朋友写了一首《燕歌行》请高适指教，希望得到高适赞誉。高适第二天交给他一首和作。那位一向以诗才自负的朋友终生不再写诗。

> 汉家烟尘在东北，汉将辞家破残贼。
> 男儿本自重横行，天子非常赐颜色。
> 摐金伐鼓下榆关，旌旆逶迤碣石间。
> 校尉羽书飞瀚海，单于猎火照狼山。
> 山川萧条极边土，胡骑凭陵杂风雨。
> 战士军前半死生，美人帐下犹歌舞。
> 大漠穷秋塞草腓，孤城落日斗兵稀。
> 身当恩遇恒轻敌，力尽关山未解围。
> 铁衣远戍辛勤久，玉箸应啼别离后。
> 少妇城南欲断肠，征人蓟北空回首。
> 边庭飘摇那可度，绝域苍茫更何有。
> 杀气三时作阵云，寒声一夜传刁斗。
> 相看白刃血纷纷，死节从来岂顾勋。
> 君不见沙场征战苦，至今犹忆李将军。

这首诗奠定了高适边塞诗旗手的地位。高适的名声传遍大江南北。

天宝八载，在张九龄弟弟宋州刺史张九皋推荐下，高适通过有道科考试并被任命为封丘尉。这是高适第一次做官，这样的小官虽然离他的期望很远，但毕竟是他的第一份正式工作，可以领到一份固定薪水。过去几十年他有家不回，其中一个重要原因就是他害怕有人上门讨债。不过他很快发现，天下没有免费的午餐。

封丘作

我本渔樵孟诸野，一生自是悠悠者。
乍可狂歌草泽中，宁堪作吏风尘下。
只言小邑无所为，公门百事皆有期。
拜迎长官心欲碎，鞭挞黎庶令人悲。
悲来向家问妻子，举家尽笑今如此。
生事应须南亩田，世情付与东流水。
梦想旧山安在哉？为衔君命日迟回。
乃知梅福徒为尔，转忆陶潜归去来。

梅福是西汉末年著名隐士，和凿壁偷光的匡衡相交莫逆。做过南昌县尉的梅福曾经上书直言极谏，讽刺外戚大司马王凤。朝廷斥责梅福"边部小吏，妄议朝政"。梅福无奈弃官归隐。王凤的侄儿王莽篡位后梅福担心遭到报复，隐姓埋名漂泊不定。梅福的女婿是比他更有名的隐士严子陵。

高适觉得有些事完全违背自己的良心和本性，所以不顾刚刚过上好日子的家人劝阻，辞职西游。他在洛阳和李颀连喝几天酒，醉得在上阳宫前跳脱衣舞，差点被神策军逮捕。不久离开洛阳转往长安，和杜甫、岑参、薛据一起登上大雁塔。随后继续西行来到甘肃凉州，求见河西节度使哥舒翰。此人就是当时民谣《哥舒歌》传颂的英雄。

北斗七星高，哥舒夜带刀。
至今窥牧马，不敢过临洮。

因为经常有官场失意的文人跑来打秋风，提出很多不切实际的军事计划，哥舒翰看见儒生就想把他们送上前线。可是当他听说来人是《燕歌行》的作者高适后，立刻倒屣相迎。高适终于时来运转。哥舒翰不但让他做了掌书记，还把高适带往长安，在唐玄宗面前极力鼓吹高适的才能。

《燕歌行》不但整首诗浑然天成，篇中也不乏"校尉羽书飞瀚海，单于猎火照狼山""战士军前半死生，美人帐下犹歌舞"这样的名联。但是最打动哥舒翰的却是"身当恩遇恒轻敌，力尽关山未解围"，那种苦战连年，有心杀敌、无力回天的绝望感，只有哥舒翰这种身经百战的老将才能体验。哥舒翰后来兵败潼关，就是因为迫于唐玄宗的压力仓促出战。

跟随哥舒翰在西北边疆的时候，高适写了不少边塞诗。比较著名的有《塞上听吹笛》。

> 雪净胡天牧马还，月明羌笛戍楼间。
> 借问梅花何处落，风吹一夜满关山。

现在很多歌手或演员都做了人大代表或政协委员，当时的音乐家董庭兰也不甘寂寞，到处都是他的身影。家里排行老大的董庭兰不但出现在李颀的音乐诗里，也出现在高适笔下，这就是著名的《别董大》。

> 千里黄云白日曛，北风吹雁雪纷纷。
> 莫愁前路无知己，天下谁人不识君。

高适和李白一样豪放不羁，所以很少写律诗。只有下面这首《送李少府贬峡中王少府贬长沙》写得还可以。

> 嗟君此别意何如，驻马衔杯问谪居。

> 巫峡啼猿数行泪，衡阳归雁几封书？
> 青枫江上秋帆远，白帝城边古木疏。
> 圣代即今多雨露，暂时分手莫踟蹰。

从上面几首诗可以看出，高适擅长描述友情，可是很多人却认为他不够朋友，对李白见死不救。

安史之乱爆发之初，唐玄宗首先寄希望于大将高仙芝和封常清，却不准两人调动他们的老部下西北边军。高仙芝和封常清被迫带领纨绔子弟组成的禁军上阵，在洛阳被风头正劲的叛军击败之后退保潼关。唐玄宗一气之下把他们斩首，随即征召哥舒翰。哥舒翰本想凭险固守，被唐玄宗催逼不过冒险出关挑战，结果竟被叛徒活捉交给安禄山。三员在高适和岑参笔下无比神勇的大将，结局却是如此窝囊。

听说哥舒翰被俘，唐玄宗知道潼关肯定守不住，在禁军老将陈玄礼护卫下连夜西逃。高适先是帮助哥舒翰守潼关，潼关失陷后在陕西凤县追上玄宗一行。玄宗决定派诸位王子分赴各地募兵平叛，高适看出内乱隐患直言极谏。当时还是太子的唐肃宗生怕诸王和他争夺皇权，所以非常欣赏高适的言论，把高适要到身边。在永王李璘起兵后，唐肃宗立刻召见高适询问如何应对，高适断言永王必败，唐肃宗随即任命高适为淮南节度使。高适招降李璘部下大将，永王李璘果然很快败亡。

在营救李白的事情上，高适很可能向唐肃宗求过情，只是皇帝没有答应。其实站在唐肃宗的立场也可以理解，李白是永王旗下名声最大的人，如果他赦免高调加入永王阵营的李白，那么他和永王骨肉相残就会显得更加不近人情。

平定永王之乱后，高适做了剑南西川节度使兼成都尹。唐代宗即位后，吐蕃攻陷陇右逼近长安。高适派兵牵制无果，九寨沟一带反而落入吐蕃之手。朝廷以黄门侍郎严武取代高适，高适回朝做了刑部侍郎，转散骑常侍，不久在长安病逝。

高适在四川期间和杜甫时有往来。他给杜甫赠送过钱粮，写过《人日寄杜二拾遗》。人日指农历正月初七。传说女娲创世之初，在造出了鸡狗猪牛马等动物后，于第七天造出了人，所以这一天是人类的生辰。唐朝人比较重视这个节日。

> 人日题诗寄草堂，遥怜故人思故乡。
> 柳条弄色不忍见，梅花满枝空断肠。
> 身在南蕃无所预，心怀百忧复千虑。
> 今年人日空相忆，明年人日知何处？
> 一卧东山三十春，岂知书剑老风尘，
> 龙钟还忝二千石，愧尔东西南北人。

杜甫接到这首诗后，竟"泪洒行间，读未终篇"。此时高适年近花甲，杜甫也将近五十，知交零落，所以分外珍惜这份情谊。

高适离开四川回到长安，和他齐名的另一位边塞诗大将岑参和他擦肩而过，从长安来到四川。

在唐代著名诗人中，岑参的家世可能是最显赫的。他的曾祖父、伯祖父、伯父都官至宰相。岑参的父亲两任州刺史，但死得很早，少年岑参只好跟着哥哥读书。

岑参和杜甫相反，杜甫祖籍湖北襄阳，北上迁往河南巩县，岑参祖籍河南新野，南下迁居湖北江陵。他在二十岁那年到了长安，此后长期在长安和洛阳两京之间奔走，也去过黄河以北漫游。在《送李副使赴碛西官军》一诗中，他称赞对方"功名只向马上取，真是英雄一丈夫"，开始有了从军的念头。

天宝三载，岑参考中进士，吏部看了他填报的志愿之后，任命

他为兵曹参军。天宝八载，安西四镇节度使高仙芝聘请他为幕府书记，带着他同赴安西，两年后岑参回到长安。天宝十三载，又作为安西北庭节度使封常清的判官再度出塞。

由于无法确定王昌龄是否去过碎叶，所以岑参在唐代边塞诗人中应该是走得最远的。因为见多识广，他的边塞诗独具特色。西北边疆的奇异风光以及在这种背景下万里长征的儿郎，交织出一种震慑人心的豪壮。

君不见走马川行雪海边，平沙莽莽黄入天。
轮台九月风夜吼，一川碎石大如斗，随风满地石乱走。
匈奴草黄马正肥，金山西见烟尘飞，汉家大将西出师。
将军金甲夜不脱，半夜军行戈相拨，风头如刀面如割。
马毛带雪汗气蒸，五花连钱旋作冰，幕中草檄砚水凝。
虏骑闻之应胆慑，料知短兵不敢接，车师西门伫献捷。

这首《走马川行奉送封大夫出师西征》和下面这首《轮台歌奉送封大夫出师西征》歌颂的都是名将封常清。

轮台城头夜吹角，轮台城北旄头落。
羽书昨夜过渠犁，单于已在金山西。
戍楼西望烟尘黑，汉兵屯在轮台北。
上将拥旄西出征，平明吹笛大军行。
四边伐鼓雪海涌，三军大呼阴山动。
虏塞兵气连云屯，战场白骨缠草根。
剑河风急雪片阔，沙口石冻马蹄脱。
亚相勤王甘苦辛，誓将报主静边尘。
古来青史谁不见，今见功名胜古人。

亚相是御史大夫的别名。汉朝御史大夫为丞相之副,丞相离任常以御史大夫递升。唐以后开始称御史大夫为亚相。清朝协办大学士也称亚相。

由于岑参出身名门,又是进士出身,所以军中诸将认为他只是来镀金,对他并无好感。这两首诗把封长清吹捧得飘飘欲仙。封长清非常高兴,赏给岑参一副从大勃律国国王那里缴获的马鞭。这副马鞭上面镶满宝石,价值连城。军中诸将更加不忿,他们决定把岑参羞辱一顿。

这天,封长清和诸将正在中军帐中饮酒,外面传来一阵喧哗。封长清的侍卫进来报告说,有个投降的大勃律国贵族喝醉酒在发酒疯。封长清让侍卫把那人带进中军帐。

大勃律国贵族身形剽悍。他进来之后不但不下跪,反而指着封长清等人说:"你们唐军就是仗着人多,否则不可能打败我们勃律国。"

诸将纷纷骂他放肆,抄起酒杯砸过去。

封长清把大家制止,他对大勃律国贵族说:"你要是不服气,可以在这里随便找个人单挑。只要你打赢他们之中的任何一个人,我就承认我们是以多欺少。"

大勃律国贵族脸膛黑红,其实并没有喝多少酒。他睁大眼睛扫视诸将,最后停在外表斯文的岑参身上。

封长清看见诸将幸灾乐祸的表情,立刻明白这些家伙在捉弄岑参,正想制止,岑参已经站起。岑参煞有介事地把封长清赏赐给他的马鞭从腰间解下放在座位上。

大勃律国贵族立刻认出这副马鞭,提出一个附加条件,如果他打赢了,国王的马鞭必须归他。岑参满口答应。这时连封长清都觉得他有点托大。

双方就在中军帐里比武。

大勃律国贵族是个摔跤高手,力大无穷。他试图把岑参抓住扔

出帐篷。岑参一直躲闪。诸将鼓噪，公然站在大勃律国贵族这边。

"抓住他，把他扔出去。"

"你别躲呀，打不过就认输吧。"

折腾半天，大勃律国贵族站住休息，气喘如牛。岑参也不再闪躲。

决胜时刻，大勃律国贵族冲向岑参。岑参笑脸相迎，在双方接触的瞬间，岑参突然侧身一让，同时伸腿横扫，大勃律国贵族沉重地摔倒在地毯上。

准备看岑参笑话的将领们目瞪口呆，只有封长清为岑参鼓掌喝彩。

岑参喝完封长清赏赐的美酒，告辞回去整理仪表。封长清待他走后把诸将骂得狗血淋头。

经历这件事之后，岑参开始对军旅生涯感到厌倦，觉得在军中很难实现自己的抱负，再待下去唯一长进的就是酒量，所以谢绝封长清的挽留，在安史之乱前夕离开军伍。

岑参的边塞诗名作还有《白雪歌送武判官归京》。这个武判官就是他的前任。

北风卷地白草折，胡天八月即飞雪。
忽如一夜春风来，千树万树梨花开。
散入珠帘湿罗幕，狐裘不暖锦衾薄。
将军角弓不得控，都护铁衣冷难着。
瀚海阑干百丈冰，愁云惨淡万里凝。
中军置酒饮归客，胡琴琵琶与羌笛。
纷纷暮雪下辕门，风掣红旗冻不翻。
轮台东门送君去，去时雪满天山路。
山回路转不见君，雪上空留马行处。

相对高适"战士军前半死生，美人帐下犹歌舞"的深刻冷峻，岑参的诗歌更加浪漫雄浑，比如他的《热海行送崔侍御还京》。

> 侧闻阴山胡儿语，西头热海水如煮。
> 海上众鸟不敢飞，中有鲤鱼长且肥。
> 岸旁青草长不歇，空中白雪遥旋灭。
> 蒸沙烁石燃虏云，沸浪炎波煎汉月。
> 阴火潜烧天地炉，何事偏烘西一隅？
> 势吞月窟侵太白，气连赤坂通单于。
> 送君一醉天山郭，正见夕阳海边落。
> 柏台霜威寒逼人，热海炎气为之薄。

热海即伊塞克湖，又名大清池、咸海，今属吉尔吉斯斯坦。岑参虽未到过那里，但根据别人的描述和神话传说，还是把它渲染得无比神奇。

岑参最擅长七言歌行，但其他体裁同样驾轻就熟。他的七绝《逢入京使》写军人的铁骨柔情，就是脍炙人口的佳作。

> 故园东望路漫漫，双袖龙钟泪不干。
> 马上相逢无纸笔，凭君传语报平安。

杜确《岑嘉州诗集序》说岑参的诗"每一篇绝笔，则人人传写，虽闾里士庶，戎夷蛮貊，莫不讽诵吟习焉"。杜甫也对他的诗赞不绝口。陆游更说他的诗"笔力追李杜"。

岑参到剑南做的是嘉州刺史，因此人称"岑嘉州"。罢官后东归不成，作《招北客文》自述平生志业，最后客死成都驿馆。

第十二回

杜少陵栖身草堂　李太白流放夜郎

李白离开长安之后一路东行,他想先去山东看望子女。这天他经过华阴县衙门前,半醉半醒的李白没有下驴步行。正在大堂上审案的华阴县令远远看见,立刻喝令衙役抓人。

"你是什么人,竟敢目无本官?"

李白回答:"我也不知道我是什么人,不过我曾经龙巾洗脸,御手调羹,力士脱靴,贵妃捧砚。请问县令大人,天子门前尚容走马,华阴县里不得骑驴?"

县令立刻醒悟李白驾到,赶紧赔礼道歉。

"太白有什么要求,我一定照办。"

"那行呀,我还没上过华山。"

"我立刻安排抬轿的人。"

"不行,我要你陪我步行登山。"

县令只好照办,拖着肥胖的身躯跟在李白后面爬上莲花峰。

李白下山后继续往东,杜甫、高适慕名相从。三人一起漫游梁宋，在济南拜见北海太守李邕。开元初年李邕做渝州刺史的时候，李白专程求见被李邕拒之门外，所以这次李白主要是去向李邕示威。李邕果然很不好意思，坚持要请李白等人吃九转大肠这道山东名菜。李白身边的小厮李黑是李白从家乡带来，他觉得跟李白混下去前程不容乐观，趁机学了肥肠的做法，向李白告辞回家开饭馆去了。现在四川江油满大街都是肥肠馆子，不过很少有人知道这道菜和李白有关。

李白和杜甫在孔子故乡曲阜分手，独自南下越中凭吊贺知章墓，最后从天台山回到金陵，在金陵一住两年。这段时间李白写过很多诗，其中《寄东鲁二稚子》最值得注意。那个"千山我独行，不必相送"的诗仙，第一次流露出真挚的人间情感，"娇女字平阳，折花倚桃边。折花不见我，泪下如流泉。小儿名伯禽，与姊亦齐肩。双行桃树下，抚背复谁怜？念此失次第，肝肠日忧煎。裂素写远意，因之汶阳川。"

还记得那个"五花马，千金裘，呼儿将出换美酒"的青年豪俊吗？他曾经啸傲帝城，名满人间，如今却连妻子都不能保全。

他写《行路难》时刚刚离开长安。

　　　　金樽清酒斗十千，玉盘珍馐直万钱。
　　　　停杯投箸不能食，拔剑四顾心茫然。
　　　　欲渡黄河冰塞川，将登太行雪满山。
　　　　闲来垂钓碧溪上，忽复乘舟梦日边。
　　　　行路难，行路难，多歧路，今安在？
　　　　长风破浪会有时，直挂云帆济沧海。

可以看出此时的李白还没有失去信心，他认为自己还有可能长风破浪实现自己的志向。可是到了天宝末年写《宣州谢朓楼饯别校

书叔云》的时候，李白已经彻底绝望。

> 弃我去者，昨日之日不可留。
> 乱我心者，今日之日多烦忧。
> 长风万里送秋雁，对此可以酣高楼。
> 蓬莱文章建安骨，中间小谢又清发。
> 俱怀逸兴壮思飞，欲上青天揽明月。
> 抽刀断水水更流，举杯销愁愁更愁。
> 人生在世不称意，明朝散发弄扁舟。

天宝十载（751年），李白回到儿女寄住的山东任城，不久北上幽燕南游宣城敬亭山。他曾经独坐敬亭山，看众鸟高飞尽，孤云独去闲。有人说当时玉真公主正在敬亭山修行，所以和李白"相看两不厌"的不是江山而是美人。

天宝十四载年底，安禄山从范阳起兵对唐朝发起闪击战，仅用了三十五天时间就攻占东都洛阳。天宝十五载正月一日，安禄山在洛阳自称雄武皇帝，国号大燕。

唐玄宗带领杨贵妃和杨国忠兄妹以及少数宗室亲王狼狈逃往四川，途经陕西兴平马嵬坡的时候禁军哗变。禁军杀死杨国忠后担心杨贵妃报复，通过禁军大将陈玄礼，要求把杨贵妃一起处斩。杨玉环被迫自尽。失去杨贵妃的老糊涂唐玄宗心灰意冷，宣布退位把烂摊子交给儿子唐肃宗李亨。

听说唐肃宗在灵武继承皇位，杜甫前往投奔，途中被叛军抓获押送长安。叛军发现他官职很小饭量很大之后赶紧放他出监。这段时间他的妻儿寄住在陕西鄜州即今富县羌村，杜甫写了名诗《月夜》寄托思念。

> 今夜鄜州月，闺中只独看。

《江村渔隐图》 明_龚贤

> 遥怜小儿女，未解忆长安。
> 香雾云鬟湿，清辉玉臂寒。
> 何时倚虚幌，双照泪痕干。

第二年春天，叛军发生内讧，肥胖的安禄山被急于做皇帝的儿子安庆绪放上了砧板，从做皇帝到见上帝刚好一年。郭子仪收复东京。安禄山大将史思明投降。杜甫从金光门逃出长安，来到凤翔投奔唐肃宗。唐肃宗让他做了左拾遗。岑参写了《寄左省杜拾遗》表示恭喜。

> 联步趋丹陛，分曹限紫微。

第十二回 杜少陵栖身草堂 李太白流放夜郎

> 晓随天仗入，暮惹御香归。
> 白发悲花落，青云羡鸟飞。
> 圣朝无阙事，自觉谏书稀。

我过去读这首诗的时候没有细看，以为这是写在安史乱前天下太平的长安，最近才发现这首诗写在战乱期间，不禁佩服封建文人粉饰太平的才能。

唐朝流亡政府回到长安之后，中书舍人贾至写了一首《早朝大明宫呈两省僚友》。

> 银烛朝天紫陌长，禁城春色晓苍苍。
> 千条弱柳垂青琐，百啭流莺绕建章。
> 剑佩声随玉墀步，衣冠身惹御炉香。
> 共沐恩波凤池上，朝朝染翰侍君王。

杜甫、岑参、王维都有奉和之作。王维所作独占鳌头。

> 绛帻鸡人报晓筹，尚衣方进翠云裘。
> 九天阊阖开宫殿，万国衣冠拜冕旒。
> 日色才临仙掌动，香烟欲傍衮龙浮。
> 朝罢须裁五色诏，佩声归到凤池头。

就在他们写这些诗的当年年底，郭子仪等九位节度使带领二十万唐军把安庆绪残部包围在河北、河南交界的邺城。这本来是个提前结束安史之乱的大好时机，但是唐肃宗竟然把指挥权交给死太监鱼朝恩。结果在反复无常的史思明夹击之下，几十万唐军溃不成军。幸亏叛军内部发生火并，史思明斩杀安庆绪，否则唐军很可能一蹶不振。

在这种严峻形势下,朝廷内部却在忙着政治斗争。杜甫为兵败陈陶斜的房琯辩护。唐肃宗命令将杜甫一起收监。这时宰相张镐、那个曾经为王昌龄报仇的张镐又一次站出来为诗人辩护。杜甫被贬为华州司功参军,从此彻底失去政治热情。

杜甫抽空回了一趟陆浑山庄,最后看了一眼这个让他破产的地方。随后回到华州,途中写下《三吏》《三别》和《羌村三首》。

《赠卫八处士》也是写在这前后。

> 人生不相见,动如参与商。
> 今夕复何夕,共此灯烛光。
> 少壮能几时,鬓发各已苍。
> 访旧半为鬼,惊呼热中肠。
> 焉知二十载,重上君子堂。
> 昔别君未婚,儿女忽成行。
> 怡然敬父执,问我来何方。
> 问答乃未已,驱儿罗酒浆。
> 夜雨剪春韭,新炊间黄粱。
> 主称会面难,一举累十觞。
> 十觞亦不醉,感子故意长。
> 明日隔山岳,世事两茫茫。

这首诗的内容风格很像李白的《下终南山过斛斯山人宿置酒》,是杜甫写友情的诗中比较真挚的一首。"昔别君未婚,儿女忽成行"平实但是感人至深,尤其适合用来形容初恋情人的久别重逢。"怡然敬父执,问我来何方"写天真烂漫的儿童。"夜雨剪春韭,新炊间黄粱"是最美的田园风光。

这时关中再次发生饥荒，杜甫带领全家前往秦州，《天末怀李白》和《寄李白二十韵》等诗就是写在这个时候。他在同谷住了段时间，带领老婆孩子上山采野果挖黄独充饥。杜甫哄骗儿女说这些野果纯天然无污染有利健康，可是很快发现孩子有中毒的迹象，无奈只好继续南逃，不久之后经剑门到达成都，在浣花溪的寺庙借住。这时因直言贬官的高适正在做蜀州刺史，听说杜甫到了成都，立刻寄诗问候。

杜甫到达成都的时候已经将近五十岁，在表弟王司马资助下开始修建草堂。裴迪和高适都给他送来钱粮。韦应物的堂兄著名画家韦偃甚至为他画了壁画。不过高适等人的帮助毕竟有限，天无绝人之路，上天给他派来了严武。

严武自从年轻时被通缉后，一直流落江湖，为了生存曾经打家劫舍，甚至有可能做过刺客。他在哥舒翰军中混过一段时间，哥舒翰推荐他做了侍御史。安史之乱爆发后，自信文武全才的严武看到了大显身手的机会，来到唐肃宗驾前毛遂自荐。唐肃宗正需要这种新锐力量取代唐玄宗留给他的那些暮气沉沉的老将。严武很快大杀四方。唐军收复长安后，肃宗任命严武为京兆少尹兼御史中丞，随后又调任绵州刺史，晋升剑南东川节度使。

杜甫害怕胆大包天的严武连累自己遭殃，所以和他并无太多来往。但是严武听说他在成都，主动前来提供帮助。这一次贫病交加的杜甫没有拒绝。杜甫过了段安稳的日子，唯一的烦恼就是附近的村童经常来偷他屋顶上的茅草烤红薯。《茅屋为秋风所破歌》就是写在这个时候。严武知道之后有一天和这些村童开了个玩笑，他带领全副武装的卫队包围村庄，把这些儿童全部集中到杜甫草堂，让他们向杜甫全家赔礼道歉。这些村童吓得魂飞魄散，再也不敢找杜甫麻烦了。

杜甫在成都的名作还有《蜀相》。

> 丞相祠堂何处寻？锦官城外柏森森。
> 映阶碧草自春色，隔叶黄鹂空好音。
> 三顾频烦天下计，两朝开济老臣心。
> 出师未捷身先死，长使英雄泪满襟。

诸葛亮的历史地位从此开始稳步上升。

那时杜甫身体不好，经常卧病在床，不过他已经心满意足，因为他可以去江畔独步寻花，也可以看家人忙忙碌碌。

江村

> 清江一曲抱村流，长夏江村事事幽。
> 自去自来堂上燕，相亲相近水中鸥。
> 老妻画纸为棋局，稚子敲针作钓钩。
> 多病所须唯药物，微躯此外更何求。

无论是"随风潜入夜，润物细无声"的春夜喜雨还是"细雨鱼儿出，微风燕子斜"的水槛风物，都说明杜甫此时心情不错。杜甫在成都写的诗还有一首家喻户晓，就是《绝句四首》之一。

> 两个黄鹂鸣翠柳，一行白鹭上青天。
> 窗含西岭千秋雪，门泊东吴万里船。

这首诗很可能让他思想起正在东吴的李白。此时的李白在做什么呢？

天宝十四载，五十五岁的李白夏游当涂，秋游秋浦，冬返宣城，在金陵得知安禄山叛乱。门人武谔自告奋勇去山东接他的子女，李白本人亲自去宋城迎接后妻宗氏。宗氏的祖父宗楚客是武则

天时期的宰相。李白的前后两位妻子都是宰相孙女,他果然"眸子炯然",择偶的眼光非同一般。李白的人生态度是,富贵于我如浮云,除却相门不结婚。

李白全家会合后南下避难。听说郭子仪、李光弼在河北大胜,他又重返金陵。这时永王送来聘书,李白本来并不动心,但是永王附送的兰陵美酒却让他不由自主。

李白曾经专门写诗称赞过这种酒。

客中作

兰陵美酒郁金香,玉碗盛来琥珀光。

但使主人能醉客,不知何处是他乡。

李白喝醉酒后吹牛不打草稿。他写了十一首《永王东巡歌》,其中一首大吹法螺。

三川北虏乱如麻,四海南奔似永嘉。

但用东山谢安石,为君谈笑净胡沙。

西晋永嘉五年,也即公元311年,前赵大将刘曜带领匈奴铁骑攻陷洛阳,斩杀王公大臣和黎民百姓三万余人。中原衣冠士族相率南奔避乱。安禄山叛乱以后中原士庶同样南下逃难,所以说四海南奔似永嘉。

李白大言不惭,永王李璘信以为真。结果李白酒还未醒,永王已经众叛亲离。李白也被关进牢房,随即流放夜郎。

在成都的杜甫听到消息后,写了《梦李白》二首。

一

死别已吞声，生别常恻恻。
江南瘴疠地，逐客无消息。
故人入我梦，明我长相忆。
恐非平生魂，路远不可测。
魂来枫林青，魂返关塞黑。
君今在罗网，何以有羽翼。
落月满屋梁，犹疑照颜色。
水深波浪阔，无使蛟龙得。

二

浮云终日行，游子久不至。
三夜频梦君，情亲见君意。
告归常局促，苦道来不易。
江湖多风波，舟楫恐失坠。
出门搔白首，若负平生志。
冠盖满京华，斯人独憔悴。
孰云网恢恢，将老身反累。
千秋万岁名，寂寞身后事。

这两首诗说明杜甫对李白的敬仰不是一时冲动。杜甫"梦李白"的时候已经到了知天命之年，这个年龄的杜甫也许会因为虚度年华而悔恨，但绝对不会看走眼。他知道李白必将留芳千古，但是眼前的劫难却很难度过。

这里最值得注意的是，杜甫梦中的李白已经从"白也诗无敌，飘然思不群""笔落惊风雨，诗成泣鬼神""痛饮狂歌空度日，飞扬跋扈为谁雄"的狂放诗仙，转变为"告归常局促，苦道来不易。江

湖多风波，舟楫恐失坠。出门搔白首，若负平生志。冠盖满京华，斯人独憔悴"的失意才人。

上面两首诗都入选《唐诗三百首》。李白局促不安、搔首踟蹰的样子如此生动，仿佛出自杜甫亲见。两个伟大诗人之间似乎有心灵感应。

在长安，这天散朝之后，郭子仪留下来没走。

唐肃宗问："爱卿还有事吗？"

郭子仪一声不吭跪下。

"爱卿你这是怎么啦？"

"请陛下赦免李白。"

"为什么呀？"

"李白是老臣的救命恩人。"

"这是怎么回事？"唐肃宗呵斥左右太监，"你们还不快扶元帅起来？"

郭子仪把李白当年法场救他的经过对肃宗说了。

"你怎么知道他就是李白呢？"

"他的随从说他是天上一颗星，而李白字太白。"

"很多人的名字都和日月星辰有关。"

"李白供奉翰林期间，臣正好有事来长安，在街头见过他们醉中八仙。"

"那你当时怎么没有上前相认？"

"当时我行色匆匆，而李白烂醉如泥。"

"你希望朕怎么处置李白？"

"李白就是一介书生，他投奔永王不是为了和陛下对抗。皇恩浩荡，既然那些投降安禄山并做了伪官的人都可以原谅……"

"李白为永王大唱赞歌，朕真不想放过他。不过既然爱卿开了口，那就把他放了吧。这件事到此为止，李白要是知道他救过你，肯定忘乎所以，所以朕希望爱卿和他保持距离。"

郭子仪立刻又跪下谢恩。

李白这时已经走到白帝城，正在犹豫要不要畏罪潜逃。郭子仪派来的信使赶到，通知他流放夜郎的诏命取消。李白兴奋得手舞足蹈，立刻掉头往回走，写下了《早发白帝城》。

> 朝辞白帝彩云间，千里江陵一日还。
> 两岸猿声啼不住，轻舟已过万重山。

朝廷为了集中兵力对付吐蕃，把开元二十三年（735年）分开的剑南东川、西川两个节度使衙门合并，任命严武为剑南节度使。严武成为和郭子仪并驾齐驱的最强藩镇。他在当狗城一役中歼灭吐蕃七万大军，这是唐朝对吐蕃最成功一战。豪情满怀的严武写下《军城早秋》。

> 昨夜秋风入汉关，朔云边月满西山。
> 更催飞将追骄虏，莫遣沙场匹马还。

这首诗也是边塞诗经典。向来自负的杜甫看见比自己年轻十几岁的严武不但武功盖世，而且文采斐然，心中肯定五味杂陈。

宝应元年（762年），唐玄宗、唐肃宗父子相继去世，流落江南的李白因病投奔族叔当涂县令李阳冰。可是李阳冰随即罢官，走投无路的诗人开始心神迷乱，他为自己写了一首《临终歌》。

> 大鹏飞兮振八裔，中天摧兮力不济。
> 余风激兮万世，游扶桑兮挂左袂。
> 后人得之传此，仲尼亡兮谁为出涕。

这天晚上他在采石矶头醉酒之后，以为水中的月亮是天上派来接他的飞碟，纵身一跃，离开人间回到天上宫阙。

李华受李阳冰委托为李白写墓志铭，这篇《故翰林学士李君墓志铭》至今保存完整。

> 呜呼！姑熟东南，青山北址，有唐高士李白之墓，呜呼哀哉！夫仁以安物，公其懋焉；义以济难，公其志焉；识以辩理，公其博焉；文以宣志，公其懿焉。宜其上为王师，下为伯友，年六十有二不偶，赋《临终歌》而卒。悲夫！圣以立德，贤以立言，道以恒世，言以经俗。虽曰死矣，吾不谓其亡矣也。有子曰伯禽、天然，长能持，幼能辩，数梯公之德，必将大其名也已矣。铭曰：立德谓圣，立言谓贤。嗟君之道，奇于人而侔于天。哀哉！

唐宪宗元和十二年（817年），李白墓由龙山改迁青山，经手此事的宣歙池等州观察使范传正和当涂县令诸葛纵都没见过李华写的墓志铭，因此有人质疑这篇墓志的真实性。和李白有通家之好的范传正感慨万千，只好自己写了一篇。

杜甫听到噩耗将信将疑，因为此前已经听过类似传说很多次。大概在杜甫心目中，李白这种人早已成仙，虽死犹生。

李白生死未卜，严武的英年早逝却是杜甫亲眼目睹。刚满四十岁的严武是地位仅次于郭子仪的中兴名将，谁也没想到风华正茂的他会死在床上。据说严武本来病得并不严重，可是恍惚间看见那位军法官之女找他索命。严武一生神挡杀神，佛挡灭佛，所向无敌，可是却被初恋情人哀怨的目光刺死。最柔弱的人给了他最致命的一击。

杜甫失去靠山，加上传来官军收复河南河北的喜讯，他决定离开四川。

闻官军收河南河北

剑外忽传收蓟北，初闻涕泪满衣裳。
却看妻子愁何在，漫卷诗书喜欲狂。
白日放歌须纵酒，青春作伴好还乡。
即从巴峡穿巫峡，便下襄阳向洛阳。

严武在临终前还为杜甫做了件事情，那就是上表推荐他为节度参谋、检校工部员外郎，所以后世尊称杜甫为杜工部。

李白离开三峡七年之后，杜甫也来到白帝城。李白千里江陵一日还，杜甫拖家带口体弱多病，一路走走停停，这一段归乡路竟然走了四五年，直到生命的尽头也没有走到终点。

杜甫全家到了白帝城后，得到夔州都督柏茂琳资助挽留，所以在这里一直住到大历三年（768年）。如果我们给杜甫找一个福地，那么巴蜀还不准确，这个地方应该是夔州。杜甫在夔州别驾元持府第看过李十二娘剑器舞并写下《观公孙大娘弟子舞剑器行》。他的不朽名篇《登高》《咏怀古迹》五首、《秋兴》八首都写在夔州。

这些诗几乎每一首都是经典。假如给唐代诗歌列一个排行榜，那么在律诗这一栏，前五十首经典之作杜诗可以占据半壁江山。而他在夔州写的这些诗又占了上榜杜诗的一半。诗神大概知道杜甫出了三峡后不久就会回到天上，所以借故把他留在白帝城，让这颗即将陨落的巨星发出最后的光芒。

登高

风急天高猿啸哀，渚清沙白鸟飞回。
无边落木萧萧下，不尽长江滚滚来。
万里悲秋常作客，百年多病独登台。
艰难苦恨繁霜鬓，潦倒新停浊酒杯。

夔州和三峡一带有宋玉、王昭君、刘备、诸葛亮等人的遗迹，杜甫写成组诗《咏怀古迹》。下面这首写的是王昭君。

群山万壑赴荆门，生长明妃尚有村。
一去紫台连朔漠，独留青冢向黄昏。
画图省识春风面，环佩空归夜月魂。
千载琵琶作胡语，分明怨恨曲中论。

《秋兴》八首则回望京城长安，追忆同学少年。沈德潜《唐诗别裁集》说："怀乡恋阙，吊古伤今，杜老生平俱于此见。其才气之大，笔力之高，天风海涛，金钟大镛，莫能拟其所到。"

大历三年，杜甫携带家小离开夔州来到江陵。长江出了三峡之后，由于江面开阔，水流缓慢，船上的客人可以从容欣赏两岸风景。杜甫写下《旅夜书怀》。

细草微风岸，危樯独夜舟。
星垂平野阔，月涌大江流。
名岂文章著，官应老病休。
飘飘何所似？天地一沙鸥。

李白离开白帝城之后，似乎把武功秘籍落在夔州，从此直到去世，除了"朝辞白帝彩云间"，再也没有写过值得一提的好诗。而杜甫到了夔州以后，诗艺超凡入圣，随手写一篇都足以光耀千古，显然这本秘籍已经落入老杜之手。

杜甫在湖北公安见过李贺的父亲李晋肃，据说他和李晋肃是表兄弟。他随后带领全家离开公安到了衡阳。此后一直辗转湖南境内的岳阳、衡阳、湘阴、长沙之间，希望找个地方暂时栖身。《登岳阳楼》就是这时候的作品。

> 昔闻洞庭水，今上岳阳楼。
> 吴楚东南坼，乾坤日夜浮。
> 亲朋无一字，老病有孤舟。
> 戎马关山北，凭轩涕泗流。

大历五年，杜甫人生的最后一年，途中遇见旧识宫廷乐师李龟年，写下《江南逢李龟年》。

> 岐王宅里寻常见，崔九堂前几度闻。
> 正是江南好风景，落花时节又逢君。

这年四月，杜甫离开衡阳前往郴州依靠远亲崔伟，到了耒阳之后，县令亲自驾船请杜甫赴宴。很久没有吃顿好饭的杜甫看见清甜的米酒和香喷喷的炒牛肉，立刻把生死置之度外，醉饱之后再也没有醒过来。

盛唐三位伟大诗人的死都和饮食有关，孟浩然因为食鹅，李白因为醉酒，杜甫因为吃牛肉的时候没有控制好速度。

在杜甫逝世前两年，韩愈出生。在杜甫逝世后两年，白居易和刘禹锡出生。后三年，柳宗元出生。

第十三回

夜半钟声惊客梦　满城飞花动帝容

枫桥本是姑苏城外一座平凡的小石桥,但是在张继写过《枫桥夜泊》之后,这里已经成为苏州最值得一游的去处。苏州园林这样的建筑其他地方也有,甚至更精致,只有张继的枫桥独此一家,无法复制。

月落乌啼霜满天,江枫渔火对愁眠。
姑苏城外寒山寺,夜半钟声到客船。

相传章太炎的夫人汤国梨曾经说过"不是阳澄湖蟹好,人生何必住苏州"。我虽然也是好吃之徒,但我要是有一天长住姑苏,一定是因为枫桥。现在枫桥已经不在姑苏城外,月亮被挡在高楼那边,江枫凋零,乌啼和渔火一去不返,但我依然喜欢在傍晚游人散去的时候流连枫桥,想象自己是乌篷船上那个夜半钟声惊醒的旅人。

后来,晚唐才子张祜也写过一首《枫桥》。

长洲苑外草萧萧，却算游程岁月遥。

唯有别时今不忘，暮烟疏雨过枫桥。

在这张继的枫桥，暮烟疏雨中曾与那人携手，一生何求？

张继的家乡有河南南阳和湖北襄阳两种说法，两地多年来为了争夺诸葛亮差点发生战争，却对张继的归属漠不关心。百度百科"南阳"词条根本没提起张继，倒是特别告诉我们谁是现任市长和市委书记。

张继和夫人是一对璧人，而且相守终生。唐朝诗人夫妻比较恩爱的还有元稹和李商隐，但是元稹早年对莺莺始乱终弃，婚后也和薛涛眉来眼去，李商隐给情人写过很多无题诗，只有张继始终如一。夫妻俩白天并马漫游，细雨鱼儿出，微风燕子斜；夜晚相偎读书，炉边人似月，皓腕凝霜雪。这种恩爱缠绵甚至影响了张继的前程。张继从不刻意追求功名，"终年帝城里，不识五侯门"，因为在遥远的故乡，有佳人妆楼颙望。

天宝十二年（753年）张继金榜题名，年轻英俊的他还被选为探花郎。接受唐玄宗召见之后，张继没有和同年一道去平康里庆祝，而是回到住处给夫人写报喜家书。他刚把墨磨好，店小二敲门告诉他有人找。他以为是同年进士皇甫曾的哥哥皇甫冉，赶紧起身相迎。他和皇甫冉是无话不谈的好友。

张继来到客栈前庭，却发现到访的是位陌生中年男人。那人锦衣华服，身后还站着两个挑着食盒的家丁。中年男子看见张继后满脸堆笑，恭喜张继金榜题名。

张继将他们请进客房。中年人招呼两个家丁把酒菜拿出来，张继客套一番，家丁摆好酒菜后退下，中年人坐在炕上和张继饮酒聊天。

张继问："请问兄台高姓大名？我们素不相识，为何如此盛情？"

中年人说："你先回答我一个问题，我再决定要不要告诉你我的

姓名身份。"

"请讲。"

"我家主人是皇亲国戚。他想知道你是不是愿意做他的乘龙快婿。"

"我已经结婚了。"

"新科进士都已经结婚了。如果你愿意离婚,我家主人不在乎你的婚史。"

"我和内子青梅竹马,这件事我恐怕不能答应你。"

"你想清楚了再回答。今年所有进士我家主人就看上了你,这是锦上添花的好事。"

"多谢贵主人厚爱,我真的不想离婚。"

"考上进士虽然很风光,但最多也就是做个校书郎。可是如果有我家主人帮忙,你很快就可以出将入相。"

"我从来没有非分之想。"

"只要你答应做我们家女婿,拜相封侯就不是非分之想,可以说易如反掌。"

"对不起。我建议你去找其他人,别在我这里浪费时间。"

张继起身端茶送客。

那中年男子急了:"我在我家主人面前夸下海口,说你一定会答应。你这样让我怎么回复?我很可能丢掉饭碗流落街头。"

"小弟爱莫能助。"

"既然你这么无情,那我也把话和你挑明。你只要拒绝了我家主人,那你就是得罪了京城所有豪门。"

张继以为中年人只是虚声恫吓,没想到后来在吏部铨选时果然落马。这时适逢安史乱起,他只好收拾行李回家。

皇甫冉在三年后的天宝十五年高中状元,随即做了无锡尉。无锡离皇甫冉家乡丹阳不远,他邀请张继去做客。张继夫人知道夫君心情郁闷,也劝张继出门散心,于是张继在至德二年(757年)沿

《富春山居图》（局部） 元_黄公望

长江东下和皇甫冉相见，顺便漫游江南。《枫桥夜泊》就写于这段时间。

安史之乱主要发生在黄河两岸。苏杭一带依然是花柳繁华地，温柔富贵乡。烟柳画桥的江南适合在白天漫游，曲终过尽松陵路，回首烟波十四桥；也适合在夜晚经过，潮落夜江斜月里，两三星火是瓜洲。明末清初江南才子张岱有本书就叫《夜航船》。受《枫桥夜泊》感召，我曾经特意从杭州出发，坐夜航船沿着大运河去苏州。可惜如今的江南就像李清照笔下的迟暮美人，风鬟霜鬓，夜色也无法掩饰她容颜的憔悴。

安史之乱平定后，百废待兴，张继以检校祠部员外郎、盐铁判官的身份在洪州分掌财赋，起用他的是神童出身的宰相刘晏。刘晏号称大唐财神，提拔了大批理财能手。他非常信任张继，一度委托张继帮他选拔人才。中唐著名诗人戴叔伦就是张继推荐给刘晏的，后来官至容管经略使。这时已是大历末年，张继上任仅一年多即病逝于南昌。刘长卿作诗《哭张员外继》，说他"世难愁归路，家贫缓葬期"。作为一个分管东南财赋的官员，竟然穷到没钱归葬故乡，

第十三回 夜半钟声惊客梦 满城飞花动帝容

这才是真正的两袖清风。

《枫桥夜泊》是最好的唐诗之一。无论是面对王昌龄的《出塞》还是李商隐的《锦瑟》，张继的《枫桥夜泊》都毫无愧色。如果单论诗歌本身的影响力，《枫桥夜泊》简直无与伦比。这首诗在唐代就随遣唐使东渡日本，据说和张志和的《渔歌子》一道被选入日本教材。千百年来无数日本人漂洋过海，就为了看江枫渔火对愁眠，听夜半钟声到客船。苏州一直是日本游客来中国旅行的首选，侵华日军甚至把《枫桥夜泊》诗碑盗回东京。

张继留传下来的作品很少，不过一首《枫桥夜泊》已经让他流芳千古。这首诗自从欧阳修质疑"三更不是打钟时"之后，众说纷纭，其实寒山寺一直有夜半鸣钟的习惯，直到欧阳修的时代依然。北宋末年孙觌写的《过枫桥寺》就是证明："白首重来一梦中，青山不改旧时容。乌啼月落桥边寺，倚枕犹闻半夜钟。"

张继还有几首诗值得一提。其中《阊门即事》也是写在苏州。

耕夫召募逐楼船，春草青青万顷田。
试上吴门窥郡郭，清明几处有新烟。

安史乱中朝廷为了阻止叛军进占江南，临时拼凑了一支水军驻扎在长江沿岸。苏州一带的农夫被征为战船水手后，田地大量荒芜。

张继还写过一些六言诗，其中《归山》的意境和柳宗元的《江雪》神似。

心事数茎白发，生涯一片青山。
空林有雪相待，古道无人独还。

张继因为《枫桥夜泊》名垂青史，但他生前并不得意。相比之下，大历十才子之一的韩翃比他幸运。韩翃同样只有一首诗堪称绝唱，却因此成为翰林。自从李白供奉翰林之后，这个通常兼任知制诰的职务就成了最让人羡慕的皇帝侍从官。到了明清两朝，宰相没有做过翰林学士甚至会被认为资历不够滥竽充数。

韩翃的家乡也在河南南阳，和张继可能是同乡。他似乎也不讨南阳人喜欢，南阳人心里只有诸葛孔明。诸葛亮除了帮助刘备建国，真实的理政带兵能力远没有《三国演义》渲染的那么神乎其神，多次北伐一事无成。一个国家民族最值得骄傲的是他的文学艺术家而不是政客。中国最值得骄傲的应该是陶渊明、李白和苏东坡，就像英国最值得骄傲的是莎士比亚而不是丘吉尔，德国最值得骄傲的是歌德而不是希特勒。

韩翃中进士的时间是天宝十三年，比张继晚一年，两年之后即发生安史之乱。有个李姓豪门子弟非常欣赏韩翃，把家中歌姬柳氏相送。柳氏也仰慕韩翃才名。两人深情缱绻，不羡鸳鸯不羡仙，吏部铨选韩翃压根就没报名。安史叛军进入长安之后，韩翃带柳氏逃难，叛军被打退后又回到长安。这时淄青节度使侯希逸慕名征召韩翃为幕僚。韩翃不想给侯希逸耽于女色的印象，就把柳氏留在京城。当时长安依然兵荒马乱，柳氏为安全起见，一度遁入空门。

两人分别数年，期间韩翃给柳氏寄了一首词，委婉地询问她是不是已经跟了别人。

> 章台柳，章台柳，颜色青青今在否？
> 纵使长条似旧垂，也应攀折他人手。

柳氏写了一首词回复，告诉他流光容易把人抛，只怕见面时红颜已老。

第十三回 夜半钟声惊客梦 满城飞花动帝容

杨柳枝,芳菲节,可恨年年增离别。
一叶随风忽报秋,纵使君来岂堪折。

　　韩翃不擅交际,在侯希逸帐下并不受重视,所以也不敢请假回京迎接柳氏。柳氏无依无靠,被偶然看见她姿色的番将沙咤利劫走。当时朝廷为了平定来自东北的安史叛军,向西北回纥等少数民族借兵。据说唐肃宗曾经和回纥首领约定"克城之日,土地士庶归唐,金帛子女皆归回纥",回纥兵因此横行无忌。

　　正好这时韩翃奉侯希逸之命进京执行公务,在路上和沙咤利、柳氏擦肩而过。沙咤利倒也豪爽,听柳氏说韩翃是她故人,允许柳氏和韩翃相见。韩翃和柳氏知道现在是沙咤利这些武夫的天下,他生未卜此生休,客套完后随即分手。

　　当天韩翃到达临淄,临淄驻军的校尉宴请韩翃。韩翃闷闷不乐精神恍惚,在座将校追问原因,韩翃如实相告。有位青年军官许俊向来爱打抱不平,立刻上马追踪,趁沙咤利不备把柳氏抢回交给韩翃。侯希逸本是安禄山部将,性格豪放,知道这件事后不但不责怪许俊,反而说"以前我也干过这种事情"。

　　这个故事出自许尧佐的传奇《柳氏传》,按照唐传奇作者喜欢写真人真事的传统,应该不是胡编乱造。韩翃和柳氏的故事还影响到另一位中唐诗人赵嘏。

　　赵嘏是淮南山阳县人,唐武宗会昌二年(842年)进士,因为写过"残星几点雁横塞,长笛一声人倚楼"被杜牧赞为"赵倚楼",此外他还写过"杨柳风多潮未落,蒹葭霜在雁初飞"和"一千里色中秋月,十万军声半夜潮"。赵嘏年轻时客居江苏润州,当他进京赶考的时候,他的姬妾桂娘也被当地驻军将领夺走。赵嘏闻讯写了一首《有赠》派人送给这位将军。

寂寞堂前日又曛，阳台去作不归云。

当时闻说沙咤利，今日青娥属使君。

那位将军听幕僚解释了这首诗的意思之后，生怕才华横溢的赵嘏将来飞黄腾达后报复，只好把桂娘放还。桂娘比柳氏坚贞，她认为破镜不能重圆，和赵嘏见了最后一面后随即自尽。

安禄山部将侯希逸的窝里反给了安史叛军致命一击，他因此成为凌烟阁留下画像的功臣之一，受封淮阳郡王。此后侯希逸逐渐得意忘形不理军政，他喜欢做两件自相矛盾的事情，一是崇信佛教兴建寺庙，一是耽于游猎杀生无数。军民对他怀恨在心。永泰元年（765年），侯希逸打猎归来，竟被部下将士拒之门外。侯希逸无奈只好前往长安，韩翃也跟他回京。不久侯希逸病死，失去靠山的韩翃在长安闲居十年。这期间韩翃一度加入汴宋节度使田神功兄弟的幕府，可是田氏兄弟也很快永垂不朽。

河南少尹李勉镇守开封的时候，韩翃再次做了幕僚。因为郁郁不得志，他很少和同僚交往。这天他在家里睡得正香，有人大声拍门。开门之后来人立刻向他讨赏。

"员外已经官拜驾部郎中知制诰。"

韩翃愕然："不可能，你肯定弄错了。"

来人说："错不了，我刚才看了邸报。"

原来朝中知制诰缺人，宰相两次推荐的候选人都被唐德宗否定，只好当面请示，唐德宗点名要韩翃。无巧不成书，当时有个江淮刺史也叫韩翃。宰相只好把他们的简历同时递上去。唐德宗也搞不清谁是谁，他亲笔书写了一首诗。

春城无处不飞花，寒食东风御柳斜。

日暮汉宫传蜡烛，青烟散入五侯家。

最后加上一句："与此韩翃。"宰相这才明白唐德宗属意的是诗人韩翃。

韩翃这首《寒食》和韩愈的《早春呈水部张十八员外》一样，写的是一派承平景象。唐德宗是唐朝最爱好诗歌的皇帝之一，韩翃之所以得到他激赏，可能是因为这首诗让他想起盛唐。

《寒食》之外，韩翃还写过几首好诗，比如《宿石邑山中》。

浮云不共此山齐，山霭苍苍望转迷。
晓月暂飞高树里，秋河隔在数峰西。

那些和我一样生长在山村的人对这首诗肯定特别喜欢，因为"晓月暂飞高树里，秋河隔在数峰西"是我们常见的故乡风景。

《酬程延秋夜即事见赠》是韩翃的另一首代表作，这首诗也入选《唐诗三百首》。

长簟迎风早，空城澹月华。
星河秋一雁，砧杵夜千家。
节候看应晚，心期卧已赊。
向来吟秀句，不觉已鸣鸦。

"星河秋一雁，砧杵夜千家"是唐诗名联，但是辨识度不高，总感觉在哪儿见过。下面这首《同题仙游观》同样入选《唐诗三百首》，不过我认为有点勉强。这首诗工整有余，韵味不足。

仙台初见五城楼，风物凄凄宿雨收。
山色遥连秦树晚，砧声近报汉宫秋。
疏松影落空坛静，细草香生小洞幽。

何用别寻方外去，人间亦自有丹丘。

毕竟是爱情故事的男主角，韩翃还善于写女儿情态。比如这首《想得》。

两重门里玉堂前，寒食花枝月午天。
想得那人垂手立，娇羞不肯上秋千。

《中兴间气集》的编者高仲武高度评价韩翃的"星河秋一雁，砧杵夜千家"，他说韩翃"意放经史，兴致繁富，一篇一韵，朝野珍之"。

韩翃晚年做了一段时间悠闲的宫廷诗人，经常和李端、钱起等人出席王公贵族的酒宴，再也没有写出像样的诗文，只有"塞草连天暮，边风动地秋"被人记住，当时他和皇甫冉等人一起送宰相王缙巡视幽州。

对诗人来说，自己的诗歌能够上达天听是一件很光荣的事情。唐宪宗在位的时候，北方少数民族经常南侵。朝堂之上有大臣主张和亲。唐宪宗问："最近有个很会写诗但是姓氏比较罕见的才子，你们知道是谁吗？"

宰相回答："可能是包子虚或冷朝阳。"

唐宪宗摇头，他当场吟诵了一首诗。

山上青松陌上尘，云泥岂合得相亲？
世路尽嫌良马瘦，惟君不弃卧龙贫。
千金未必能移性，一诺从来许杀身。
莫道书生无感激，寸心还是报恩人。

大臣们这才反应过来皇帝说的是戎昱。这首诗是戎昱的《上湖南崔中丞》。

唐宪宗又问："你们还记得戎昱的《咏史》吗？"他又随口背诵出戎昱这首诗。

汉家青史内，计拙是和亲。
社稷因明主，安危托妇人。
岂能将玉貌，便拟静胡尘。
地下千年骨，谁为辅佐臣？

大臣们知道了皇帝的态度，不敢再提和亲。

经过这件事之后，戎昱诗名大振。京兆尹李銮想把女儿嫁给他，条件是让他改姓，姓戎不太好听。戎昱坚决不答应。

戎昱在我的家乡江西赣州以及湖南永州做过刺史。他在永州做刺史期间，当地出了个特别会唱歌的湘妹子，山南东道节度使于頔听说后希望戎昱把她献给上司。戎昱无奈只好答应，临行前他写了一首歌，吩咐这位妹子见到于頔后一有机会就唱出来。

那湘妹子到了节度使府，果然找机会高唱此歌。

宝钿香蛾翡翠裙，妆成掩泣欲行云。
殷勤好取襄王意，莫向阳台梦使君。

于頔听出戎昱很喜欢这个小阿妹，只好把她送回。

于頔不是第一次横刀夺爱，甚至也不是第一次抢夺诗人女友，不过诗人们却对他恨不起来。于頔出身洛阳世家大族，做过湖州刺史和苏州刺史，精明能干的同时飞扬跋扈，连上司都不放在眼里。他在做陕虢观察使时迫使参军姚岘投河而死，在山南东道节度使任上更加无所顾忌,当时于頔的儿子看上了判官薛正伦的女儿,薛正伦不同意,于頔在薛正伦死后竟然派兵包围薛家,强抢其女为媳。

于頔的骄横天下侧目,因此人称强悍霸道的节度使为"襄样节度"。不过与此同时他又善待诗人,在湖州曾和诗僧皎然唱酬,韩愈、牛僧孺也曾得到他的引荐。诗人符载在庐山隐居,向他求钱百万买山,他不但如数照给,还附送布帛笔砚。

秀才崔郊寄居襄州姑母家。姑家婢女姿容秀丽,崔郊和她两情相悦,但姑母贪财把婢女卖给于頔。崔郊因此写下《赠去婢》一诗。

公子王孙逐后尘,绿珠垂泪滴罗巾。
侯门一入深似海,从此萧郎是路人。

绿珠是西晋豪强石崇的宠妾,赵王司马伦的亲信孙秀垂涎绿珠美貌,要求石崇把绿珠让给他。绿珠为了不让石崇为难跳楼自杀。

于頔看到此诗后召见崔郊,不但把婢女奉还,还赠送金钱万贯,成就了一段姻缘。

第十三回 夜半钟声惊客梦 满城飞花动帝容

第十四回

祖咏望终南余雪　钱起见湘灵鼓瑟

　　祖咏是盛唐诗人，钱起是大历十才子之一，所以算是中唐诗人。把他们放在一起不是因为钱起早在天宝十年（751年）就考中进士，而是因为他们有一个共同点，都是在参加科举考试的时候一举成名。他们在考场上写的那首诗是他们一生最优秀的作品。

　　祖咏是洛阳人，洛阳是唐朝东都，唐诗中经常出现的上阳宫就在洛阳。武则天称帝后定都洛阳，她喜欢在上阳宫处理政事，后来也在上阳宫去世。据说上阳宫建在洛水北岸，清澈的水流在能工巧匠引导下穿过千门万户，所到之处花木扶疏。中唐诗人王建专门写诗描述上阳宫的奢华繁复。

> 上阳花木不曾秋，洛水穿宫处处流。
> 画阁红楼宫女笑，玉箫金管路人愁。
> 幔城入涧橙花发，玉辇登山桂叶稠。
> 曾读列仙王母传，九天未胜此中游。

武则天去世后朝廷重新回到长安,但洛阳并没有繁华事散。当时很多达官贵人退休之后都喜欢住在洛阳,因为这里同样是经济政治中心,却不像长安那样金吾禁夜戒备森严,也不用经常去向皇帝请安。裴度、白居易、刘禹锡等都在洛阳度过晚年,诗酒流连甚至粉墨登场,手牵手和歌妓对唱,寿终正寝之后,顺便就葬在时人心目中最好的墓田北邙。

祖咏也是很小就有诗名,开元十二年(724年)中进士后不知什么原因长期没有做官,后来经宰相张说推荐,短暂担任驾部员外郎又很快下岗。《唐国史补》说"诙谐自贺知章,轻薄自祖咏","轻薄"可能是他官场失意的原因。

唐朝的进士考试一般要求写五言诗,而且要求六韵十二句,长度相当于一首律诗加一首绝句。祖咏当年考试的题目是《终南望余雪》,他写了四句就交卷了。

终南阴岭秀,积雪浮云端。

林表明霁色,城中增暮寒。

考官一看急了,他对祖咏说:"这位同学,你没写完呀?"祖咏回答说:"意尽。"意思是我想写的都已经写了,没必要画蛇添足。祖咏这首诗虽然不符合考试规定,但因为写得太好,考官还是让他金榜题名。霁是指雨雪后天气转晴。

祖咏还写过边塞诗经典《望蓟门》。当时他去了幽州一带,肯定步陈子昂后尘登过幽州台,发过和陈子昂一样的牢骚感慨。但他毕竟是盛唐诗人,所以《望蓟门》大气雄浑,刚猛无伦。

燕台一望客心惊,箫鼓喧喧汉将营。

万里寒光生积雪,三边曙色动危旌。

沙场烽火连胡月,海畔云山拥蓟城。
少小虽非投笔吏,论功还欲请长缨。

　　这首诗的句法意境使人想起杨炯的《从军行》,但《从军行》和《望蓟门》相比,就像轻骑兵和重装骑兵,威力和气势不可同日而语。
　　此外祖咏的《陆浑水亭》也写得很好,不过格局不大,显得过于雕琢。

昼眺伊川曲,岩间霁色明。
浅沙平有路,流水漫无声。
浴鸟沿波聚,潜鱼触钓惊。
更怜春岸绿,幽意满前楹。

　　祖咏是王维的好朋友,王维写过一首《赠祖三咏》,"结交二十载,不得一日展。贫病子既深,契阔余不浅",可见祖咏当时混得

《快雪时晴图》(局部) 元_黄公望

很惨。贫穷使他不得不离开故乡洛阳，客居汝水之滨。汝水一带好像特别吸引诗人，刘方平也在这一带归隐。

我们知道刘长卿做过举子领袖，自许"五言长城"，当时和他齐名的钱起不以为然，认为自己才是真正的五言长城。

钱起是吴兴人，此地古时候叫乌程，三国时属于吴国，吴主孙皓取"吴国兴盛"之意设立吴兴郡。隋朝因为它濒临太湖更名湖州。吴兴在苏杭之间，又有太湖滋润，向来以山灵水秀著称。

钱起在大历十才子中资格最老，他年轻时曾经去荆州拜见过张九龄，所以他的年龄应该和杜甫差不多。不过他声名鹊起是在安史之乱以后，文学史因此把他列为中唐诗人。

天宝九年，钱起离开家乡赴京赶考，经瓜洲渡到达京口，放下行李走进江畔酒楼饮酒，喝醉之后趴在酒桌上迷迷糊糊睡着。他梦见自己在江边漫步，有几个仙人从江上云雾中鼓瑟吹笙飘过。醒来之后已是第二天清晨，眼前只见江上渔船、隔岸青山。第二天继续上路，一路上根据梦中情景琢磨出两句诗"曲终人不见，江上数峰青"。

到了长安走进考场，看到诗题是"湘灵鼓瑟"，立刻醒悟京口一梦是神仙在给自己帮忙。连神仙都帮我舞弊，这次不可能考不上。想到再也不用寒窗苦读，暗恋很久的邻家美女很可能答应他的追求，钱起激动得差点晕倒。当其他举子还在冥思苦想的时候，他已经把诗写好交给主考。

　　善鼓琴和瑟，常闻帝子灵。
　　冯夷空自舞，楚客不忍聆。
　　苦调凄金石，清音入杳冥。
　　苍梧来怨慕，白芷动芳馨。
　　流水传湘浦，悲风过洞庭。

> 曲终人不见，江上数峰青。

主考官读到这首诗后叹为观止，当场要拜钱起为师。唐玄宗李隆基也对此诗叹赏不已，赐钱起进士第一。当时杜甫也在参加考试，钱起的春风得意让杜甫恨不得朝他放暗器。

钱起虽然中了状元，但还是只能做秘书省校书郎一类的小官，安史之乱爆发后自然没有接到通知跑路，和王维等人一起做了叛军俘虏。官小有官小的好处，不会引人注目，日后反攻倒算的时候也不会重点照顾。钱起基本没有受到投降的影响，先后做过司勋员外郎、考功郎中、翰林学士等，世称钱考功。

安史之乱平定后论功行赏，郭子仪被封为汾阳王，他的儿子郭暧娶了唐代宗的女儿升平公主。郭子仪八十大寿的时候，所有子孙齐聚王府祝贺，只有升平公主借故未到。大家悄声议论郭暧怕老婆，郭暧一气之下回家打了升平公主，这就是"醉打金枝"的传说。郭子仪害怕大祸临头，亲自绑着郭暧进宫向代宗请罪。唐代宗付之一笑，说："不痴不聋，难为家翁。小两口打闹，老令公何罪之有？"升平公主在郭子仪父子走后继续哭闹。唐代宗勃然大怒："如果没有郭子仪，我们大唐江山已经落入胡人手里。现在满朝文武半数都是郭子仪的部属，如果郭子仪想要，随时可以把江山抢走。你觉得是你的面子重要，还是大唐江山重要？"

升平公主从此和郭暧和睦相处。郭暧虽然出身将门，却喜欢和诗人们混在一起。升平公主和他爱好相近，时常躲在帷幕后偷看郭暧和诗人们饮酒赋诗，有时还拿出自己的财宝进行赏赐。钱起和大历十才子中的李端、韩翃都是驸马府的常客。

人们把钱起和郎士元相提并论，"前有沈宋，后有钱郎"。有段时间京官外任或奉使出征，如果钱起和郎士元没有赋诗相送，就会被大家认为人气不足地位下降。不过钱起非常自负，认为郎士元不配和他平起平坐。

和祖咏的《终南望余雪》相比，钱起的《湘灵鼓瑟》更加符合考试程式，正好是六韵十二句。"湘灵鼓瑟"的典故来自屈原《楚辞》，传说大舜南巡的时候死于苍梧之野，葬于九嶷之巅。他的妃子娥皇、女英因哀伤而投湘水自尽，变成了湘水女神。她们常常在江边鼓瑟吹笙，诉说自己守寡的孤单。这时如果有人对她们说"寂寞让你如此美丽"，她们一定会用琴瑟砸过去。

"曲终人不见，江上数峰青"令人一唱三叹。苏东坡和他的弟子秦观都曾专门写词向钱起的神来之笔致敬。

安史之乱后，王维归隐终南山下的辋川别业。辋川在蓝田境内。钱起当时正好是蓝田县尉，经常和王维唱和，得到王维赏识。高仲武《中兴间气集》说"员外诗体格新奇，理致清瞻……文宗右丞许以高格"。

除了《湘灵鼓瑟》，钱起脍炙人口的诗还有《谷口书斋寄杨补阙》。

> 泉壑带茅茨，云霞生薜帷。
> 竹怜新雨后，山爱夕阳时。
> 闲鹭栖常早，秋花落更迟。
> 家僮扫萝径，昨与故人期。

"竹怜新雨后，山爱夕阳时"容易让人想起王维的《山居秋暝》"空山新雨后，天气晚来秋"。

钱起还有一首名作《归雁》，用的依然是湘灵鼓瑟的典故。

> 潇湘何事等闲回，水碧沙明两岸苔。
> 二十五弦弹夜月，不胜清怨却飞来。

大雁作为一种候鸟，南来北往很正常。不过人们会觉得它们与其这样徒劳往返，不如一直留在食物丰富的温暖南方。这首诗突发奇想，说大雁之所以没有定居水碧沙明的潇湘，是因为大舜那两个守寡的妃子琴声过于凄凉。

我还喜欢钱起的《暮春归故山草堂》。

谷口春残黄鸟稀，辛夷花尽杏花飞。
始怜幽竹山窗下，不改清阴待我归。

竹叶一般是不会变色的，晚唐四川青城诗人唐球写过"月笼翠叶秋承露，风亚繁梢暝扫烟。知道雪霜终不变，永留寒色在庭前。"（《庭竹》）钱起再次脑筋急转弯，把竹叶的不变色解作别有用心，"始怜幽竹山窗下，不改清阴待我归"。

综观钱起一生，虽然他也写过一些同情民生疾苦的诗歌，但他主要是个宫廷诗人，大部分作品都在写流连光景、官场酬应。宫廷诗歌最大特点就是中正平和，华美婉约。钱起这种诗歌的代表作是《赠阙下裴舍人》。

二月黄鹂飞上林，春城紫禁晓阴阴。
长乐钟声花外尽，龙池柳色雨中深。
阳和不散穷途恨，霄汉常悬捧日心。
献赋十年犹未遇，羞将白发对华簪。

这首诗表面是在恭维裴舍人身为皇帝近臣，可以经常陪皇帝参加国宴接待外宾，实际上是希望对方向皇帝引荐。后面四句的意思是，我有一颗红心，可是混得很惨，曾经献赋皇帝，至今没有消息，如果再不做官，实在没脸见人。

当时日本遣唐使络绎不绝,有个来取经的日本和尚叫山本太郎,对钱起非常敬仰。《送僧归日本》是钱起送给山本太郎的诗。

> 上国随缘住,来途若梦行。
> 浮天沧海远,去世法舟轻。
> 水月通禅观,鱼龙听梵声。
> 惟怜一灯影,万里眼中明。

钱起还写过一首《衔鱼翠鸟》,把翠鸟捕鱼的神态描绘得惟妙惟肖。

> 有意莲叶间,瞥然下高树。
> 擘破得全鱼,一点翠光去。

和钱起同时或稍后的高仲武在他的唐诗选本《中兴间气集》中说"右丞没后,员外为雄。革齐宋之浮游,削梁陈之靡曼,迥然独立,莫之与京"。意思是王维夫后,钱起称雄。这话说得有些夸张,不过钱起当时确实名声很响。他有首诗被德国诗人戈谢翻译为《秋天的晚上》,后来被奥地利作曲家马勒谱入其交响曲《大地之歌》第二乐章,这就是他的《效古秋夜长》。

> 秋汉飞玉霜,北风扫荷香。
> 含情纺织孤灯尽,拭泪相思寒漏长。
> 檐前碧云静如水,月吊栖乌啼雁起。
> 谁家少妇事鸳机,锦幕云屏深掩扉。
> 白玉窗中闻落叶,应怜寒女独无衣。

在历代状元中，钱起虽然不能和王维相比，但肯定是最有成就的状元之一。

诗文是千锤百炼的语言艺术，"两句三年得，一吟双泪流""吟安一个字，捻断数茎须"。不是所有人都能像祖咏、钱起这样一到考场就兴奋，大多数人还是杜甫这种缺少急智的人，所以行卷制度在影响考试公平的同时也修正了考试弊端。主考官参考行卷来判断举子的水平，显然比纯粹根据考卷更客观公正。

有鉴于此，唐代举子特别重视行卷，为了给自己考前造势，无所不用其极。有人竟然侵犯版权，偷窃别人的作品冒充自己的文章交上去。宋之问杀害刘希夷，应该也是这个目的。

诗人杨衡和钱起是同乡，而且年龄大致相当。安史乱中，他从家乡吴兴避难到江西庐山，和符载等人结草堂于五老峰下，人称"山中四友"，每天饮酒唱和。有人窃取他的诗文行卷考中进士。不久之后，杨衡自己也进京赶考，那人生怕露馅，赶紧把杨衡请到高级酒楼，一边敬酒一边求情。

杨衡问："我的'一一鹤声飞上天'你没偷吧？"

"这句知道是老兄你的最爱，不敢。"

"既然这样，我就勉强放过你。不过你得承担我在长安期间的一切费用。"

"那没问题。"

"我喜欢美食美女。"

"要得。"

和钱起齐名的郎士元虽然成就不如钱起，但也写过很好的诗。他是中山即今天的河北定州人，和刘禹锡是老乡，这里当时正是安禄山的地盘。安史之乱天宝十四载爆发，他在次年考中进士。为了和安史叛军划清界限，他在战乱中逃往江南。战争耽误了他最好的年华，却让他饱览江南美景。他的诗也以写景见长，比如《听邻家吹笙》。

> 凤吹声如隔彩霞，不知墙外是谁家。
> 重门深锁无寻处，疑有碧桃千树花。

晚唐诗人王驾的《雨晴》和这首诗的立意有相似之处，不知是否从这首诗得到启发。

> 雨前初见花间蕊，雨后全无叶底花。
> 蜂蝶纷纷过墙去，却疑春色在邻家。

郎士元还写过《柏林寺南望》，把云彩比作丹青妙手。

> 溪上遥闻精舍钟，泊舟微径度深松。
> 青山霁后云犹在，画出东南四五峰。

凭一首诗考取进士，除了祖咏和钱起，还有晚唐河朔诗人高蟾。进士及第又名蟾宫折桂，诗人取名高蟾等于宣称舍我其谁。他出身贫寒，和杜甫一样考了十年，在唐僖宗乾符三年（876年）中进士，官至御史中丞。他中进士竟然是因为他落榜后写的一首诗《下第后上永崇高侍郎》。

> 天上碧桃和露种，日边红杏倚云栽。
> 芙蓉生在秋江上，不向东风怨未开。

"天上碧桃"是因为"和露种"才与众不同，"日边红杏"是因为"倚云栽"才如此秀美，芙蓉迟早要怒放，只是要等到秋高气

爽。高蟾自信迟早会成名，只是希望得到高侍郎赞扬推赏。第二年高蟾果然蟾宫折桂，如愿以偿。

高蟾还有一首诗堪称杰作，就是《金陵晚望》。

曾伴浮云归晚翠，犹陪落日泛秋声。
世间无限丹青手，一片伤心画不成。

需要经历怎样的人生，曾经有过怎样的痴缠，才能发出如此深永的感叹？

第十五回

韦应物侍卫君王　刘长卿刚而犯上

文学史把唐诗分为初盛中晚，不是简单的时间后先，每个时代的诗人都有自己的鲜明特点。初唐诗人追逐名利不择手段，就像情窦初开的少年追求自己心爱的女生，愿意献出自己的生命。盛唐诗人高歌猛进盛气凌人，仰天大笑出门去，我辈岂是蓬蒿人，每个人都相信自己可以致君尧舜上，再使风俗淳。中唐诗人经过安史之乱，就像人到中年，历经悲欢离合之后开始明白平平淡淡才是真，所以韦应物、刘长卿、戴叔伦和刘方平等人一心归隐。晚唐诗人知道夕阳无限好，只是近黄昏，所以杜牧十年一觉扬州梦，李商隐只是当时已惘然。

京兆杜陵韦氏是关中的世家大族，韦待价武则天时拜相。《旧唐书》说，"自唐以来，氏族之盛无逾于韦氏。"在唐玄宗和韦后的宫廷斗争中，韦待价的孙子左千牛中郎将韦锜被杀，韦锜的侄儿韦应物后来却成为唐玄宗的侍卫三卫郎。由此可见韦氏宗族之强，即使参与谋反依然是皇室拉拢的对象。

韦应物后来离开禁军，回太学接着读书，希望混个文凭好找工作。他虽然在太学挂名，但他主要兴趣依然是好勇斗狠，不但把恶霸打得改邪归正，同学也被他欺凌，"少年游太学，负气蔑诸生"。他在《逢杨开府》中交代自己早年干过的坏事以及后来浪子回头的原因。

少事武皇帝，无赖恃恩私。
身作里中横，家藏亡命儿。
朝持樗蒲局，暮窃东邻姬。
司隶不敢捕，立在白玉墀。
骊山风雪夜，长杨羽猎时。
一字都不识，饮酒肆顽痴。
武皇升仙去，憔悴被人欺。
读书事已晚，把笔学题诗。
两府始收迹，南宫谬见推。
非才果不容，出守抚惸嫠。
忽逢杨开府，论旧涕俱垂。
坐客何由识，惟有故人知。

"惸嫠"音同穷离，又作"茕嫠"，指寡妇。

可能是因为年轻的时候坏事干尽，韦应物后来成了一个无可挑剔的清官。就像很多花心的男女，结婚之后反而比较专一，因为那些拈花惹草的事对他们已经没有吸引力。史称韦应物"立性高洁，鲜食寡欲，所居焚香扫地而坐。"

代宗永泰元年（765 年），韦应物做了洛阳丞。当时洛阳刚从安史叛军手中收复，唐军以及请来助阵的回纥骑兵认为洛阳做过叛军首都，所以洛阳人都不是好鸟。他们抢劫财物烧毁房屋。百姓没有衣服，只好用纸裹住身体遮羞。

韦应物看到百姓流离失所，痛心疾首。他去找神策军将领交涉，对方只顾赌博，爱理不理。韦应物说："将军，如果你没空管束你的手下，我帮你管。"

神策军将领这才抬起头来看了韦应物一眼。

"好呀。不过我先提醒你，我们神策军的将士都是贵族子弟，有些人还是宫中大太监的养子。"

韦应物没有被吓倒，回到衙门找来十几位去少林寺学过武艺的捕快和民间高手，亲自上街巡逻。

这天，一队神策军士兵又在街上追逐妇女。几个妇女在逃跑过程中纸衣被风卷走，只能用双手遮羞。神策军士兵放声大笑。

韦应物带领十几名壮士，手持大棒站在街头，放过妇女挡住神策军的去路。韦应物指着为首的军官说："我是洛阳丞韦应物。你们如果现在掉头，并保证以后不上街滋扰百姓，我就放你们走。"

那军官狂妄地说："洛阳丞是什么东西？就算你是东都留守，我们神策军也不放在眼里。"

"我警告你是例行公事，其实我知道你们听不进去。"

"那你还不滚蛋？好狗不挡道，我们今天不想杀人。"

韦应物示意身边壮士让道。那些壮士按照事先布置在大街两边依次站好。

神策军士兵以为韦应物已经认输，仰首从两排壮士中间穿过。

韦应物一声令下。两排壮士同时挥棒横扫。

神策军士兵人仰马翻，全部被擒。

神策军将领闻讯，扔下骰子赶到洛阳监狱。洛阳城里的神策军将士听说有人胆敢扣押自己的战友，全副武装骑马赶到，声称如不放人就捣毁监狱。

韦应物不为所动。

"监狱是司法重地,你们如果胆敢劫狱,那就是十恶不赦的死罪。"韦应物命令手下,"把门打开,看他们谁敢进来。"

神策军将士大喊大叫,可是谁也不敢踏进监狱一步。

神策军将军害怕事情闹得不可收拾,所以请求韦应物借一步说话。

韦应物把他带进一间空着的牢房。

神策军将军说:"韦大人,我有眼不识泰山。听说韦大人也是禁军出身,大家算是自己人,能不能网开一面?"

"你能保证以后不再发生类似的事情?"

"这恐怕有困难。驻守洛阳的除了我们神策军还有朔方军,他们不归我管。我们神策军鱼龙混杂,不怕你笑话,他们有时连我也不放在眼里。"

"那就对不起了。"

神策军将领见无法说服韦应物,只好把群情激奋的部下劝回去。这件事后来闹到对簿公堂,不过韦应物竟然站在被告席上,罪名是破坏军民团结。韦应物愤而辞职回到长安闲居。这件事消磨了韦应物的最后一点锐气。从此以后,他彻底成为一位循规蹈矩、得过且过的官吏。

大历九年(774年),韦应物得到京兆尹黎干赏识,先后做过京兆府功曹、栎阳令,四十五岁的时候成为尚书比部员外郎,随后出任滁州刺史、江州刺史。我最喜欢的《寄李儋元锡》就写在滁州。

去年花里逢君别,今日花开又一年。
世事茫茫难自料,春愁黯黯独成眠。
身多疾病思田里,邑有流亡愧俸钱。
闻道欲来相问讯,西楼望月几回圆。

这首写的是中年情怀,"世事茫茫难自料,春愁黯黯独成眠"

最让人感慨。李儋（字元锡）是甘肃武威人，当时任殿中侍御史。韦应物出任滁州刺史时李儋曾去信问候，第二年春天，韦应物写了这首诗作为回复。

韦应物人称韦苏州。但我认为他的福地是滁州，所以应该叫他韦滁州。因为他在滁州除了上面这首寄《李儋元锡》，还写过家喻户晓的《滁州西涧》。

> 独怜幽草涧边生，上有黄鹂深树鸣。
> 春潮带雨晚来急，野渡无人舟自横。

这首诗有异文。诗人的视角应该是站在山涧边往下看，所以我认为最原始的版本可能是"独怜幽草涧边行，尚有黄鹂深树鸣"。

此外韦应物在滁州还写过一首名诗《寄全椒山中道士》。

> 今朝郡斋冷，忽忆山中客。
> 涧底拾枯松，归来煮白石。
> 欲持一瓢酒，远寄风雨夕。
> 落叶遍空山，何处寻行迹？

全椒就是今天的安徽全椒县，唐朝时隶属滁州。喜欢这首诗的苏东坡曾经仿作，可惜吃力不讨好。

韦应物在五十一岁时回京做了左司郎中，随即出为苏州刺史。这可不是贬官，苏州是天下名郡，苏州刺史是从三品，标志韦应物正式成为省部级高干。

唐代诗歌有个很有意思的现象，初唐诗人五言写得多，盛唐诗人七言写得好，李白和王昌龄都是七绝圣手，杜甫在夔州写的那些登峰造极的组诗也是七言律诗。到了中唐，韦应物、刘长卿人称或

自称五言长城,而晚唐杜牧和李商隐写得最好的又是七言。

韦应物的五言律诗《初发扬子寄元大校书》(归棹洛阳人,残钟广陵树)、《夕次盱眙县》(人归山郭暗,雁下芦洲白)、《淮上喜会梁州故人》(浮云一别后,流水十年间)和《赋得暮雨送李胄》都是名篇,但他写得最好的是五言古诗。

古诗是相对律诗和绝句来说的,因为律诗和绝句在唐朝才定型,比较晚近,所以称为近体,而古诗可以从《诗经》算起。古诗一般对格律要求不严,而且长短不拘。

东郊

吏舍局终年,出郊旷清曙。

杨柳散和风,青山澹吾虑。

依丛适自憩,缘涧还复去。

微雨霭芳原,春鸠鸣何处?

乐幽心屡止,遵事迹犹遽。

终罢斯结庐,慕陶真可庶。

这首诗中的"杨柳散和风,青山澹吾虑""微雨霭荒原,春鸠鸣何处"都是后来文人津津乐道,经常题写在自己画扇或亭柱的名句。白居易在《与元九书》中盛赞韦应物的五言诗"高雅闲淡,自成一家之体,今之秉笔者谁能及之?"苏东坡也说"乐天长短三千首,却爱韦郎五字诗"。

除了这首脍炙人口的《东郊》,韦应物的五言古诗经典还有《郡斋雨中与诸文士燕集》。

兵卫森画戟,燕寝凝清香。

海上风雨至,逍遥池阁凉。

> 烦疴近消散，嘉宾复满堂。
> 自惭居处崇，未睹斯民康。
> 理会是非遣，性达形迹忘。
> 鲜肥属时禁，蔬果幸见尝。
> 俯饮一杯酒，仰聆金玉章。
> 神欢体自轻，意欲凌风翔。
> 吴中盛文史，群彦今汪洋。
> 方知大藩地，岂曰财赋强。

韦应物当时在苏州刺史衙门宴请当地文人才士。他把富甲天下、才子辈出的姑苏狠狠夸奖了一番。"自惭居处崇，未睹斯民康"是说自己不好意思住在豪华公馆，因为老百姓生活还很艰难。"理会是非遣，性达形迹忘"是说大家都通情达理没有是非纷争，性格随和不拘礼节。"鲜肥属时禁，蔬果幸见尝"是说当时正禁食荤腥，幸好可以吃到蔬菜水果。"方知大藩地，岂曰财赋强"是说现在才知道苏州这样的天下名郡除了经济发达，人才更是浩如汪洋。

韦应物在江淮的时间并不算长，但他最好的诗歌都和江淮有关。

韦应物和王维一样清心寡欲，但和王维不同的是，他特别疼爱自己的孩子。在大女儿远嫁的时候，他写了一首《送杨氏女》。看似封建家长板着脸教训女儿要谨守妇道，实际上父女亲情溢于言表。

韦应物还写了不少《行路难》《横塘行》《广陵行》之类的乐府诗。白居易发起新乐府运动的时候，把韦应物拉来给自己助威，他说"如近岁韦苏州歌行，才丽之外，颇近兴讽。"

韦应物还是最早的词人之一。他写过几首《调笑令》，最为人所知的是下面这首。

> 胡马，胡马，远放燕支山下。

跑沙跑雪独嘶，东望西望路迷。

迷路，迷路，边草无穷日暮。

德宗贞元六年（790年），苏州刺史任满的韦应物因为没有积蓄，竟然穷到无钱回京候选，移居苏州永定寺之后不久去世。苏州文士凑钱助其家人扶棺归葬长安杜陵祖坟。韦应物及其夫人的墓志保存至今。他的子孙人才辈出，传说晚唐花间派著名词人韦庄也是韦应物的后人。

韦应物的外甥杨敬之值得一提。他在做国子祭酒时写过一首诗称赞项斯，使无名诗人项斯一举成名天下知。

赠项斯

几度见诗诗总好，及观标格过于诗。

平生不解藏人善，到处逢人说项斯。

和韦应物齐名的刘长卿，祖籍河北河间。他的名字据说和战国蔺相如有关。蔺相如做过赵国上卿，上卿即长卿。刘长卿年轻时在洛阳附近的嵩山读书，中进士大约在天宝八年（749年）前后，可能因为做棚头的时候得罪了某个权豪，不久被诬坐牢，适逢天下大赦才恢复自由。至德年间代理浙江海盐令，随后做了苏州长洲尉，就是这段游宦经历让他彻底爱上江南。至德三年，因为和上司不和，刘长卿再度坐牢。好在朝廷为了庆祝东京洛阳的收复，再次大赦天下，刘长卿被贬往潘州南巴。

潘州南巴就是今天的广东电白。刘长卿离开苏州到洪州待命，在江西余干和李白相遇。李白当时刚逃过夜郎之劫。想到自己也将远谪岭外，刘长卿自然有许多感慨，他写下《将赴南巴至余干别李十二》。

江上花催问礼人，鄱阳莺报越乡春。
谁怜此别悲欢异，万里青山送逐臣。

在余干，除了送李白那首，刘长卿还写过一首《余干旅舍》。余干今天只是一个平凡的江西小城，当年县城东南有个风景名胜干越亭，唐代很多诗人都曾在此留名。

刘长卿有没有去过广东，现存两种说法。有人认为他没有去成，有人认为他确实做过南巴尉，《新年作》就是写在流放南巴期间。

乡心新岁切，天畔独潸然。
老至居人下，春归在客先。
岭猿同旦暮，江柳共风烟。
已似长沙傅，从今又几年。

这里的"老至居人下，春归在客先"，说明刘长卿还是很留恋官位，只不过不甘心沉沦下僚，整天面对无能的猪头。

他从南巴回来之后，立刻重返江南。这此后的将近十年时间，刘长卿在江浙游荡，寻幽探胜，交结僧人。

送上人
孤云将野鹤，岂向人间住。
莫买沃洲山，时人已知处。

送灵澈上人
苍苍竹林寺，杳杳钟声晚。
荷笠带斜阳，青山独归远。

银鞍白马度春风——回到唐诗现场

韦应物写过一首《秋夜寄邱员外》：

怀君属秋夜，散步咏凉天。
空山松子落，幽人应未眠。

不久之后，刘长卿也来到那棵松树下《弹琴》。

泠泠七弦上，静听松风寒。
古调虽自爱，今人多不弹。

他们的诗都有一种强烈的孤独感，仿佛天地之间只有自己踽踽独行，那些他们迎来送往的朋友只是他们孤独的背景。相比之下，刘长卿诗的这种感觉更明显，"孤""独"两字在他的诗歌里频繁出现："乡心新岁切，天畔独潸然""荷笠带斜阳，青山独归远""惆怅南朝事，长江独至今""孤云将野鹤，岂向人间住""日斜江上孤帆影，草绿湖南万里程""秋草独寻人去后，寒林空见日斜时""孤城背岭寒吹角，独树临江夜泊船""同作逐臣君更远，青山万里一孤舟"。也只有他这种孤独无聊的人，才能注意到"细雨湿衣看不见，闲花落地听无声"。

刘长卿在江浙期间，除了李白还和另一位李姓诗人李嘉祐诗酒

《四梅图》 宋_扬无咎

往还。李嘉祐做过台州刺史,写过"野渡花争发,春塘水乱流"。李白在《送杨山人归天台》中称赞他"我家小阮贤,剖竹赤城边。诗人多见重,官烛未曾燃"。

大历五年,刘长卿开始时来运转,历任转运使判官,知淮西、鄂岳转运留后。他的上司鄂岳观察使吴仲孺,是中兴重臣郭子仪的女婿,自命不凡飞扬跋扈。

刘长卿掌握着一笔财物,吴仲孺要求他上交。

"我现在需要这笔钱调度,你把钱给我。"

"对不起,这不符合程序。"

"你是新来的吧,你知道我是谁吗?"

"知道呀,你是汾阳郡王的女婿,我的顶头上司。"

"那你还和我作对?"

"我是公事公办。不符合程序任何人来要我都不给。"

"听说你是进士出身,怎么这么死脑筋?"

"正因为我读过书,所以牢记孟子的教导,富贵不能淫,贫贱不能移,威武不能屈。即使是你的老丈人亲自出马,我也不会把钱给他。"

"要是在战争年代,我可以对你先斩后奏。"

"你想做闾丘晓?他的下场好像不太好。"

吴仲孺恼羞成怒，诬告刘长卿贪污。

虽然负责调查的监察御史苗丕仗义执言，刘长卿还是被贬为睦州司马。这件事当时非常著名，《唐才子传》说："长卿清才冠世，颇凌浮俗，性刚多忤权门，故两逢迁斥，人悉冤之。"

睦州就是今天千岛湖所在地浙江淳安。刘长卿从洞庭沿长江东下，到了九江之后见到他的两个老朋友，写了《江州重别薛六柳八二员外》。这是他最好的七言诗之一。

生涯岂料承优诏，世事空知学醉歌。
江上月明胡雁过，淮南木落楚山多。
寄身且喜沧洲近，顾影无如白发何。
今日龙钟人共弃，愧君犹遣慎风波。

刘长卿故意把贬官的诏命说成优诏，明显是在说反话发牢骚。这里的沧州不是河北沧州，而是指近水的地方。智者乐山，仁者乐水，所以沧州常用来指隐士居住的地方。"今日龙钟人共弃，愧君犹遣慎风波"的意思是我已经老态龙钟众叛亲离，却依然不思悔改麻烦缠身，愧对朋友们的关心鼓励。

刘长卿对自己屡次被贬心怀不满，《长沙过贾谊宅》就是借贾谊的遭遇自伤身世，"汉文有道恩犹薄，湘水无情吊岂知"。贾谊和屈原都是古代逐臣的代表。刘长卿在《自夏口至鹦鹉洲夕望岳阳寄源中丞》诗中再次提到贾谊。

汀洲无浪复无烟，楚客相思益渺然。
汉口夕阳斜渡鸟，洞庭秋水远连天。
孤城背岭寒吹角，独树临江夜泊船。
贾谊上书忧汉室，长沙谪去古今怜。

越州诗人严维由浙江去河南时,刘长卿有诗相送。严维写了《酬刘员外见寄》,其中"柳塘春水漫,花坞夕阳迟"家喻户晓,其实在唐诗中并不突出。

德宗建中二年(781年),刘长卿升任随州刺史,因此世称"刘随州"。随州归淮西节度使李忠臣管辖。在《献淮宁军节度使李相公》中,刘长卿高度称赞李忠臣。

建牙吹角不闻喧,三十登坛众所尊。
家散万金酬士死,身留一剑答君恩。
渔阳老将多回席,鲁国诸生半在门。
白马翩翩春草细,郊原西去猎平原。

李希烈是李忠臣族侄和部将。刘长卿也歌颂过李希烈,"三十拥旄谁不羡,周郎少小立奇功"。后来李希烈驱逐李忠臣,自立为淮西节度使。不久李希烈和李忠臣先后反叛,和唐朝中央政府兵戎相见。刘长卿正是在李希烈叛乱时逃离随州南下。李希烈念在刘长卿把自己比作周瑜的份上,没有派兵追杀。

刘长卿自号五言长城,他在上元、宝应年间多次被评为年度最佳诗人。他当时的名声可以从韩愈弟子著名古文家皇甫湜口中得到印证。皇甫湜批评当时文人浮夸,"诗无刘长卿一句,已呼阮籍为老兵;语未有骆宾王一字,已骂宋玉为罪人矣。"

高仲武《中兴间气集》说:"长卿有吏干而犯上,两度迁谪,皆自取之。诗体虽不新奇,甚能炼饰。十首已上,语意稍同,于落句尤甚,盖思锐才窄也。"这段话被认为是对刘长卿的定评,比较公允。刘长卿确实有重复自己的习惯。请看《重送裴郎中贬吉州》:

猿啼客散暮江头,人自伤心水自流。

同作逐臣君更远，青山万里一孤舟。

这首诗的最后一句"青山万里一孤舟"和送李白那首的最后一句"万里青山送逐臣"用词和意境确实有重复之嫌。他的名句"千峰共夕阳"得到陆游称赞，但他又写过"夕阳千万山"。

高仲武说刘长卿"才窘"还可以有另一种理解，那就是刘长卿擅长描写孤独隐逸之美，其他题材远远不逮。他的《寻南溪常山道士隐居》描写的隐逸之美令人迷醉。

一路经行处，莓苔见履痕。
白云依静渚，芳草闭闲门。
过雨看松色，随山到水源。
溪花与禅意，相对亦忘言。

除了叛将李希烈和李忠臣，刘长卿还称赞过另一位军人出身的官员李中丞，这回总算没有夸错人。

流落征南将，曾驱十万师。
罢归无旧业，老去恋明时。
独立三边静，轻生一剑知。
茫茫江汉上，日暮欲何之？

出身行伍的李中丞看到这首诗之后老泪纵横，其实刘长卿说的是他自己。刘长卿在离开随州后流落江汉之间，那时他已经七十高龄，日暮途穷无处安身，只能偶尔《逢雪宿芙蓉山主人》。

日暮苍山远，天寒白屋贫。

柴门闻犬吠，风雪夜归人。

刘长卿自许五言长城，后人对他的评价也很高，但是著名诗僧皎然不以为然，他批评刘长卿、皇甫冉、李嘉祐等人"窃占青山白云、春风芳草以为己有。吾知诗道之丧，正在于此，何得推过齐梁作者？"把刘长卿等说得好像名教罪人。这段话是否出自皎然之口尚存疑问，如果真是他说的，动机就很可疑。据说皎然曾经拜韦应物为师，难道他想在"五言长城"的争夺战中助老师一臂之力？

第十六回

戴叔伦看鲤鱼上滩　　刘方平听虫声报春

进士考试一般每年录取三十人左右，有好事者根据举子的门第、才华、声望进行综合实力排名，预测哪些举子最有可能胜出。其中又以鲍防和韩君平制作的排行榜最受欢迎，因为他们本身就是举子并且交游广阔。举子们使出浑身解数争取名列前茅，主考官也悄悄拿来参考，进士考试整个过程因此神似现代美国职业体育挑选新秀。

鲍防和韩君平制作的排行榜经书商出版后多次再版，销量甚至超过另一本和科举有关的畅销书《登科记》。天下读书人因为关系到自己的前程，差不多人手一本。进京赶考可以让很多出身小康之家的举子倾家荡产，但韩君平和鲍防反过来可以往家里寄钱。他们还经常主动帮助那些家境贫寒的举子，因此深受举子们欢迎。

天宝十二年（753 年）初春，鲍防和韩君平请住在附近的举子朋友元结、郎士元、常衮喝酒。席间聊起最新的举子排名。鲍防说："每年名义上录取三十名进士，但至少有一半被背景深厚的人提前预定，所以我们寒门学子只能争夺剩下的十五名。今年最有希望的是张继和皇甫冉，两人都是才华横溢年轻英俊。"

"年轻英俊真有用吗？"元结二十年前初到长安的时候，自我感觉也算英俊潇洒，可是考了二十年毫无进展，所以质疑鲍防以貌取人的说法。

鲍防说："非常有用。其实排名前五十名的举子实力差别不大，主要看临场发挥。而临场发挥是不靠谱的，像祖咏和钱起这种超常发挥百年罕见。杜甫公认的家学渊源实力超群，可是一进考场就战战兢兢，写的诗甚至达不到平时的水准。这也是我们的排行榜最近几年都不看好他的原因。"

"鲍兄说话习惯跑题，这在考场可是大忌。我们谈论的是年轻英俊和科举考试的关系。"

"别急呀。"鲍防喝了口酒，吃了一块带筋的卤牛肉，"有个秘密我从来不说，今天我为大家揭穿。科举考试有两个目的，一般人都知道科举是为国家选拔人才，但另一个目的你们知道是什么吗？"

元结、常衮、郎士元等人摇头。

鲍防不再卖关子："另一个目的是为王公大臣挑选女婿。自古纨绔少伟人，有远见的王公大臣希望女儿嫁给青年才俊，将来为自己的家族增加一个强有力的外援。"

郎士元不以为然："是有富贵人家挑选新科进士做女婿，但那是考中以后的事。"

"那我问你，如果你是当朝权贵，你会随便抢一个又老又丑的进士回家吗？既然不会，那最好的办法就是提前选定目标。大多数举子两极分化，要么因为营养不良瘦骨嶙峋，比如杜甫；要么因为贪杯好吃肥胖如猪，比如鲍某。年轻英俊的就那么寥寥数人，如果金榜题名之后再抢，你能保证一定抢得过其他贵族豪门？"

"你的意思是，最好考试之前就提前预定。"

"你总算开窍了。不但提前下订单,还可以运用自己的人脉帮忙运作打点。举子感恩戴德,自然满口答应。"

元结说:"你这一说我想起来了,二十年前我刚到长安的时候,确实有人找过我,说要帮我走后门。当时我自负雄才,当场把他拒之门外。"

常衮说:"十年前也有人找过我,我以为是骗子,一口拒绝。"

"我怎么没碰到这种好事?"郎士元非常羡慕,他在五人中年龄最小。

韩君平问:"今年你们觉得我的本家韩翃怎么样?"

鲍防说:"我觉得他有希望,听说他那首《寒食》在大内都有人欣赏。算他一个。"

元结说:"我还是觉得杜甫有戏。他诗写得真好,又是杜审言的孙子。"

郎士元说:"杜审言活着还差不多。"

鲍防不同意:"活着也不行。当年杜审言目中无人,满朝文武都被他羞辱,我怀疑主考官就是因此不想录取他的子孙。"

韩君平说:"我觉得不能小看皇甫冉的弟弟皇甫曾。"

大家沉默了。皇甫曾大家都很熟悉,他和皇甫冉不相上下,有人甚至认为他比哥哥更有才华。

"他俩兄弟不可能同时录取,这种事科举考试史无前例。"常衮给大家吃了一颗定心丸,"我觉得最有可能异军突起的是杨傿。"

郎士元立刻否定:"他不行,文章写得还不如我。"

"杨傿本来实力平平,但今年主考官是礼部侍郎杨浚。做主考的人通常年纪很大,年纪大的人乡土宗族观念很重,很可能照顾本家。"

这时三个英俊潇洒的书生从酒楼下走过。

元结说:"说曹操,曹操到。你们最看好的皇甫冉兄弟和张继来了。"

年轻的郎士元眼尖:"皇甫冉和张继没错,但中间最高那个不是

《华清出浴图》 清_康涛

皇甫曾。"

大家伸长脖子张望。走在中间的帅哥比皇甫冉和张继更英俊潇洒，而且举手投足有一种世家子弟的从容优雅。

鲍防说："以前没听说有这号人呀，快查资料。"

制作举子排行榜已经是他们的头等大事，所以相关资料一直随身携带，不能让竞争对手窃取。

五人翻了半天。

韩君平最先得出结论，他望着远去的三个帅哥呆呆出神："我知道他是谁了。"

郎士元等人催他赶紧说答案。

韩君平说："他是刘方平！"

元结自言自语："如果是刘方平，那今年我还是不行。有刘方平在，所有人都得顺延。我又到了三十名外。"

常衮附和："我今年估计也没戏了。"

郎士元急问："刘方平是谁，我怎么没听说过？"

鲍防给郎士元普及关于刘方平的知识。

刘方平是刘政会的后裔。刘政会是凌烟阁二十四功臣之一，在李渊起兵反隋时担任太原鹰扬府司马，后带兵投到李渊麾下。李渊李世民父子南征北战的时候，刘政会留守太原，可见他们对刘政会非常信任。刘政会在唐朝建国后做过刑部尚书、光禄卿等官，受封邢国公。贞观九年（635年）去世后他儿子刘玄意袭爵，改封渝国公。唐太宗把女儿南平公主嫁给刘玄意，刘方平是刘玄意的曾孙。刘玄意在唐高宗时做过汝州刺史，在当地留下田产。刘方平成年后一直隐居在颍水、汝河之滨。

鲍防对郎士元说："刘方平是凌烟阁功臣和大唐公主的后裔，论外貌和门第，你觉得今年的举子有谁能比？"

郎士元依然不服："好吧，我承认他出身高贵长得很帅，但主考如果仅凭这些外在条件就让他金榜题名，对我们寒门学子太不公平。"

鲍防让郎士元看刘方平的《乌栖曲》。

蛾眉曼脸倾城国，鸣环动佩新相识。
银汉斜临白玉堂，芙蓉行障掩灯光。
画舸双艚锦为缆，芙蓉花发莲叶暗。
门前月色映横塘，感郎中夜度潇湘。

鲍防说："这是刘方平写的，你觉得怎么样？"

郎士元说："不错，有点像南朝乐府民歌。"

"我看你有点不服，那这首呢？"鲍防指的是刘方平的《春怨》。

纱窗日落渐黄昏，金屋无人见泪痕。

> 寂寞空庭春欲晚，梨花满地不开门。

"这首诗的作者是刘方平？我一直以为是王昌龄。"
"再给你看一首，我要让你口服心服。"
鲍防翻出刘方平的名作《月夜》。

> 更深月色半人家，北斗阑干南斗斜。
> 今夜偏知春气暖，虫声新透绿窗纱。

郎士元终于不吭声了。刘方平的《春怨》和《月夜》均入选《唐诗三百首》。《唐诗三百首》虽然有少数平庸之作滥竽充数，但绝大多数诗歌都是无可争议的经典名作，足以充当现存五万首唐诗的代表。

那天他们一直喝到深夜，杯盘狼藉宾主尽欢，通常在关键时刻玩失踪的郎士元一反常态抢着付钱，随后坚持要送已经大醉的鲍防回到客栈。

路上被乍暖还寒的春风一吹，鲍防逐渐酒醒，他直截了当地问郎士元："你小子有什么企图？直说吧。"

郎士元说："鲍哥，您看我们关系这么好，今年能不能把我的排名往前挪一点。"

"不行，我要是干这种事，以后谁还相信我们的排名？"

"您这样老把我排在三十名以外，我这辈子都别指望金榜题名。我进京赶考的时候儿子刚刚出生，那小家伙和我特别亲，看见我要出远门立刻放声大哭，谁哄都不听。现在就算我回家他也不认识我了。"

"他那么小怎么可能知道你出远门意味着什么，一定是你老婆忘了喂奶，饿了。"

"不管怎么说，我真的很想回去探望他们。"

"你现在就可以去呀。你家在河北，又不是很远。"

"不能金榜题名衣锦还乡，我怕我老婆孩子会失望。"

"这样吧，榜单排名不能提前，但经常有权贵让我推荐比较有实力的举子，下次我帮你美言几句。只要有权贵答应做你外援，排名立刻可以提前。"

"谢谢鲍哥，鲍哥是我亲哥！"

"那些权贵不会无缘无故帮助你，到时候他们可能会要你做他女婿或党羽。"

"这我明白。"

"那你日思夜想的老婆孩子怎么办？"

"车到山前必有路，到时我一定能想到两全其美的办法。"

几天之后大家得到消息，刘方平无意科举，他只是来长安探望亲友，现在已经回到汝水之滨隐居。所有举子都松了口气。

刘方平的俊美可能比史籍记载的还要夸张。古希腊神话中有个名叫那喀索斯（Narcissus）的美少年爱上了自己的影子，所以每天在水边徘徊流连。难道刘方平也是因为这个原因隐居水滨？

假如让我选择最喜欢的十首唐诗，刘方平的《月夜》肯定是其中之一。我特别喜欢这首诗可能和我自己的经历有关。小时候我在赣南山村长大，外婆家里用的就是绿色的窗纱。每年乍暖还寒的二三月间，提醒我们春天来了的正是纱窗挡不住的虫声和蛙鸣。

刘方平的《春怨》是闺情诗经典，晚唐诗人金昌绪也写过一首《春怨》，说的也是春天里独守空闺的妇女。

打起黄莺儿，莫教枝上啼。
啼时惊妾梦，不得到辽西。

这首诗因为层层递进、条理分明成为后人学习的典范。据说宋人有学诗者请教名家诗词章法，对方回答，只要熟读金昌绪的《春怨》就可以了。

刘方平还有一首《春雨绵颂歌》，启发李商隐写出《夜雨寄北》。

　　　　华山春雨秋意绵，隔帘犹现少时年。
　　　　岁月听歌雨亦觉，今日华山春雨绵。

除了出身高贵才华横溢英俊潇洒，刘方平还是个优秀画家。皇甫冉在《刘方平壁画山水》中称他的画"墨妙无前，性生笔先。回溪已失，远嶂犹连。侧径樵客，长林野烟。青峰之外，何处云天。"唐朝张彦远《历代名画记》也提到刘方平，说他"工山水树石，汧国公李勉甚重之。"李勉是做过宰相的唐朝宗室。

天宝十二年，张继和鲍防、皇甫曾同时进士及第。次年，元结、韩翃和韩君平金榜题名。常衮是天宝十四年状元，后来官至宰相。值得一提的是，天宝十二年和十三年的主考都是礼部侍郎杨浚，这两年的状元都姓杨，他们是杨儇和杨纮。天宝十五年杨浚再任主考，录取皇甫冉为状元，同时及第的还有郎士元。

皇甫冉小时候是唐朝众多神童之一，十岁便以文才得到张九龄称赞。天宝十五年中状元后又被王维的弟弟河南节度使王缙招揽。

安史之乱几乎在皇甫冉中进士的同时爆发，所以他没有经过吏部铨选直接做了无锡尉，后来升任右补阙。安史之乱后期为了躲避战乱，他先是弃官逃回家乡，后又离家避难。不过他没有走远，就在太湖边无锡附近的宜兴住了下来，写了很多和宜兴山水有关的诗篇，如《三月三日同义兴李明府泛舟》。

　　　　江南烟景复如何，闻道新亭便可过。
　　　　处处艺兰春浦绿，萋萋藉草远山多。

壶觞须就陶彭泽，风俗犹传晋永和。
更使轻桡随转去，微风落日水无波。

唐肃宗乾元元年（758年），郭子仪等九名节度使二十万大军在邺城被击溃，已经濒临绝境的叛军满血归来。皇甫冉认为唐军大势已去，现在最安全的地方就是天府之国剑南，于是借口投奔唐玄宗，雇了一条帆船沿长江逆流而上进入四川。经过三峡的时候留下名作《巫山峡》。

巫峡见巴东，迢迢出半空。
云藏神女馆，雨到楚王宫。
朝暮泉声落，寒暄树色同。
清猿不可听，偏在九秋中。

这首诗文词清丽，音韵流畅。后来刘禹锡做夔州刺史经过巫山时，觉得古人上千首三峡题材的诗歌中只有皇甫冉等四位作者的诗可以保留，而明代胡应麟则认为四首中又是皇甫冉的这首《巫山峡》独占鳌头。

《全唐诗》说皇甫冉"天机独得，远出情外"，作品不多的皇甫冉何以得到如此盛誉？因为他写过《春思》。

莺啼燕语报新年，马邑龙堆路几千。
家住层城临汉苑，心随明月到胡天。
机中锦字论长恨，楼上花枝笑独眠。
为问元戎窦车骑，何时返旆勒燕然。

这首诗引用的两个典故都和姓窦的人有关。"机中锦字"说的是窦滔夫妻的故事。窦滔做过前秦苻坚的秦州刺史，后获罪谪往龙沙，其妻苏蕙用锦绣织成回文诗寄给他。"元戎窦车骑"说的是外戚出身的后汉车骑将军窦宪。汉和帝永元初年，窦宪大破北匈奴，登上燕然山也就是今天蒙古境内的杭爱山，命《汉书》作者班固刻石留铭而还。

皇甫冉是大历十才子之一，但这首诗很像是盛唐诗人的作品。其实大历十才子是个笼统的说法，皇甫冉和张继同时，所以说他是盛唐诗人也不是不可以。

《春思》也是我最喜欢的唐诗之一。整首诗如风行水面，珠落玉盘，气脉连贯，浑然天成，和杜甫的《闻官军收河南河北》异曲同工。律诗写到极致就是让人意识不到这是律诗，意识不到它的格律。边塞诗词经典好像只有两首出自江南才子之手，除此之外另一首是北宋范仲淹的《渔家傲》。

"家住层城临汉苑，心随明月到胡天"，高华悠远。战争导致的生离死别，即使贵族家庭也不能幸免。我第一次去北京的时候，半夜坐车经过天安门广场，忽然想起这句诗。清冷的月光照在城楼上，让我有一种穿越时空的迷惘。

皇甫冉是润州丹阳也就是江苏镇江人，作为大历十才子之一名满天下，但他并不是唐朝最有名的江苏诗人，他的老乡戴叔伦比他更有才华。戴叔伦出生在常州金坛一个隐士家庭，小时候拜著名学者萧颖士为师，"诸子百家过目不忘"，是萧颖士最得意的弟子。萧颖士是安徽阜阳人，开元二十三年（735年）状元，因为恃才傲物只做到扬州功曹就停步不前。

安史乱起的时候，戴叔伦大概二十五岁左右，朝廷为了证明叛军成不了气候，并没有停止科举考试，只是把考场转移到了江淮等地。戴叔伦大概就是在这时候考中进士。正当他登车揽辔，有澄清天下之志的时候，唐肃宗和永王李璘兄弟阋墙，戴叔伦的家乡成为

战场，他只好跟随亲族坐船逃到江西鄱阳。当时李白正在庐山，戴叔伦可能和李白见过面。李白投奔永王做了幕僚，戴叔伦和老师萧颖士酒量不行，所以头脑比较清醒，拒绝登上永王即将沉没的战船。

戴叔伦早年的心态，可以从《江上别张欢》看出来。

> 年年五湖上，厌见五湖春。
> 长醉非关酒，多愁不为贫。
> 山川迷道路，伊洛困风尘。
> 今日扁舟别，俱为沧海人。

大历元年（766年），戴叔伦做了驻节南昌的户部尚书兼诸道盐铁使刘晏的幕僚。当时《枫桥夜泊》作者张继也在刘晏身边，分掌洪州财赋并帮助刘晏物色才俊。戴叔伦的才情让刘晏和张继一见倾心。刘晏也是神童出身，两度拜相，人称大唐第一理财能臣。大历三年，戴叔伦由刘晏推荐做了湖南转运留后，随后调任涪州督赋。

戴叔伦和刘长卿属于山水田园诗人，他们的偶像都是陶渊明。陶渊明一边"采菊东篱下，悠然见南山"，一边"刑天舞干戚，猛志固常在"。戴叔伦也有非常刚猛的一面。有一次他押解钱粮经过四川云阳的时候，适逢泸州刺史杨子琳谋反。杨子琳亲自带兵拦截戴叔伦，威逼戴叔伦交出钱粮。

戴叔伦说："要钱没有，要命有一条。"

"那我就要你的命。"

"你说了算。不过在你要我命之前，可不可以解答我一个疑问？"

"你问吧。"

"你为什么要造反？"

"社会太黑暗，上司是笨蛋。"

"社会黑暗我们努力让它光明，上司笨蛋你才有机会升迁。你们泸州兵强马壮,但我不相信你们强过安禄山的三镇雄兵。安禄山正在地下百年孤独,你想去陪他追忆似水流年?到现在为止你谋反还只是传闻,但你如果杀了我,就是对朝廷正式宣战。除了泸州老窖,难不成你还有其他援兵?"

杨子琳被戴叔伦说得哑口无言,想想自己确实还没下定决心,只好放行。戴叔伦因此声名鹊起,被提升为监察御史。此后做过东阳令、抚州刺史,最后官至容管经略使。经略使主管军事,贞观初年始设于边境重镇,大致相当于后世的边镇总兵或要塞司令,通常都是节度使兼任。戴叔伦在做容管经略使期间,"绥徕夷落,威名流闻",展示了他的文武双全。

但是戴叔伦却像古往今来无数的江南才子一样,英雄志短,儿女情长。他们可以为了功名北上长安洛阳,也可以为了莼菜鲈鱼毅然回到故乡。何况故乡除了莼菜鲈鱼,还有莺飞草长、画楼红妆、白发高堂。

旅馆谁相问?寒烛独可亲。
一年将尽夜,万里未归人。
寥落悲前事,支离笑此身。
愁颜与衰鬓,明日又逢春。

有人考证戴叔伦的这首《除夜宿石头驿》写在抚州刺史任上,并且一口咬定石头驿就在今天江西新建赣江西岸。这个结论不是很可信。诗中说"一年将尽夜,万里未归人",而此地离他老家金坛不过千里,像戴叔伦这种平和冲淡的诗人,一般不会夸大其辞。石头驿的名字也很平凡。这首诗更像是他在四川或广西时候的作品。

戴叔伦的怀乡诗另一首更有名,这就是《题稚川山水》。

> 松下茅亭五月凉，汀沙云树晚苍苍。
> 行人无限秋风思，隔水青山似故乡。

稚川是传说中的道家仙境，现实世界中似乎没有这个地名。据说唐玄宗时有个和尚契虚来到陕南商山，路遇背着竹篓的采药人，两人结伴同游商山绝顶。他们看见远处云霞之中有玉殿金城若隐若现，采药人说"此仙都稚川也"，也许戴叔伦写的就是商山风景。"隔水青山似故乡"，每一个游子都会有这种感觉，后来北宋王禹偁《村行》说"何事吟余忽惆怅，村桥原树似吾乡"。

戴叔伦在广西、四川、湖南一带为官多年，经常经过洞庭湖畔，屈原自然是绕不开的题目。他写过一首《三闾庙》。

> 沅湘流不尽，屈子怨何深。
> 日暮秋风起，萧萧枫树林。

在历来凭吊屈原的诗词里，这首诗最有意境。

不过在戴叔伦的诗歌里，最脍炙人口的另有其诗，那就是《兰溪棹歌》。

> 凉月如眉挂柳湾，越中山色镜中看。
> 兰溪三日桃花雨，半夜鲤鱼来上滩。

戴叔伦做过东阳县令，兰溪就在东阳境内。这首诗和张志和的《渔歌子》一样，美丽如画，明白如话，只不过张志和写的是白天，这首诗写的是月夜。

但在戴叔伦的诗歌里，《兰溪棹歌》依然不是无上经典，我认为只有《苏溪亭》炉火纯青。

苏溪亭上草漫漫，谁倚东风十二阑？

燕子不归春事晚，一汀烟雨杏花寒。

一般认为，北宋词人贺铸《青玉案》词中"试问闲愁都几许？一川烟草，满城风絮，梅子黄时雨"脱胎于此。这首诗把清扬婉约之美发挥到了极致。在我看来，整部《花间集》、所有婉约词都在对《苏溪亭》顶礼膜拜。

由于写出了上面这些好诗，戴叔伦在时人心目中已经是诗坛领袖。唐德宗贞元五年（789年），朝廷开始设立中和节。中和节在农历二月二，此时正值惊蛰前后，春归大地，万物复苏，传说中的龙也从沉睡中醒来，因此中和节又名龙抬头、龙头节。唐德宗写了一首《中和节诗》，他让人把自己的诗和朝臣的应和之作抄写一份交给传令兵，两千里特快专递，请远在广西容州的容管经略使戴叔伦评鉴。这是李白杜甫王昌龄白居易都没得到过的待遇，所以"天下荣之"。戴叔伦却不以为意，反而趁机上表自请为道士。

同年六月十三日，获准退休的戴叔伦在返乡途中偶感风寒，客死成都以北的清远峡，第二年归葬故乡江苏金坛小南门外。明朝万历年间，金坛知县张翰中为疏通城内漕河，将其墓地移至南郊高坡并立下纪念碑，上书"诗伯夜台"。

戴叔伦不但是当时的诗坛至尊，还留下著名的诗歌理论："诗家之景如蓝田日暖，良玉生烟，可望而不可置于眉睫之前。"戴叔伦的意思是诗人笔下的风景既近在眼前，又一片空明。这里讨论的其实还是神似形似、生活原貌和艺术再现之类的老生常谈，只不过戴叔伦用了最有诗意的语言。戴叔伦的诗歌理论对宋明以后的诗人产生了很大的影响，神韵派和性灵派诗人都把这句话装进镜框，挂在书房最显眼的地方。

戴叔伦的诗歌题材以隐逸闲情为主，但他早年写过《女耕田

行》《屯田词》等诗，记述农村因为男人当兵或战死埋荒外，种田的都是妇女小孩。《边城曲》则直面那些边塞士兵的苦痛无奈。

> 人生莫作远行客，远行莫戍黄沙碛。
> 黄沙碛下八月时，霜风裂肤百草衰。
> 尘沙晴天迷道路，河水悠悠向东去。
> 胡笳听彻双泪流，羁魂惨惨生边愁。
> 原头猎火夜相向，马蹄蹴蹋层冰上。
> 不似京华侠少年，清歌妙舞落花前。

在戴叔伦之前，还有一个诗人做过容管经略使，他就是张继同年进士元结。元结是河南鲁山人，在安史之乱中立下战功，借兵保全十五城。唐代宗时他从道州刺史调往容州，加封容州都督充本管经略守捉使。

元结也写过一些反映政治现实和民生疾苦的诗，如《春陵行》《贼退示官吏》，得到杜甫赞许。他主张诗歌为政治教化服务，反对"拘限声病"，因此被视为新乐府运动的先驱。他同时还是个散文家，提倡古文，所以又被看作韩柳古文运动的尖兵。

元结的散文《右溪记》可以和柳宗元"永州八记"相提并论。他最为人所知的诗歌是《石鱼湖上醉歌》。

> 石鱼湖，似洞庭，夏水欲满君山青。
> 山为樽，水为沼，酒徒历历坐洲岛。
> 长风连日作大浪，不能废人运酒舫。
> 我持长瓢坐巴丘，酌饮四座以散愁。

这首诗想象力丰富，场面宏大，有点像武林宗师坐而论道。

第十七回

卢纶挂念司空曙　顾况调侃白乐天

大历是唐代宗李豫的年号。李豫是唐玄宗李隆基的孙子，在安史之乱中被其父唐肃宗李亨封为兵马大元帅。经过战争历练的李豫是中晚唐比较有作为的皇帝。大宦官李辅国不可一世，气死唐玄宗吓死唐肃宗，李豫派一名勇士把李辅国刺死。唐代宗李豫在位十八年，大历的年号就用了十四年。

中唐名噪一时的大历十才子就和唐代宗的这个年号有关。大历十才子的说法最早来自姚合的《极玄集》，他们分别是李端、卢纶、韩翃、钱起、司空曙、吉中孚、崔洞（一作峒）、耿㵮、夏侯审、苗发。姚合和贾岛并称"姚贾"。北宋欧阳修主编的《新唐书》继承了他的说法。宋朝以后十才子出现不同版本，有的版本把李益也算在里面。

司空曙是大历十才子之一。他是河北广平人。当时河北有广平郡，幽州有广平县，现有史料无法确定他来自哪一个广平。安史乱起之后他曾经避难江南。他和钱起、卢纶都是大历十才子中年辈比

较高的诗人。

司空曙的《贼平后送人北归》就是写在南下避乱期间。

> 世乱同南去，时清独北还。
> 他乡生白发，旧国见青山。
> 晓月过残垒，繁星宿故关。
> 寒禽与衰草，处处伴愁颜。

其中"晓月过残垒，繁星宿故关"是唐诗名联：清晨经过残存的堡垒，明月窥人；夜晚住宿古老的关城，繁星满天。这就是王国维所谓的无我之境，不着一字却说尽客途凄清。

叛乱平定后，司空曙回到长安并通过进士考试，做过洛阳主簿、左拾遗，因事贬官来到江陵长林。他经常去长江岸边的一个村庄钓鱼休闲。在民风淳朴的乡村，他找到了内心的宁静。

> 钓罢归来不系船，江村月落正堪眠。
> 纵然一夜风吹去，只在芦花浅水边。

这首《江村即事》是司空曙最好的诗。

晚唐诗人崔道融《溪居即事》和这首诗有些相似。

> 篱外谁家不系船，春风吹入钓鱼湾。
> 小童疑是有村客，急向柴门去却关。

在江陵期间司空曙还和戴叔伦见过面，也经常写诗给卢纶。司空曙和卢纶是表兄弟。卢纶也是大历十才子之一。司空曙的《喜外弟卢纶见宿》写的就是他们的兄弟情谊。

> 静夜四无邻，荒居旧业贫。
> 雨中黄叶树，灯下白头人。
> 以我独沉久，愧君相见频。
> 平生自有分，况是霍家亲。

"霍家亲"一作"蔡家亲"。霍去病是卫青外甥，西晋名将羊祜为蔡文姬表弟，无论霍家还是蔡家，都指的是表亲。从这首诗可以看出他们兄弟情深。司空曙比卢纶大将近二十岁，按理来说两人没有多少共同语言，但卢纶小时候因为家贫，长期住在司空曙家，跟在司空曙后面摸鱼偷瓜。

大概是因为一生颠沛流离，司空曙特别擅长描写朋友之间的悲欢离合。比如这首《云阳馆与韩绅宿别》。

> 故人江海别，几度隔山川。
> 乍见翻疑梦，相悲各问年。
> 孤灯寒照雨，湿竹暗浮烟。
> 更有明朝恨，离杯惜共传。

卢纶曾经评论过当代知名诗人，他对表哥司空曙的评语是"郎中善余庆，雅韵与琴清。郁郁松带雪，萧萧鸿入冥"，形象地概括了司空曙诗歌的特点。

剑南西川节度使韦皋喜欢司空曙的诗，让他以检校水部郎中的虚衔在幕府挂职。后来司空曙入朝做了虞部郎中，所以人称司空虞部。

晚唐诗人司空图是司空曙之孙。司空图最著名的作品是《二十四诗品》，以四言诗的形式对各种诗歌风格进行界定。不过近年有学者认为，这是擅长造假的明代书商伪托司空图之名。《二十四诗品》虽然有可能是伪作，但作者肯定是个才华横溢的高

人,他用"落花无言,人淡如菊""流水今日,明月前身""不着一字,尽得风流""幽人空山,过雨采蘋"形容各种诗歌风格,虽然不尽准确,但文笔之美令人拍案叫绝。

司空曙不愿奔走权门,表弟卢纶和他正好相反。卢纶和王维是老乡,家在山西永济也就是鹳雀楼所在地。可能是因为从小在鹳雀楼下推销旅游纪念品,认识不少过往的名人,所以他长大后情商特别高,交结权贵的热情直逼初唐宋之问。

卢纶的父祖做过一些县令、司马之类的小官,可是因为他父亲去世得早,所以不得不投靠亲友。他早年先后去过湖北鄂州、江西鄱阳、湖南邵阳,都和投靠亲友逃避战乱有关。他的《晚次鄂州》正是写在投亲避难期间。

云开远见汉阳城,犹是孤帆一日程。
估客昼眠知浪静,舟人夜语觉潮生。
三湘愁鬓逢秋色,万里归心对月明。
旧业已随征战尽,更堪江上鼓鼙声。

估客就是贾客,也就是做生意的人。"估客昼眠知浪静,舟人夜语觉潮生"是历来传诵的名句。武昌鱼的原产地就在鄂州梁子湖,年轻的卢纶在吃了武昌鱼之后如有神助。

卢纶认定考试做官是自己唯一的出路,所以长期隐居终南山埋

《五牛图》 唐_韩滉

头苦读。他的《长安春望》写于早年，那时卢纶还没失去自信。

> 东风吹雨过青山，却望千门草色闲。
> 家在梦中何日到，春来江上几人还。
> 川原缭绕浮云外，宫阙参差落照间。
> 谁念为儒多失意，独将衰鬓客秦关。

"家在梦中何日到，春来江上几人还"让我想起晚唐崔涂的"蝴蝶梦中家万里，杜鹃枝上月三更"。崔涂同样擅长写漂泊异乡的孤独悲哀，他的代表作是《除夜有怀》："迢递三巴路，羁危万里身。乱山残雪夜，孤烛异乡人。渐与骨肉远，转于僮仆亲。那堪正飘泊，明日岁华新。"

卢纶和杜甫一样，平时文采飞扬，一到考场就紧张，写出来的东西连自己看了都想赖帐。他多年考试生涯唯一的收获就是留下了大量和落榜有关的诗。《落第后归终南别业》就是其中之一。

> 久为名所误，春尽始归山。
> 落羽羞言命，逢人强破颜。
> 交疏贫病里，身老是非间。
> 不及东溪月，渔翁夜往还。

《与从弟瑾同下第后出关言别》是卢纶名篇，这次他假装送别同时参加考试的堂弟卢瑾，在外游荡了很久才回山。王国维说"一切景语皆情语"，心情郁闷的卢纶看到的景象自然是一片衰残。

出关愁暮一沾裳，满野蓬生古战场。
孤村树色昏残雨，远寺钟声带夕阳。

经历过太多的打击之后，卢纶终于明白考试做官对他来说不是独木桥而是断桥。他通过老乡王维之弟王缙认识了大权独揽的当朝宰相元载等人，经常给这些朝廷重臣或封疆大吏问好请安。他没钱买贵重礼品，只好从村民那里连买带偷弄来很多柴鸡蛋。在众多珠光宝气的礼物中，他的竹篮鸡蛋格外显眼。功夫不负有心人，这些高官重臣见已经是著名诗人的卢纶态度诚恳，自己也可以落个尊重知识尊重人才的美名，争相推荐。

卢纶每次做官都和这些高官推荐有关，做阌乡尉是元载保举，拜集贤学士是王缙出面，最高做到监察御史。后来元载、王缙获罪，卢纶受牵连丢官，但不久之后名将浑瑊又把他聘为河中元帅府判官。投奔浑瑊是他最重要的生活经历，正是这段经历使他成为中晚唐仅次于李益的边塞诗人。

卢纶的边塞诗气势如虹，他的《塞下曲》是著名组诗。这组诗原名《和张仆射塞下曲》。张仆射即张建封，曾任徐泗濠节度支度营田观察使加检校右仆射。

一

鹫翎金仆姑，燕尾绣蝥弧。
独立扬新令，千营共一呼。

二

林暗草惊风，将军夜引弓。

平明寻白羽，没在石棱中。

三

月黑雁飞高，单于夜遁逃。

欲将轻骑逐，大雪满弓刀。

四

野幕敞琼筵，羌戎贺劳旋。

醉和金甲舞，雷鼓动山川。

这四首诗只有第二首暗用李广射虎的典故。"鹫翎"是指用鹰鹫翎毛做箭尾。"金仆姑"是先秦的一种神箭，据说可以像最先进的导弹那样自己寻找目标，鲁庄公曾用它射击宋国大将南宫长万。辛弃疾后来写过"燕兵夜娖银胡䩮，汉箭朝飞金仆姑"。"燕尾绣蝥弧"是指燕子尾巴形状的指挥旗，蝥弧本是春秋时诸侯郑伯的旗帜，后用来泛指军旗。

盛唐诗人的边塞诗和悲观绝缘，这是盛唐气象的重要组成部分。但是到了中唐，这种自信开始消沉。我们可以从卢纶的诗中看出这种转变。

行多有病住无粮，万里还乡未到乡。

蓬鬓哀吟古城下，不堪秋气入金疮。

这首《逢病军人》写一位受伤退伍的军人独自返乡，题材和角度都很新颖，战争的残酷和官府的无情触目惊心。归乡路漫长，大

唐帝国也像这个军人一样遍体鳞伤前途迷茫。

卢纶和司空曙是表兄弟，诗风也有些相似。下面这首《送李端》就酷似司空曙的手笔。也有人认为这是严维的诗。

> 故关衰草遍，离别自堪悲。
> 路出寒云外，人归暮雪时。
> 少孤为客早，多难识君迟。
> 掩泣空相向，风尘何处期？

卢纶始终未能金榜题名，但他的四个儿子心理素质比他好，他们都考中了进士，是卢纶一生的骄傲。考虑到唐朝科举的录取难度，一门四进士几乎是前无古人后无来者。卢纶的名声和交际肯定给他儿子加分不少。

卢纶在唐德宗时进京做过户部郎中，经常去御宴品尝珍珠翡翠白玉汤，但是很快被皇帝遗忘。卢纶见升迁无望，依旧回到浑瑊军中。当唐德宗再次想起他并传旨召见时，卢纶已经去世。唐文宗李昂特别喜欢卢纶的作品，他派人搜集卢纶的诗，一共得到五百多篇。

安史之乱是唐朝由盛到衰的转折点。叛乱虽然平定，但参与平叛的将领却趁机拥兵自重。很多节度使去世之后，他们的子侄或部将往往自行上位，不由廷授先斩后奏，而且经常联手抵抗朝廷的征讨。中央军招架不住，唐德宗不得不下《罪己诏》向藩镇低头。

这种情况愈演愈烈，到了唐德宗孙子唐宪宗的时候，宰相李吉甫、武元衡和御史中丞裴度决心拿自封淮西节度使的吴元济开刀。李愬雪夜入蔡州生擒吴元济之后，中央军又在贞元十三年（797年）平定平卢淄青节度使李师道。这一系列胜利让朝野欢欣鼓舞，史称"元和中兴"。河北诸藩震服。

不过历史证明这只是一种回光返照。早在得意忘形的唐玄宗李隆基决定让安禄山兼任平卢、范阳、河东三镇节度使的时候，这个由天可汗李世民身经百战翦灭群雄建立的伟大王朝，就已经开始走上下坡路。

安史之乱改变了唐朝的历史，也改变了边塞诗的风格。那种开疆拓土的豪迈逐渐被连年苦战损兵折将的悲愤取代，所以最能代表中晚唐边塞诗的应该是柳中庸的《征人怨》。

岁岁金河复玉关，朝朝马策与刀环。
三春白雪归青冢，万里黄河绕黑山。

柳中庸是柳宗元的前辈族人，大历年间进士，萧颖士的女婿。他和卢纶、李端是诗友。除了这首《征人怨》，他还写过风情万种的《听筝》。

抽弦促柱听秦筝，无限秦人悲怨声。
似逐春风知柳态，如随啼鸟识花情。
谁家独夜愁灯影，何处空楼思月明。
更入几重离别恨，江南歧路洛阳城。

李端是赵州桥所在地河北赵县人，年轻时隐居庐山，后师从著名诗僧皎然。大历五年（770年）中进士后，他做过秘书省校书郎和杭州司马，晚年辞官隐居湖南衡山，自号衡岳幽人。李端在十才子中年纪最小却最有才气。他的代表作也是《听筝》。

鸣筝金粟柱，素手玉房前。
欲得周郎顾，时时误拂弦。

此诗暗含一个有趣的典故，描述了一段曲折的女儿心路。传说三国周瑜不但长得很帅，雄姿英发羽扇纶巾，而且还是音乐天才，他能在谈笑豪饮的同时听出歌妓乐师的不合拍。我们这位弹筝美女希望得到他的青睐，所以故意出现错误，希望把周郎的目光吸引过来。多么勇敢可爱的女孩！

李端比较好的诗还有《闺情》。

月落星稀天欲明，孤灯未灭梦难成。
披衣更向门前望，不忿朝来喜鹊声。

大历十才子名副其实的只有钱起、卢纶、韩翃、李端和司空曙，不过这已经很不错。现代中国出现了很多所谓的名家名作，千年之后还会有人记得的也许只有徐志摩和他的《再别康桥》。

大历十才子中的钱起、卢纶、韩翃、苗发、崔洞都做过宫廷诗人，但中唐以后效法陶渊明已成时尚，不过韦应物、刘长卿有点光说不练，他们到死都没有离开官场，真正下决心归隐的是丘为和顾况。

丘为是浙江嘉兴人，不过嘉兴当时属苏州。他早年和贺知章一样考试并不顺利，天宝初年中进士后逐渐升迁，官至太子右庶子，贞元四年以左散骑常侍致仕。他那时已经八十多岁，可他母亲还健在。他和盛唐王维、李白是同龄人，却几乎活到晚唐杜牧出生。王维和刘长卿都是他的友人。

丘为的代表作是《寻西山隐者不遇》。

绝顶一茅茨，直上三十里。
扣关无僮仆，窥室唯案几。
若非巾柴车，应是钓秋水。

差池不相见，黾勉空仰止。
草色新雨中，松声晚窗里。
及兹契幽绝，自足荡心耳。
虽无宾主意，颇得清净理。
兴尽方下山，何必待之子。

"差池不相见，黾勉空仰止"，虽然我非常仰慕先生，但总是阴差阳错擦肩而过。

这样的诗不必整首牢记，只需要知道"草色新雨中，松声晚窗里"是点睛之笔。

丘为的《题农父庐舍》说"东风何时至，已绿湖上山"，王安石很可能因此而写出"春风又绿江南岸，明月何时照我还"。

丘为可能是唐朝寿命最长的诗人，至少活到九十六岁。细心的读者也许会注意到我语气并不肯定，难道还有比丘为更长寿的诗人？是的，他的老乡华阳真逸顾况很可能在茅山修炼成仙。顾况和徐志摩是老乡，浙江海宁人，他大概在公元727年出生，差不多一百年后的公元820年还在人间。多少试图长生不老的人都因为滥服丹药死于非命，只有顾况得到神仙真传。

顾况在至德二载（757年）登进士第，不久后被镇海军节度使韩滉召为幕府判官。韩滉是个值得一提的人物。他官至检校左仆射同中书门下平章事，曾带兵击败不可一世的强藩李希烈。他还是著名书画家，和善于画马的韩干齐名。他的名作《五牛图》被赵孟頫赞为"神气磊落，希世名笔"。陆游也欣赏这幅画，他说"每见村童牧牛于风林烟草之间，便觉身在图画，起辞官归里之望。"

韩滉善于奖拔后进。后来同样做过宰相的崔铉小时候跟他爸爸去拜访韩滉，韩滉想试试崔铉的诗才，便指着庭前架上的雄鹰让他作诗。崔铉张口就来："天边心胆架头身，欲拟飞腾未有因。万里碧

霄终一去，不知谁是解绦人。"韩滉大喜，称赞崔铉"此儿可谓前程万里也"。从此中文多了个"前程万里"的成语。

韩滉本人的诗也写得不错。比如他的《听乐怅然自述》。

万事伤心对管弦，一身含泪向春烟。
黄金用尽教歌舞，留与他人乐少年。

顾况和宰相李泌是布衣之交，贞元三年，他在李泌引荐下入朝做了著作佐郎。仗着李泌袒护，顾况"傲毁朝列"，把朝中官员分为十二生肖，那些被他骂为猪狗的人恨不得扑上去咬他一口。两年后李泌去世，看淡生死的顾况不但不表示哀悼，反而在葬礼上高声谈笑。那些憎恨他的朝臣抓住这个把柄，把他贬为饶州司户参军。

顾况失意官场，但是情场却风生水起。红叶传情的典故就发生在他身上。

天宝年间的一个秋天，顾况到洛阳参加考试。有一天独自在上阳宫外的水沟边闲逛，希望能捡到宫女们遗落的首饰。他随手捞起一片红叶，竟然发现上面写了一首五言绝句。

一入深宫里，年年不见春。
聊题一片叶，寄与有情人。

顾况觉得好玩，于是也找了一片红叶，写好诗之后来到水沟上游，让红叶向宫内漂流。

愁见莺啼柳絮飞，上阳宫里断肠时。
君恩不禁东流水，叶上题诗寄与谁？

顾况本来不抱任何希望，没想到一来二去，竟和那位哀怨多情的宫女取得联系，两人经常凭借红叶传送爱意。不久发生安史之乱，来不及随唐玄宗逃走的妃嫔宫女流落民间。顾况趁机找到那位宫女，两人共结连理。

顾况做著作佐郎期间，少年白居易来长安求见。他把自己的诗卷献给顾况。

"长安现在米珠薪桂，居住在这里可不容易。"顾况拿白居易的名字开玩笑，但在读了第一篇《赋得古原草送别》之后立刻改口，"能写出这样的好诗，想住哪儿都没问题。"

顾况到处为白居易宣传，白居易因此声名大振。

顾况晚年隐居茅山，自号华阳真逸。书法传世名作《瘗鹤铭》也署名华阳真逸，所以很多人认为这是顾况的手笔。贞元十六年，皇甫湜曾在扬州见过顾况，这是他最后一次现身尘世。

顾况写过一些七言歌行，开白居易新乐府"首句标其目"的先河。他的《李供奉弹箜篌歌》《刘禅奴弹琵琶歌》《李湖州孺人弹筝歌》等诗对音乐的描绘奇幻飞扬，又成为李贺歌行的滥觞。

他的《过山农家》应是隐居之后的作品，写的是江南农家风情。就是为了这样的世外桃源，顾况毅然归隐。

　　　　板桥人渡泉声，茅檐日午鸡鸣。
　　　　莫嗔焙茶烟暗，却喜晒谷天晴。

皇甫湜《顾况诗集序》称其"偏于逸歌长句，骏发踔厉，往往若穿天心，出月胁，意外惊人语，非寻常所能及"。这几句话完全可以套用到李贺身上。

顾况《从剡溪到赤城》道骨仙风。

灵溪宿处接灵山，窈窕高楼向月闲。
夜半鹤声残梦里，犹疑琴曲洞房间。

　　读这样的好诗，应该坐在西湖边的茶馆，面对清风徐来水波不兴的湖面，读完之后躺在藤椅上做个好梦，在梦里体验"夜半鹤声残梦里"的意境。

　　不过《宫词》才是顾况得道成仙的铁证。我不相信凡夫俗子可以写出这样的诗篇。

玉楼天半起笙歌，风送宫嫔笑语和。
月殿影开闻夜漏，水晶帘卷近秋河。

第十八回

李君虞夜上受降城　刘禹锡怀古西塞山

当初不合种相思。

霍小玉很早就听过李益的《江南曲》，不过她一直以为这是一首南朝乐府民歌。

> 嫁得瞿塘贾，朝朝误妾期。
> 早知潮有信，嫁与弄潮儿。

后来在宴会上，有人请她演唱李益的《宫怨》。霍小玉开始注意这个能把情歌写得亦庄亦谐的诗人。

> 露湿晴花春殿香，月明歌吹在昭阳。
> 似将海水添宫漏，共滴长门一夜长。

虽然有人提醒她，李益是个轻薄无行的浪子，但是霍小玉不相

信，因为李益写过《喜见外弟又言别》。

> 十年离乱后，长大一相逢。
> 问姓惊初见，称名忆旧容。
> 别来沧海事，语罢暮天钟。
> 明日巴陵道，秋山又几重。

两人相识以后，李益送给霍小玉一首《写情》。

> 水纹珍簟思悠悠，千里佳期一夕休。
> 从此无心爱良夜，任他明月下西楼。

　　女人只要天生丽质倾国倾城，自有男人为她献上香车宝马、明珠金屋，但是这种注定流传千古的好诗才是最珍贵的礼物。霍小玉当时就沦陷了。姐妹们劝她不要轻易相信李益的情话，她们说："很多美女都收到过这首诗，你只是其中之一。"但霍小玉已经不能自拔，她说："我不管，至少他现在住在我家。"

　　那时李益和李贺齐名，但是李益更受欢迎，决定胜负的就是上面这首《写情》。李贺的天才接近甚至超过李白，可红尘男女最想要的不是他的奇情幻彩，而是能让自己脸红心跳的秋天菠菜。

　　商人重利轻别离，霍小玉直到被抛弃之后才明白，不守信轻别离的还有很多男人。李益确实从此无心爱良夜，因为他夜夜春宵；他确实任他明月下西楼，因为他日夜颠倒。

　　霍小玉曾经说过不在乎天长地久，只在乎曾经拥有，可是真到了这一天，她又无法心甘情愿。她把李益背叛的事到处宣传。有江湖豪客路见不平拔刀相助，挟持李益至小玉家中认错。小玉见李益毫无悔意，誓言死后必为厉鬼报复。李益后来果然家无宁日，连续三次婚姻都以离婚结束。

李益和霍小玉的故事出自唐传奇《霍小玉传》。传奇是唐代兴起的一种文学体裁，其实就是文言短篇小说。作者蒋防是江苏宜兴人，在李绅和元稹推荐下做过翰林学士、司封员外郎、知制诰等官，名副其实的皇帝近臣。蒋防生怕别人以为这个故事是虚构的，还特别提到李益是太子少保韦夏卿的密友。传奇中的李益从小才名远扬，丽词嘉句时谓无双，和真实的李益一模一样。正因为唐传奇如此贴近现实，有时让人怀疑是政敌在幕后操纵的人身攻击。

李益可能是世界上最早的流行音乐作家，他的歌词可以让演唱者一夜成名，教坊乐工因此不惜千金。他的代表作《夜上受降城闻笛》自然最受欢迎天下传唱。有些富贵人家还请画师把他的诗意再现在屏风上。

> 回乐峰前沙似雪，受降城下月如霜。
> 不知何处吹芦管，一夜征人尽望乡。

尽管负心薄幸天下知名，李益却比李贺一帆风顺。因为父亲名叫李晋肃，李贺避讳不能考进士，而李益在大历四年（769年）登第，是最正宗的大历才子，建中四年（783年）又考取书判拔萃科。李贺只做过奉礼郎之类的小官，李益官至礼部尚书，李贺三十岁不到就离开人间，李益活到八十高龄。

中进士后，李益本来希望留在中央政府，但受《霍小玉传》的影响未能如愿，一气之下弃官东游燕赵、北上河朔，先后做过渭北节度使臧希让、朔方节度使李怀光等人的幕僚。贞元中，幽州节度使刘济聘请他为营田副使。他在献给刘济的诗中说"感恩知有地，不上望京楼"，公然宣称我的眼里只有你，朝廷和我没关系。这种大逆不道的话要是在清朝肯定大兴文字狱，可是当时朝廷力不从

心，只好忍气吞声。

在唐代边塞诗人中，李益的军旅生涯最长，在边疆超过十年，他的感悟自然也比其他诗人深。和王昌龄一样，他也擅长用七绝写边塞诗。他的《从军北征》和《夜上受降城闻笛》非常相似，同样是写乐声引起军人乡思。

天山雪后海风寒，横笛偏吹行路难。
碛里征人三十万，一时回首月中看。

过去的边塞诗大多是无声电影，李益的边塞诗声情并茂。除了上面两首，还有《听晓角》。

边霜昨夜堕关榆，吹角当城汉月孤。
无限塞鸿飞不度，秋风卷入小单于。

"边霜昨夜堕关榆"一作"繁霜一夜落平芜"。关榆是指关城旁边的榆树。这首《听晓角》的用词很有特点，"无限"的本意应该是无数，可是明显比无数更有想象空间，让人仿佛看到大雁在逆风前进。"小单于"是当时一首少数民族风格的流行歌曲，在唐朝诗歌中常被提起。

《盐州过胡儿饮马泉》又名《过五原胡儿饮马泉》，也让人恍惚听到胡笳羌笛声。

绿杨著水草如烟，旧是胡儿饮马泉。
几处吹笳明月夜，何人倚剑白云天。
从来冻合关山路，今日分流汉使前。
莫遣行人照容鬓，恐惊憔悴入新年。

这首七律可以媲美律诗圣手杜甫的作品。"几处吹笳明月夜，何人倚剑白云天"，所有武侠小说都在演绎这两句诗的意境。最后一句"恐惊憔悴入新年"遣词造句也很有新意。唐代诗人多是语言大师。我每次看到有人极力推崇周作人兄弟和林语堂等现代作家就觉得好笑，和唐宋大家相比，这些人远没有做到字字珠玑。

唐朝诗人总能让最平凡的词语充满诗意，比如王昌龄的"无那金闺万里愁"。"无那"虽然和无奈意思差不多，但是明显比无奈更有味道。李益不但擅长用"无限"，在边塞诗《春夜闻笛》中，他还让"无穷"柳暗花明。

> 寒山吹笛唤春归，迁客相看泪满衣。
> 洞庭一夜无穷雁，不待天明尽北飞。

龙朔元年（661年），唐高宗命薛仁贵兵发天山讨伐九姓回纥。九姓回纥陈兵十万迎战。十几位回纥勇士要求和唐军单挑。薛仁贵箭无虚发，连杀数人。唐军趁机掩杀，九姓回纥溃散。薛仁贵班师后，军中传唱歌谣"将军三箭定天山，壮士长歌入汉关"。李益的《塞下曲》写的就是这件事。

> 伏波惟愿裹尸还，定远何须生入关。
> 莫遣只轮归海窟，仍留一箭射天山。

李益是最后一位重要的边塞诗人。在他之后，唐朝的内乱取代外患，边塞诗失去了存在的基础。

陇西李氏是天下第一姓。李益自负门第才气，所以回朝做官之后不把同僚放在眼里。众怒难犯，谏官把他在幽州写的"感恩知有地，不上望京楼"翻出来上告朝廷。李益被投闲置散，直到唐宪宗

时才被重新起用，官终礼部尚书。

李益之后，还有一些诗人写过边塞诗。张籍的《凉州词》讽刺朝廷花钱买平安。

边城暮雨雁飞低，芦笋初生渐欲齐。
无数铃声遥过碛，应驮白练到安西。

杜牧的《河湟》痛惜朝廷失去对河套平原的控制。

元载相公曾借箸，宪宗皇帝亦留神。
旋见衣冠就东市，忽遗弓剑不西巡。
牧羊驱马虽戎服，白发丹心尽汉臣。
唯有凉州歌舞曲，流传天下乐闲人。

司空图《河湟有感》担忧西域彻底沦陷。

一自萧关起战尘，河湟隔断异乡春。
汉儿尽作胡儿语，却向城头骂汉人。

大中五年（851年），沙州都护张义潮趁吐蕃内乱，率领当地的蕃兵夺取凉州，收复了被吐蕃占领的唐朝故地。诗人薛逢立刻写诗祝贺，这就是他的《凉州词》。

昨夜蕃兵报国仇，沙州都护破凉州。
黄河九曲今归汉，塞外纵横战血流。

但是那个"九天阊阖开宫殿，万国衣冠拜冕旒"的强盛王朝已经一去不回，沙洲的收复只是夕阳余晖，看上去很美。陈陶的《陇西行》写的就是这种无奈。

> 誓扫匈奴不顾身，五千貂锦丧胡尘。
> 可怜无定河边骨，犹是春闺梦里人。

陈陶笔下的将士"誓扫匈奴不顾身"，可是匈奴此时已经不是唐朝的敌人，他们和文弱的汉人厮混，早已失去了游牧民族的强

《水阁清幽图》 元_黄公望

悍。有些人甚至已经放下弓刀做了诗人，刘方平之外还有更重要的诗人也是匈奴人，他就是和白居易齐名的"诗豪"刘禹锡。

当年横行漠北的匈奴经过汉朝持续打击之后一分为二，南匈奴内迁和汉朝融合，北匈奴一路向西，在欧洲举起"上帝之鞭"，杀得西方人闻风丧胆。南迁的匈奴人自认为是汉朝和亲公主的后人，很多人因此改为刘姓。唐朝诗人刘方平、刘禹锡就是刘姓匈奴人。

刘禹锡七世祖刘亮在北魏做官，随魏孝文帝迁都洛阳，始改汉姓。他父亲刘绪因避安史之乱，南迁浙江嘉兴。刘禹锡生于海边。他自称是汉中山靖王后裔，似乎想和刘备攀亲，其实他的历史地位远非刘备可比。

刘禹锡在贞元九年（793年）二十一岁的时候考中进士，接着又登博学宏词。他在杜牧祖父淮南节度使杜佑帐下做了几年幕僚，回到长安就任监察御史。此时安史之乱虽然平定，但战乱中崛起更多藩镇。病急乱投医的唐肃宗认为只有太监可以信任，因此把神策军指挥权交给宦官。宦官集团从此把持朝政。唐顺宗即位后任命王叔文为翰林学士进行改革，史称"永贞革新"。刘禹锡和柳宗元都是参与改革的八司马之一。永贞革新因为触动宦官和藩镇利益，加上唐顺宗身体不济，很快被宦官和藩镇联手废止。刘禹锡贬为朗州司马。朗州就是今天的湖南常德。

刘禹锡在朗州待了十年才回到京城，发现满朝文武都是在他走后上位的新人。他写了《元和十年自朗州至京戏赠看花诸君子》。

紫陌红尘拂面来，无人不道看花回。
玄都观里桃千树，尽是刘郎去后栽。

这首诗挖苦朝廷新贵的意思表达得非常隐晦，但依然触怒了当朝权贵。他随即被贬为播州刺史。播州即今贵州遵义，比朗州更偏僻。刘禹锡母亲年事已高，好友柳宗元愿意用柳州和他交换，裴度也站出来替他说情。于是刘禹锡改刺广东连州，后来又辗转四川夔州、安徽和州。这一次离开京城十四年，直到调任主客郎中才回到长安。刘禹锡没有吸取教训，重游玄都观并再次赋诗和权贵们较劲。

再游玄都观

百亩庭中半是苔，桃花净尽菜花开。

种桃道士归何处，前度刘郎今又来。

刘禹锡以为当朝权贵会气得七窍生烟，所以收拾好行装准备再次南下旅行，结果却毫无动静。他百思不得其解，把裴度请到酒馆打听原因。

"相爷，这回我会贬去哪里？"

"为什么要贬你呀？"

"我又去了玄都观。您没看到我写的诗？"

"看到了，写得还不错。"

"那为什么还没贬我？"

"你小子贬官上瘾了是吧？这回你想去哪儿呀？"

"我听白居易说江南好，要不让我去苏杭走走？"

"我们知道你小子想趁机游山玩水，所以这回送你三个字：想得美。你准备去洛阳做分司官，陪离退休老干部下棋聊天。"

刘禹锡做了几年无聊的分司官，每天听退休高官回首当年，只好写信向裴度求饶，答应再也不去玄都观。裴度推荐他做了礼部郎中、集贤院直学士。刘禹锡一直想去苏杭做官，裴度在退休之前帮他实现了这个心愿。刘禹锡离开苏州后又去了汝、同二州，最后以太子宾客分司东都回到洛阳，正式开始陪裴度、白居易打麻将斗地主。

刘禹锡早年得到杜牧祖父杜佑关照，中年以后受到裴度眷顾，

以他的才能加上前后两位著名宰相欣赏，只要不和那些当朝权贵顶牛，他完全可以青云直上。不过，诗人不幸诗家幸。假如刘禹锡没有去过夔州，他怎么可能写出那些脍炙人口的竹枝词？又怎么可能写出《酬乐天扬州初逢席上见赠》这样的神作？

巴山楚水凄凉地，二十三年弃置身。
怀旧空吟闻笛赋，到乡翻似烂柯人。
沉舟侧畔千帆过，病树前头万木春。
今日听君歌一曲，暂凭杯酒长精神。

《闻笛赋》指西晋向秀的《思旧赋》。三国曹魏末年，嵇康、吕安因不满司马氏篡权而被杀害。向秀经过他们故居的时候恰巧邻家响起笛声，过去欢快的笛声现在听起来哀怨缠绵，因此写下《思旧赋》怀念故人。刘禹锡借用这个典故悼念已经去世的王叔文、柳宗元等人。烂柯人指晋人王质，相传王质上山砍柴时看见两个童子下棋，于是止步旁观，等到这局棋下完他手中的斧柄（柯）已经朽烂，回到村里才知道时间过去一百年，同时代的人早已凋零。

刘禹锡和柳宗元同时进士及第，随后同登博学宏词，同时参加永贞革新，又同时贬为远州司马，同时应诏回京，又同时出为岭外刺史。柳宗元在柳州去世以后，遗言请托刘禹锡整理他的文稿。当时刘禹锡正扶着母亲的灵柩往回走，得到噩耗放声大哭。他一边派仆人前去帮忙料理柳宗元的后事，一边含泪给韩愈写信，恳求韩愈为柳宗元撰写墓志铭。他对柳宗元的后人后事尽心尽力，对得起当年柳宗元的云天高义。

竹枝词简称"竹枝"，又名巴渝辞，即今重庆东部奉节至宜宾一带流行的民歌。每逢传统佳节，巴人男女老少都要击鼓踏歌庆贺。刘禹锡在做夔州刺史时，模仿民歌写下多首《竹枝词》，其中半数堪称经典,当中又以下面这首最有名。

> 杨柳青青江水平,闻郎江上踏歌声。
> 东边日出西边雨,道是无晴却有晴。

刘禹锡和白居易同年出生,"同年同病同心事",两人简直就是孪生兄弟。他们都曾贬官长江三峡,都做过苏州刺史,晚年都以太子宾客分司东都。那时德高望重的裴度做了东都留守,修筑绿野堂养老。白居易、刘禹锡都是绿野堂常客。刘禹锡有生死之交柳宗元,白居易有生死之交元稹。各自失去生死之交以后,他们成了最好的朋友。

会昌二年(842年),七十一岁的刘禹锡先走,白居易写了《哭刘尚书梦得》进行哀悼。

> 四海声名白与刘,百年交分两绸缪。
> 同贫同病退闲日,一死一生临老头。
> 杯酒英雄君与操,文章微婉我知丘。
> 贤豪虽没精灵在,应共微之地下游。

"杯酒英雄君与操,文章微婉我知丘",白居易认为他和刘禹锡都以天下为己任,故以英雄相许,而且他最了解刘禹锡诗文的微言大义。前一句白居易自注:"曹公曰,天下英雄唯使君与操耳。"后一句同样有注:"《春秋》之旨微而婉也。"据说孔子修完《春秋》后曾慨叹说:"知我者其唯《春秋》乎?罪我者其唯《春秋》乎?"

据说刘禹锡写作《西塞山怀古》时白居易也在场。当时是穆宗长庆四年(824年),刘禹锡和元稹、韦楚客等人都在白居易家置酒高会,席间谈起南朝兴废,决定以此为题较量诗才。刘禹锡率先完成。

> 王濬楼船下益州，金陵王气黯然收。
> 千寻铁锁沉江底，一片降幡出石头。
> 人世几回伤往事，山形依旧枕寒流。
> 今逢四海为家日，故垒萧萧芦荻秋。

白居易看了之后说，胜负已分，其他人不用写了。

在写这首诗之前，刘禹锡并没有去过金陵。几年之后的唐敬宗宝历二年（826年），他才有机会来到秦淮河畔，看见六朝古都已成一座空城，写下《金陵五题》感慨繁华聚散，其中《乌衣巷》和《石头城》都是咏史诗的殿堂级作品。

乌衣巷

> 朱雀桥边野草花，乌衣巷口夕阳斜。
> 旧时王谢堂前燕，飞入寻常百姓家。

石头城

> 山围故国周遭在，潮打空城寂寞回。
> 淮水东边旧时月，夜深还过女墙来。

如果把咏史诗比作中外历史上的美女，那么《乌衣巷》可以入选史上十大美人，而《石头城》是引发人神大战的古希腊美女海伦。从来没有人能把咏史诗写得如此雄深雅健。咏史诗当以刘禹锡为第一作手，李白、杜甫、李商隐、杜牧犹有不如。白居易读罢《石头城》，发出"我知后之诗人无复措词矣"的感叹。

刘禹锡的文字悲天悯人，仿佛一个站在大罗天上的神仙，俯视着尘世的沧桑变换。请看这首《听旧宫人穆氏唱歌》。

> 曾随织女渡天河，记得云间第一歌。
> 休唱贞元供奉曲，当时朝士已无多。

除了诗歌，刘禹锡还写过辞赋甚至医书，其中《陋室铭》脍炙人口。

> 山不在高，有仙则名。水不在深，有龙则灵。斯是陋室，惟吾德馨。苔痕上阶绿，草色入帘青。谈笑有鸿儒，往来无白丁。可以调素琴，阅金经。无丝竹之乱耳，无案牍之劳形。南阳诸葛庐，西蜀子云亭。孔子云："何陋之有？"

历代名家对刘禹锡的评论很高。白居易称他为"诗豪"，认为"其锋森然，少敢当者"，"在在处处，应有灵物护持"。杨慎《升庵诗话》说"元和以后诗人全集之可观者数家，当以刘禹锡为第一。"

第十九回

韩昌黎声讨大鳄　柳宗元同情捕蛇

唐宪宗元和十年（815年）六月三日凌晨，宰相武元衡在几名亲随护卫下骑马上朝。刚出他家所在的长安靖安坊东门，几名刺客突然出现。武元衡的亲随措手不及被斩落马下，他本人也未能幸免。

与此同时，另一伙刺客在通化坊袭击御史中丞裴度。裴度连中三剑，幸好都不致命。他鞭马奔逃，慌乱中从马上掉进路边水沟。刺客们打倒护卫随后赶到，他们都穿着来到长安后才买的昂贵时装，谁也不肯跳下水沟追杀裴度。那条臭水沟竟然成了裴度的救命恩人，从此以后每年的这一天，裴度的子孙都要到臭水沟前上香谢恩。

这两件刺杀案轰动长安，执金吾立刻协同京兆万年、长安两县捕快缉拿凶犯。没想到他们遭遇史上最牛刺客，这些人不但不逃跑，反而给上述衙门寄恐吓信："毋急捕我，我先杀汝。"意思是追捕我们的时候悠着点，别离老子太近，小心性命。这几个衙门成千上万的军警集体震恐，果然不敢轻举妄动。

左赞善大夫白居易上书要求尽快捉拿凶犯。因为他是太子属官,有大臣指责他越职言事,狗拿耗子。于是白居易被贬为江州司马。兵部侍郎许孟容在朝堂上对着宪宗大哭:"宰相被人杀害不闻不问,自古以来从没发生过这么丢人的事,后人一定会骂陛下是王八的表兄弟。"

唐宪宗问:"王八的表兄弟是什么?"

"缩头乌龟。"

唐宪宗这才着急上火,下令在长安和附近郊区彻底搜查,挖地三尺也要找到这些刺客。神策军将领王士则是贾岛的朋友,他从贾岛这个假和尚联想到刺客有可能藏身寺庙,暗中侦查之后把刺客全部抓获。

当时淮西节度使吴少阳已死,他儿子吴元济不经朝廷同意就想继任节度使。武元衡和裴度坚决主张拿吴元济开刀,所以大家都以为吴元济是罪魁祸首。审问的结果出人意料,指派刺客的是淄青节度使李师道。但朝野认定自称成德留后的王承宗才是真正的主谋,因为早在元和五年王承宗就已经和朝廷大打出手。那一战王承宗大败宦官吐突承璀带领的二十万大军,阵斩神策军大将郦定进。

忍无可忍的唐朝中央政府派出六路大军同时讨伐王承宗和吴元济。兵强马壮的王承宗根本没把政府军放在眼里,鼓动李师道造反并派兵支持吴元济。战争陷入胶着状态,朝廷决定先集中兵力踏平淮西。

元和十二年,唐宪宗命令宰相裴度兼领彰义军节度使、淮西宣慰招讨使,奔赴前线督战。西路唐军统帅随唐邓三州节度使李愬得知吴元济的精锐都在边境,守卫蔡州老巢的主要是老弱病残,亲自带兵顶风冒雪夜袭蔡州。这次长途奔袭是世界军事史上著名战例,吴元济直到唐军已经攻陷蔡州依然认为情报有误,拒绝离开温暖的被窝。李愬带领三军高唱大唐军歌。让吴元济明白什么叫四面楚歌。

元和十三年,李师道部将都知兵马使刘悟以其人之道还治其人

之身，背叛李师道投降朝廷。王承宗见大势已去，接受承德军节度使封号的同时献地谢罪，两年之后忧惧而死。至此三个联手反叛的强藩全部平定，唐朝中央政权在安史之乱后再次转危为安，史称"元和中兴"。

中晚唐几个著名诗人都和平叛战争有关联，所以我在这里不厌其烦地阐述始末。白居易因为呼吁尽快追捕刺客被贬为江州司马，在江西九江写下不朽长诗《琵琶行》。韩愈跟随裴度兵临淮水，后来奉旨撰写《平淮西碑》。平叛先锋李愬的夫人是唐安公主之女，进宫为自己夫君鸣不平，她认为韩愈的碑文明显偏袒裴度，李愬雪夜入蔡州才是平定叛乱的关键。唐宪宗只好下令把碑文磨去，让翰林学士段文昌重写。后来李商隐不以为然，写了长诗《韩碑》为韩愈翻案。

裴度是中唐以后最有才能和气度的宰相，他多次庇护刘禹锡、柳宗元，和韩愈、白居易也是好朋友。他并不赞成韩愈、柳宗元领导的古文运动，认为无论骈文还是散文，都可以写出好文章，但他又非常欣赏韩愈和柳宗元的才华，领兵讨伐淮西的时候特意要求韩愈做他的行军司马。平定淮西之后，裴度加封晋国公，韩愈也升任刑部侍郎。

吴元济被生擒，李师道慌了神，主动提出献地朝廷并送长子进京，后来又举兵反唐。元和十三年，李师道麾下都知兵马使刘悟杀李师道归降。唐宪宗被朝野赞为中兴圣主，但他并不居功自傲，他认为自己能够建功立业离不开佛祖保佑，所以大张旗鼓把佛骨迎入大内。韩愈以维护儒家正统自居，接连上书表示反对。唐宪宗认为韩愈破坏他和佛祖的关系，把韩愈贬为潮州刺史。搞笑的是一年之后唐宪宗就被宦官杀死。佛祖很忙，没时间保佑他万寿无疆。

韩愈一生三到岭南。第一次是小时候跟大哥韩会去张九龄的老家韶州曲江，当时韩会受元载牵连贬官韶州刺史；第二次是贞元十八年（802年）做监察御史时上书指斥朝政，被贬为连州阳山令。

和前两次去岭南不同的是，这一次他已经年过五十。考虑到父母去世得早，三个哥哥也英年早逝，对自己会不会死在异地他乡，能不能活着回到北方，韩愈难免胡思乱想。他在路上写了《左迁至蓝关示侄孙湘》。

> 一封朝奏九重天，夕贬潮州路八千。
> 欲为圣明除弊事，肯将衰朽惜残年。
> 云横秦岭家何在，雪拥蓝关马不前。
> 知汝远来应有意，好收吾骨瘴江边。

当年韩会上任韶州刺史不到一年就因病去世，童年韩愈只好跟着嫂子把灵柩运回家。回到家乡河南不久，韩愈又随嫂子去安徽宣城投靠亲友。在韩愈家破人亡，为了生活辗转大江南北黄河两岸，历尽人间冷暖世态炎凉的时候，无论是神通广大的如来佛还是大慈大悲的观世音都不曾伸出援助之手，所以韩愈后来做官之后，不遗余力地排斥佛教。

韩愈后来成为唐宋八大家之首，但是他并不擅长考试，进士连考四次才通过，博学宏词考了三次全部失利。主要原因是他提倡散文，而当时骈体文仍然是主流文体。

中进士后为了帮助嫂子养家糊口，他做了宣武军节度使董晋的观察推官，随后又进入徐州节度使张建封幕府，写过"掬水月在手，弄花香满衣"的于良史是他同僚。这段时间韩愈认识了孟郊、李愿、李翱、张籍等人，写了《送李愿归盘古序》《送孟东野序》《山石》等重要诗文。其中《山石》初步显示他"以文为诗"的特点。

> 山石荦确行径微，黄昏到寺蝙蝠飞。
> 升堂坐阶新雨足，芭蕉叶大栀子肥。

> 僧言古壁佛画好，以火来照所见稀。
> 铺床拂席置羹饭，疏粝亦足饱我饥。
> 夜深静卧百虫绝，清月出岭光入扉。
> 天明独去无道路，出入高下穷烟霏。
> 山红涧碧纷烂漫，时见松枥皆十围。
> 当流赤足踏涧石，水声激激风吹衣。
> 人生如此自可乐，岂必局束为人鞿？
> 嗟哉吾党二三子，安得至老不更归。

"以文为诗"有两层含义，一是说韩愈把诗歌写得像散文，铺陈随意，二是批评他的诗歌没有太多诗意，甚至暗讽他不懂写诗。

韩愈在贞元十七年三十四岁时被任命为国子四门博士。贞元十八年写了散文名作《师说》，系统提出"师道"理论。韩愈不是光说不练，张籍、李翱、李翊、孟郊等人都是在他指导下金榜题名。考虑到唐朝进士的录取难度，韩愈不愧为仅次于孔子的好老师，而孔子人称万世师表。这年年底韩愈升任监察御史。

贞元十九年春天，关中平原大旱，上任监察御史不到两个月的韩愈联合同僚张署向唐德宗上书，请求减免关中徭赋。当朝权贵觉得他们大惊小怪，把他们贬往广东阳山和湖南临武。这是韩愈第二次来到岭南。永贞元年（805年）唐顺宗继位后大赦天下，他们同时调往江陵，韩愈任江陵府法曹参军，张署做功曹参军。韩愈北上到达湖南郴州这天正好是中秋之夜，他写了《八月十五夜赠张功曹》，大发牢骚。

> 纤云四卷天无河，清风吹空月舒波。沙平水息声影绝，一杯相属君当歌。君歌声酸辞且苦，不能听终泪如雨。洞庭连天九嶷高，蛟龙出没猩鼯号。十生九死到官

所，幽居默默如藏逃。下床畏蛇食畏药，海气湿蛰熏腥臊。昨者州前槌大鼓，嗣皇继圣登夔皋。赦书一日行万里，罪从大辟皆除死。迁者追回流者还，涤瑕荡垢清朝班。州家申名使家抑，坎坷只得移荆蛮。判司卑官不堪说，未免捶楚尘埃间。同时辈流多上道，天路幽险难追攀。君歌且休听我歌，我歌今与君殊科。一年明月今宵多，人生由命非由他，有酒不饮奈明何？

韩愈最失意的时候却是柳宗元最得意时候。

柳宗元出生在长安，家里在长安西郊有庄园。其父柳镇做过郭子仪节度推官和殿中侍御史，直到柳宗元中进士这一年才去世。柳宗元虽然从小也跟父亲到处游走，但那是为了读万卷书行万里路。假如少年柳宗元和韩愈在路上相逢，他的肥马轻裘肯定让衣衫褴褛的韩愈羡慕嫉妒。

柳宗元很小就有才名，而韩愈小时候似乎并无过人之处。韩愈在贞元八年中进士，柳宗元在贞元九年中进士并且在五年之后考取博学宏词，明显比韩愈更擅长考试。

贞元十七年，柳宗元调为蓝田尉，两年后又回到长安任监察御史里行，这时他和韩愈、刘禹锡是同僚。韩愈说"同官尽才俊，偏善柳与刘"，可见三人还是好朋友。贞元十九年前后的大唐御史台绝对是中国历史上最有才华的政府机构。

当韩愈和张署上书要求减免关中徭赋的时候，柳宗元和刘禹锡并没有参与，他们正忙于翰林学士王叔文领导的"永贞革新"。礼部员外郎柳宗元刚过而立之年就成为大唐最有权势的官员之一，远在岭南的韩愈心有戚戚。在给柳宗元、刘禹锡的书信里，韩愈大谈三人当年一起吃火锅的友谊，希望他们能帮他调回去。

昔我往矣，杨柳依依，今我来思，雨雪霏霏。柳宗元的春风得

意很快遭遇寒潮来袭，由于唐顺宗常年卧病加上改革集团没有掌握兵权，宦官集团联合强藩很快开始进行反击。柳宗元、刘禹锡等人全部被贬为远州司马，流放途中王叔文被宦官派来的大内高手追杀。

赴任途中，柳宗元被加贬为永州司马。永州古称零陵，湘菜中那道名菜零陵血鸭就出自这里。有柳宗元和零陵血鸭，永州就值得列入旅行计划。不过当年这里最出名的不是血鸭，而是一种毒蛇，"永州之野产异蛇，黑质而白章，触草木尽死，以啮人，无御之者"。这种蛇虽然剧毒无比，却是一种名贵的药材。地方政府规定每年上交两条蛇，就可以免去当年的赋税。柳宗元看见当地农民为了捕蛇免税奋不顾身，感慨万千。

好在永州山清水秀，传说大舜的陵墓就在永州九嶷山。无所事事的柳宗元经常独自出门游玩。在永州期间，柳宗元除了著名的《永州八记》，还写了古体诗《渔翁》。

渔翁夜傍西岩宿，晓汲清湘燃楚竹。
烟销日出不见人，欸乃一声山水绿。
回看天际下中流，岩上无心云相逐。

《溪居》也是写在永州。柳宗元悠闲到可以在山里长住。

久为簪组累，幸此南夷谪。
闲依农圃邻，偶似山林客。
晓耕翻露草，夜榜响溪石。
来往不逢人，长歌楚天碧。

《江雪》可能也是永州期间的作品，那个独钓寒江雪的孤舟蓑笠翁或许就是柳宗元本人。

《四时花鸟册》 清_陈洪绶

从元和元年（806年）到元和九年，柳宗元一直在永州，刘禹锡一直在朗州，他们的仕途停滞不前。风水轮流转，现在轮到韩愈春风得意。他从法曹参军逐步升迁考功郎中、知制诰。考功郎中和知制诰都是很有声望的官职。

这时李贺已经崭露头角，他听说韩愈在洛阳，提着几斤家乡特产血参登门拜访。韩愈为了表达自己对李贺的欣赏，和已经成名的弟子皇甫湜高调回访。李贺因此一夜成名。李贺父亲的名字晋肃和进士发音相近，有人认为他应避讳放弃进士考试。韩愈为此专门写了《讳辨》鼓励李贺应试。

元和六年，韩愈写了《石鼓歌》。辛文房《唐才子传》形容此诗"驱驾气势，若掀雷走电，撑决于天地之垠"。这首诗和《谒衡岳庙遂宿岳寺题门楼》把韩愈以文为诗的特点展露无遗，拥护者五

体投地，反感者咬牙切齿。

元和十年，韩愈晋升为中书舍人。刘禹锡和柳宗元也回了一趟长安，不过随后就被派往播州、柳州做刺史，名义上是升迁，实际上比他们原来流放地更远。因为刘禹锡必须带年迈的母亲随行，柳宗元提出和刘禹锡交换，让刘禹锡去交通相对方便的柳州做官。当时缺医少药道路艰难，很多官员都在贬谪途中痛失亲人。柳宗元体弱多病，所以他实际上是在舍己救人。

元和十二年，韩愈以行军司马的身份，协助宰相裴度平定淮西叛军，因功升为刑部侍郎，随后又奉旨撰写《平淮西碑》，在举国文人中风头一时无两。

柳宗元在柳州的官宦生涯相对平淡。他帮助当地兴办学校，解放奴婢。柳州人因为迷信不敢打井，柳宗元指导他们饮用相对纯净的井水。柳宗元在柳州种柳树，这句话听起来有点像绕口令，但当地人确实这么传说。到达柳州不久，他写下名作《登柳州城楼寄漳汀封连四州刺史》。

城上高楼接大荒，海天愁思正茫茫。
惊风乱飐芙蓉水，密雨斜侵薜荔墙。
岭树重遮千里目，江流曲似九回肠。
共来百越文身地，犹自音书滞一乡。

他的《酬曹侍御过象县见寄》也是写在柳州。

破额山前碧玉流，骚人遥驻木兰舟。
春风无限潇湘意，欲采蘋花不自由。

柳宗元留下的诗歌不算多，但已经足以吸引苏东坡。苏东坡把柳宗元和陶渊明相提并论："所贵乎枯淡者，谓其外枯而中膏，似淡而实美，渊明、子厚之流是也。"

从柳宗元的一生经历可以看到，他本无意做诗人，失去政治舞台之后才开始用心写作。而只要他愿意，散文可以和韩愈齐名，诗歌可以接近陶渊明。唐朝太多这种无心插柳柳成荫的才人。

元和十四年，唐宪宗派遣使者去凤翔迎佛骨。韩愈不顾性命前途，毅然上书《论佛骨表》，痛斥佛教荒诞不经，动摇国家基础，要求将佛骨"投诸水火，永绝根本，断天下之疑，绝后代之惑"。皇帝龙颜大怒，下令把韩愈斩首。经过裴度等人全力相救，韩愈逃过一劫被贬往潮州。

韩愈死里逃生，柳宗元却没那么幸运。当韩愈再次踏上南下广东的漫漫长路时，柳宗元在广西柳州任所病逝。韩愈应刘禹锡的请求为柳宗元写了墓志铭，他说柳宗元"俊杰廉悍，议论证据今古，出入经史百子，踔厉风发，率常屈其座人。名声大振，一时皆慕与之交。诸公要人，争欲令出我门下"。他还特别提到柳宗元舍身帮助刘禹锡的义举，顺便发明了"落井下石"这个成语。他肯定柳宗元的文学辞章"必传于后无疑"。

潮州人把韩愈奉若神明，但其实他对潮州并无好感。韩愈在潮州只待了八个月就转任袁州刺史。袁州就是现在的江西宜春。不过他在潮州还是尽忠职守，写了《潮州请置乡校牒》，帮助当地兴办教育。

元和十五年九月，刚到袁州不久的韩愈内调为国子祭酒，次年也就是长庆元年（821年）七月转任兵部侍郎。长庆二年他临危受命，单枪匹马奔赴镇州宣慰叛军，不费一兵一卒平息镇州之乱。长庆三年六月，韩愈晋升为京兆尹兼御史大夫，随后做了吏部侍郎。这是他的最高官位，心情不错的他写了《早春呈水部张十八员外》。

天街小雨润如酥，草色遥看近却无。

最是一年春好处，绝胜烟柳满皇都。

他的《听颖师弹琴》成诗也在此前后，这是另一首写音乐的杰作。

昵昵儿女语，恩怨相尔汝。划然变轩昂，勇士赴敌场。浮云柳絮无根蒂，天地阔远随飞扬。喧啾百鸟群，忽见孤凤凰。跻攀分寸不可上，失势一落千丈强。嗟余有两耳，未省听丝篁。自闻颖师弹，起坐在一旁。推手遽止之，湿衣泪滂滂。颖乎尔诚能，无以冰炭置我肠。

除了才高八斗，韩愈还非常幽默，当他被降为河南令的时候，写了《送穷文》请穷鬼另谋高就，别老跟他纠缠不休。他在潮州写了《祭鳄鱼文》，要求鳄鱼尽快滚蛋，否则格杀勿论。他的《毛颖传》也是千古奇文，把毛笔变成童话故事的主角，对毛笔的历史进行恶搞。远在西南的柳宗元见后大笑。黄庭坚说苏东坡"嬉笑怒骂皆成文章"，也许用来形容韩愈更恰当。

长庆四年，韩愈因病告假，年底病逝于长安，终年五十七岁。

韩愈是文章百世师表。对韩愈的评价已被苏东坡一锤定音，后人无需画蛇添足。

自东汉以来，道丧文弊，异端并起，历唐贞观、开元之盛，辅以房杜姚宋而不能救。独韩文公起布衣，谈笑而麾之，天下靡然从公，复归于正，盖三百年于此矣。文起八代之衰，而道济天下之溺；忠犯人主之怒，而勇夺三军之帅。此岂非参天地，关盛衰，浩然而独存者乎？

——潮州韩文公庙碑

第二十回

居大不易白居易　始乱终弃元微之

代宗大历年间，向来对唐朝另眼相看的天公又一次抖擞精神。大历三年（768年）韩愈出生，大历七年白居易和刘禹锡出生，大历八年柳宗元出生，大历十四年元稹出生。他们的诗歌成就不如盛唐五位大家，但诗文的总体成就不在盛唐大家之下。天公如果还说自己没有偏袒大唐，就是在侮辱我们的智商。

唐朝至少有三个诗人被称为诗仙，李白之外，还有韦应物、白居易。白居易的诗仙还是皇帝钦定。

白居易的诗歌就像风情万种的美人，很少有人能坐怀不乱。据说宰相李德裕对白居易没有好感，白居易寄给他的诗文他从来不看，而是用一个竹筐封存。刘禹锡为白居易说情，请李德裕至少把书信看完。李德裕说："不行，看了我怕自己会心软。"

当时有个叫高霞寓的军官想娶歌妓。那名歌妓上花轿前坐地起价，要求增加聘礼，因为她能背诵白学士《长恨歌》。白居易去参加宴会的时候，经常有歌妓指着他说，这是《秦中吟》《长恨歌》主。

洛阳永丰坊西南角园中有一株垂柳，枝繁叶茂远胜一般柳树。白居易因此写了一首《杨柳枝词》。

一树春风千万枝，嫩于金色软于丝。
永丰西角荒园里，尽日无人属阿谁？

这首诗成为流行金曲，两京教坊竞相传唱。唐宣宗听到后，下令从这株柳树上取两条柳枝在御花园种植。长安和洛阳的权贵纷纷效仿。荒园主人趁机收钱，漫天要价，但仍挡不住人们买柳种植的热情。有关部门只好派兵把柳树作为名胜古迹保护起来，禁止任何人攀折买卖。

白居易做杭州刺史之后不久，好朋友元稹也来到绍兴做浙东观察使。白居易离开杭州调往苏州后，元稹发现杭州人为了表示对他的怀念，"自此一州人，生男尽名白"。

晚唐江南诗人张为制作了一幅《诗人主客图》，论述中晚唐诗人流派，开创后世论诗分派的先河。他以白居易为"广德大化教主"，极力推崇白居易。

白居易生于河南新郑，祖父做过杜甫老家巩县县令，父亲白季庚做过徐州彭城令。在他六七月大的时候，乳母抱着他指认屏风上的"之""无"两字，从不出错。安史之乱的平定并不意味着战争结束，各地骄兵悍将趁机拥兵自重，稍不如意就大打出手。白居易在安徽符离度过自己的童年，后来看见符离也不安全，又带着弟弟白行简逃往江南。

想找工作的人应该向李白学习写求职信，即将考试的人可以向白居易学习如何考试过关。白居易从不心存侥幸，每次考试都准备充分。他把可能考到的策论题目全部认真试写过一遍，这些文章成为后来举子的范文。

白居易在贞元十六年（800年）中进士，紧接着又在贞元十八年举书判拔萃科。小他七岁的元稹也参加了后一次考试，两人因此相识并成为人生知己。

元稹字微之，他是北魏宗室鲜卑族拓跋部后裔。他祖父做过县丞，好勇斗狠的父亲英年早逝。母亲无奈带着元稹兄弟四人前往凤翔投奔亲戚。凤翔是军事重镇，小时候元稹整天跟当地驻军厮混。自古以来军人都比较嚣张，何况当时正是战争年代。元稹经常跟随那些军人喝酒打架，习惯用拳头说话。他一生争强好胜是非不断，肯定和这段经历有关。

元稹十五岁通过明经及第，二十一岁时来到山西永济做河中府小吏。明经顾名思义就是通晓经学，这是汉武帝开创的考试科目。到了唐朝进士后来居上，元稹不免被进士出身的同僚欺辱。他想打架又不敢动手，只好去普救寺祈祷佛祖帮他出头。普救寺据说是生长山西的武则天所建，所以又名"则天娘娘香火院"。当时兵荒马乱，很多富贵人家躲进寺庙避难。

崔莺莺是前宰相之女，也跟随母亲躲在庙里。一队散兵游勇突然把寺庙包围，要求住持把美女和珠宝交出来。元稹本想袖手旁观，可是看见莺莺后惊为天人，下决心英雄救美。他派小和尚溜出去给他认识的驻军将领送信。驻军赶来打退乱兵。崔老夫人设宴答谢，并令女儿出来拜谢元稹。元稹和莺莺私订终身。

贞元十八年，元稹和白居易同登书判拔萃科，并且超越白居易名列第一，被太子宾客韦夏卿看上，做了韦家的乘龙快婿。元稹对莺莺始乱终弃，心怀歉意，所以写了传奇《会真记》作为纪念，并为自己的负心薄幸狡辩。

通过考试之后，元、白两人都做了秘书省校书郎。不久之后元稹升任左拾遗，白居易出为陕西周至尉。对自己输给明经出身的元稹，白居易很不服气，好在一年之后就挽回了面子。周至离马嵬坡

不远，白居易在和朋友游览马嵬坡后有了灵感，写出不朽经典《长恨歌》。

汉皇重色思倾国，御宇多年求不得。
杨家有女初长成，养在深闺人未识。
天生丽质难自弃，一朝选在君王侧。
回眸一笑百媚生，六宫粉黛无颜色。
春寒赐浴华清池，温泉水滑洗凝脂。
侍儿扶起娇无力，始是新承恩泽时。
云鬓花颜金步摇，芙蓉帐暖度春宵。
春宵苦短日高起，从此君王不早朝。
承欢侍宴无闲暇，春从春游夜专夜。
后宫佳丽三千人，三千宠爱在一身。
金屋妆成娇侍夜，玉楼宴罢醉和春。
姊妹弟兄皆列土，可怜光彩生门户。
遂令天下父母心，不重生男重生女。
骊宫高处入青云，仙乐风飘处处闻。
缓歌慢舞凝丝竹，尽日君王看不足。
渔阳鼙鼓动地来，惊破霓裳羽衣曲。
九重城阙烟尘生，千乘万骑西南行。
翠华摇摇行复止，西出都门百余里。
六军不发无奈何，宛转蛾眉马前死！
花钿委地无人收，翠翘金雀玉搔头。
君王掩面救不得，回看血泪相和流。
黄埃散漫风萧索，云栈萦纡登剑阁。
峨嵋山下少人行，旌旗无光日色薄。
蜀江水碧蜀山青，圣主朝朝暮暮情。

行宫见月伤心色，夜雨闻铃肠断声。
天旋日转回龙驭，到此踌躇不能去。
马嵬坡下泥土中，不见玉颜空死处。
君臣相顾尽沾衣，东望都门信马归。
归来池苑皆依旧，太液芙蓉未央柳。
芙蓉如面柳如眉，对此如何不泪垂？
春风桃李花开夜，秋雨梧桐叶落时。
西宫南内多秋草，落叶满阶红不扫。
梨园弟子白发新，椒房阿监青娥老。
夕殿萤飞思悄然，孤灯挑尽未成眠。
迟迟钟鼓初长夜，耿耿星河欲曙天。
鸳鸯瓦冷霜华重，翡翠衾寒谁与共？
悠悠生死别经年，魂魄不曾来入梦。
临邛道士鸿都客，能以精诚致魂魄。
为感君王辗转思，遂教方士殷勤觅。
排空驭气奔如电，升天入地求之遍。
上穷碧落下黄泉，两处茫茫皆不见。
忽闻海上有仙山，山在虚无缥缈间。
楼阁玲珑五云起，其中绰约多仙子。
中有一人字太真，雪肤花貌参差是。
金阙西厢叩玉扃，转教小玉报双成。
闻道汉家天子使，九华帐里梦魂惊。
揽衣推枕起徘徊，珠箔银屏迤逦开。
云鬓半偏新睡觉，花冠不整下堂来。
风吹仙袂飘飘举，犹似霓裳羽衣舞。
玉容寂寞泪阑干，梨花一枝春带雨。
含情凝睇谢君王，一别音容两渺茫。

第二十回　居大不易白居易　始乱终弃元微之

249

> 昭阳殿里恩爱绝,蓬莱宫中日月长。
> 回头下望人寰处,不见长安见尘雾。
> 惟将旧物表深情,钿合金钗寄将去。
> 钗留一股合一扇,钗擘黄金合分钿。
> 但令心似金钿坚,天上人间会相见。
> 临别殷勤重寄词,词中有誓两心知。
> 七月七日长生殿,夜半无人私语时。
> 在天愿作比翼鸟,在地愿为连理枝。
> 天长地久有时尽,此恨绵绵无绝期!

《长恨歌》很快风靡大江南北,朝中宰臣认为他才华横溢,推举他做了翰林学士。

元和四年(809年),元稹转任监察御史,奉命去剑南东川按察刑狱。到了剑南后,立刻弹劾东川节度使严砺。年老多病的严砺在惶恐中去世,朝廷下令处罚他属下的七位刺史。元稹接着在山南西道发威,又有很多官员倒霉。铁面无私的同时,三十一岁的元稹在成都认识四十二岁的蜀中才女薛涛,开始一段新的艳遇。

薛涛父亲曾是朝廷官员,贬官后带领全家流落四川。父亲去世后,薛涛沦落风尘做了歌姬,以一首《谒巫山庙》打动剑南西川节度使韦皋:"朝朝夜夜阳台下,为雨为云楚国亡。惆怅庙前多少柳,春来空斗画眉长。"韦皋竟因此向朝廷申请任命薛涛为校书郎。薛涛后来发明"薛涛笺",写过更加经典的《送友人》:"水国兼葭夜有霜,月寒山色共苍苍。谁言千里自今夕,离梦杳如关塞长。"

元稹和薛涛的感情注定不能长久。回到长安之后,那些被他惩处的官员反攻倒算,交相攻击他假公济私勾搭薛涛。他被御史台派驻洛阳。养尊处优的洛阳退休官僚再次领教了元稹的廉政风暴。可是就在这时,他的妻子韦丛因病去世。也许是自卑心理作怪,元稹在韦丛生前并不珍惜甚至频频外遇,现在失去之后才发现妻子是自己今生至爱。他写了五首《离思》悼念妻子。

一

山泉散漫绕阶流,万树桃花映小楼。
闲读道书慵未起,水晶帘下看梳头。

二

曾经沧海难为水,除却巫山不是云。
取次花丛懒回顾,半缘修道半缘君。

这里引用的是其中两首。元稹回忆两人的恩爱缠绵,表示自己不可能再爱上别人。"曾经沧海难为水,除却巫山不是云"和卢照邻的"得成比目何辞死,愿做鸳鸯不羡仙"都是最流行的爱情宣言。

白居易虽然比元稹大七岁,但是做的都是翰林学士之类的闲官。他不甘心光芒再次被元稹掩盖,和李绅等倡导新乐府运动,元稹随后也加入进来。白居易的《与元九书》是新乐府运动的宣言,提出"文章合为时而著,歌诗合为事而作"。白居易毫不掩饰地攻击权贵的荒淫无耻,以致"执政柄者扼腕""握军要者切齿"。

韩愈和柳宗元领导的古文运动偏重于形式上的改良,新乐府运动着力在内容上的革新。安史之乱终结大唐盛世的同时,也带走了韦应物和刘长卿的青春和雄心,而白居易和元稹正年轻。韦应物和刘长卿念念不忘归隐,白居易和元稹主张直面惨淡的人生,相信唐朝还有机会中兴。

元和五年,元稹被调回长安,途经华州敷水驿住进驿馆上厅。宦官仇士良、刘士元等人随后来到,要求元稹让出总统套间。元稹据理力争。仇士良破口大骂。元稹上去就打,不料保卫这些太监的

都是大内高手，元稹反而被制服。刘士元用马鞭抽打元稹并把他赶出上厅。这事后来闹到朝廷，唐宪宗偏袒太监，以"元稹轻树威，失宪臣体"为由，把他贬为江陵士曹参军。

元稹虽遭贬谪，却因此声名大振。朝中正直之士纷纷为他抱不平，翰林学士李绛、崔群当面向宪宗陈情，白居易更是"累疏切谏"。当时远在朗州贬所的刘禹锡特意给他寄去文石枕。

可是经过这次打击，元稹本人的心态却发生变化，开始讨好宦官崔潭峻。元和九年，严绶奉命讨伐淮西叛军，监军崔潭峻表奏元稹随行。回到长安后元稹踌躇满志，不料朝廷却宣布他和刘禹锡、柳宗元一同被放逐远州。元稹出任通州司马。通州就是现在的四川达州，和白居易做刺史的忠州、刘禹锡做刺史的夔州形成一个等边三角形。他在通州完成了当时与《长恨歌》齐名的《连昌宫词》。

元和十年，白居易因上书呼吁缉拿暗杀武元衡、裴度的刺客被赶出朝廷。元稹闻讯写了《闻乐天授江州司马》。

残灯无焰影幢幢，此夕闻君谪九江。
垂死病中惊坐起，暗风吹雨入寒窗。

白居易在九江其实过得还不错，经常住在避暑胜地庐山。《大林寺桃花》是他游山玩水的见证。

人间四月芳菲尽，山寺桃花始盛开。
长恨春归无觅处，不知转入此中来。

另一首不朽名作《琵琶行》也是在江州完成。

浔阳江头夜送客，枫叶荻花秋瑟瑟。

主人下马客在船，举酒欲饮无管弦。
醉不成欢惨将别，别时茫茫江浸月。
忽闻水上琵琶声，主人忘归客不发。
寻声暗问弹者谁？琵琶声停欲语迟。
移船相近邀相见，添酒回灯重开宴。
千呼万唤始出来，犹抱琵琶半遮面。
转轴拨弦三两声，未成曲调先有情。
弦弦掩抑声声思，似诉平生不得志。
低眉信手续续弹，说尽心中无限事。
轻拢慢捻抹复挑，初为霓裳后六幺。
大弦嘈嘈如急雨，小弦切切如私语。
嘈嘈切切错杂弹，大珠小珠落玉盘。
间关莺语花底滑，幽咽泉流冰下难。
冰泉冷涩弦凝绝，凝绝不通声暂歇。
别有幽愁暗恨生，此时无声胜有声。
银瓶乍破水浆迸，铁骑突出刀枪鸣。
曲终收拨当心画，四弦一声如裂帛。
东船西舫悄无言，唯见江心秋月白。
沉吟放拨插弦中，整顿衣裳起敛容。
自言本是京城女，家在虾蟆陵下住。
十三学得琵琶成，名属教坊第一部。
曲罢曾教善才服，妆成每被秋娘妒。
五陵年少争缠头，一曲红绡不知数。
钿头银篦击节碎，血色罗裙翻酒污。
今年欢笑复明年，秋月春风等闲度。
弟走从军阿姨死，暮去朝来颜色故。
门前冷落鞍马稀，老大嫁作商人妇。

第二十回　居大不易白居易　始乱终弃元微之

银鞍白马度春风——回到唐诗现场

商人重利轻别离,前月浮梁买茶去。
去来江口守空船,绕船月明江水寒。
夜深忽梦少年事,梦啼妆泪红阑干。
我闻琵琶已叹息,又闻此语重唧唧。
同是天涯沦落人,相逢何必曾相识。
我从去年辞帝京,谪居卧病浔阳城。
浔阳地僻无音乐,终岁不闻丝竹声。
住近湓江地低湿,黄芦苦竹绕宅生。
其间旦暮闻何物?杜鹃啼血猿哀鸣。
春江花朝秋月夜,往往取酒还独倾。
岂无山歌与村笛,呕哑嘲哳难为听。
今夜闻君琵琶语,如听仙乐耳暂明。
莫辞更坐弹一曲,为君翻作琵琶行。
感我此言良久立,却坐促弦弦转急。
凄凄不似向前声,满座重闻皆掩泣。
座中泣下谁最多?江州司马青衫湿。

相比《长恨歌》,这首《琵琶行》有他自己的人生际遇,所以情感更加真挚。因为白居易写作《长恨歌》《琵琶行》以及新乐府,苏东坡发出著名评论"郊寒岛瘦,元轻白俗"。这里的俗不是庸俗

而是通俗。

白居易写作《琵琶行》的时候刚刚四十出头，也就是说他在此时已经完成了他一生最重要的两首长诗。此后的三十年，白居易开始时来运转，他的诗艺越来越圆熟简练，却再也没有写出《长恨歌》《琵琶行》这样才华横溢气势恢宏的诗篇。

裴度带兵平定吴元济是元和中兴的重要标志，不但韩愈开始平步青云，元稹和白居易也跟着柳暗花明相继回京。元稹一帆风顺，从祠部郎中、中书舍人、翰林学士承旨直到拜相。不过因为他的身后一直有宦官崔潭峻的身影，所以为朝士所轻。名相裴度也对元稹反感，想取代元稹的李逢吉派人诬告元稹谋刺裴度，真相大白后裴度和元稹同时罢相。

元稹深切怀念爱妻韦丛的三首《遣悲怀》很可能写在做宰相期间。位极人臣的元稹回想起昨日种种，深悔自己对不住韦丛。

一

> 谢公最小偏怜女，嫁与黔娄百事乖。
> 顾我无衣搜荩箧，泥他沽酒拔金钗。
> 野蔬充膳甘长藿，落叶添薪仰古槐。
> 今日俸钱过十万，与君营奠复营斋。

《湖山春暖图》　明_恽寿平

二

昔日戏言身后意，今朝都到眼前来。
衣裳已施行看尽，针线犹存未忍开。
尚想旧情怜婢仆，也曾因梦送钱财。
诚知此恨人人有，贫贱夫妻百事哀。

三

闲坐悲君亦自悲，百年都是几多时。
邓攸无子寻知命，潘岳悼亡犹费词。
同穴窅冥何所望，他生缘会更难期。
唯将终夜长开眼，报答平生未展眉。

第一首诗把韦丛比作东晋才女谢道韫。谢道韫是谢安最宠爱的侄女，韦丛也是韦夏卿最疼爱的小女儿，嫁给自己后没过上好日子。当年穷得为了买酒典当她的金钗，如今已经荣华富贵，却只能为九泉之下的爱人祭奠悲哀。第二首说韦丛生前和他开玩笑她会先走，没想到这一天真的来到。第三首说韦丛嫁给他后一直跟他受苦，自己无以为报，只能在漫漫长夜辗转反侧，忍受思念的煎熬。

白居易作为元稹好友，同时又和裴度关系不错，所以左右为难，干脆在长庆二年（822年）请求外放，做了杭州刺史。在杭州西湖修筑白堤，写下《钱塘湖春行》。

孤山寺北贾亭西，水面初平云脚低。
几处早莺争暖树，谁家新燕啄春泥。
乱花渐欲迷人眼，浅草才能没马蹄。
最爱湖东行不足，绿杨阴里白沙堤。

长庆三年，元稹官拜浙东观察使兼越州刺史。两个好朋友在江南相聚，可是白居易随即调任苏州刺史。

文宗大和元年（827年），白居易回京做了秘书监，随后升为刑部侍郎。元稹在大和三年也回京做了尚书左丞，可是政敌李宗闵恰在此时拜相。元稹又受到排挤，次年出为武昌军节度使。同年白居易开始在洛阳定居。大和五年五十三岁的元稹病逝，白居易为其撰写了墓志。

元稹是唐朝形象最差的诗人之一，他对李贺和张祜睚眦必报，对莺莺和薛涛始乱终弃。偶尔一件坏事和你有关，你可以说有人恶意中伤。如果经常被人飞短流长，那你肯定有需要检讨的地方。不过元稹同时又是古今第一悼亡诗人，薄幸和深情集于一身。

除了悼亡诗和《连昌宫词》，元稹还写过几首好诗，比如《行宫》。

寥落古行宫，宫花寂寞红。
白头宫女在，闲坐说玄宗。

白居易笔下的宫女更年轻也更让人同情。

泪尽罗巾梦不成，夜深前殿按歌声。
红颜未老恩先断，斜倚熏笼坐到明。

"红颜未老恩先断"媲美王昌龄的"梦见君王觉后疑"，这是失去宠爱的女子最沉痛真切的感叹，相信无数虚度光阴的女人看到这样的诗词都会泣不成声。

元稹去世后，白居易深受打击。此后他做过太子宾客、河南尹、太子少傅等官，会昌二年（842年）以刑部尚书致仕。晚年他

一直在洛阳花天酒地，他的爱妾樊素和小蛮多才多艺，经常出现在他的诗歌里。不过随着自己老境颓唐，他不想再耽误樊素和小蛮的青春时光，允许她们回到家人身旁，他甚至为她们准备好了丰厚的嫁妆。

白居易晚年逍遥自在，我们可以从《问刘十九》看出他当时的心态。蒋勋说这首诗很像今天我们朋友之间互相发的手机简讯。

绿蚁新醅酒，红泥小火炉。
晚来天欲雪，能饮一杯无？

会昌四年，白居易出资开凿龙门八节石滩以利通行。他在七十五岁病逝，葬于洛阳龙门香山琵琶峰，李商隐为他撰写墓志铭。

白居易是唐朝最勤奋的诗人，现存诗文三千六百多篇，而全唐诗包括残篇也不过五万左右。他有很多诗歌脍炙人口，但也有很多诗歌未经雕琢。

白居易也是最早的词人之一。他的《忆江南》是最好的江南赞美诗，使我从小就下决心要去苏杭定居。

江南好，风景旧曾谙。日出江花红胜火，春来江水绿如蓝。能不忆江南？

我说过贺知章是唐朝人生最圆满的诗人，但是看到白居易的经历后，觉得这个结论下得太早。白居易健康长寿，官至翰林学士知制诰、刑部尚书，皇帝还想拜他为相。一般认为他的诗歌成就仅次于李白杜甫，流行程度甚至超过他们。他还是唯一做过苏杭两州刺史的著名文人。他早年虽然避难江南，但是晚年和刘禹锡、裴度在洛阳诗酒流连。当我们无数剩男为找不到老婆发愁的时候，他却毅然放弃樱桃樊素口和杨柳小蛮腰。

白居易去世之后，唐宣宗李忱亲自写诗哀悼，尊称白居易为诗仙，这种荣誉更是绝无仅有。

缀玉联珠六十年，谁教冥路作诗仙。
浮云不系名居易，造化无为字乐天。
童子解吟长恨曲，胡儿能唱琵琶篇。
文章已满行人耳，一度思卿一怆然。

第二十回　居大不易白居易　始乱终弃元微之

第二十一回

恨不相逢我未嫁　不知秋思落谁家

洛阳城里见秋风，欲作家书意万重。
复恐匆匆说不尽，行人临发又开封。

这首诗是张籍的《秋思》。张籍祖籍苏州，后来迁至和州乌江，这里正是当年楚霸王项羽不肯过江东的地方。

洛阳城里秋风起，北雁南飞勾起无限乡思。巧合的是，当年西晋那位想起故乡莼菜鲈鱼立刻弃官归去的张翰也是苏州人，他当时也在洛阳做官。张翰是吴中第一高士，张籍肯定常以张翰的后人自居。

秋天是寄托思念的季节，因为中秋和重阳都在秋天，所以和张籍齐名的王建也写过一首有关秋思的诗《十五夜望月寄杜郎中》。

中庭地白树栖鸦，冷露无声湿桂花。
今夜月明人尽望，不知秋思落谁家。

张籍和王建是同窗好友，他们曾在魏州拜师求学。魏州即魏博节度使驻节地河北大名。张籍毕业后告别王建回到家乡安徽和州，经孟郊介绍认识韩愈。韩愈当时任宣武军节度使董晋的观察推官，他推荐张籍为贡生并倾囊传授自己的考试技巧。张籍不负所望，次年在长安题名金榜。

元和元年（806年），张籍做了太常寺太祝。白居易和他成为好友。太祝主持神祠，骆宾王、李贺做过的奉礼郎就是太祝的属官。太祝和太史名义上属于"天官"之一，实际上品级很低。张籍是个不擅长做官的人，太祝这个闲官居然连续做了十年。

可能因为经常在太庙烟熏火燎，张籍得了眼病，几乎失明，人称"穷瞎张太祝"。做太祝的唯一好处是有取之不尽用之不竭的灯烛和祭肉。那时长安米珠薪桂，张籍经常偷偷把灯油蜡烛和祭肉带回家，全家一起吃烧烤。张籍只活了五十多岁，很可能是因为烧烤吃得太多。

元和十一年，张籍调任国子监助教，眼病也逐渐好转。此后做过水部员外郎、主客郎中等官，官终国子司业，世称"张水部"或"张司业"。仕途不利对张籍未必是坏事，他可以一门心思写诗，当时他的诗名超越韩愈。

师徒两人都喜欢杜甫。韩愈说"李杜文章在，光焰万丈长"。张籍更夸张，据说他因为崇拜杜甫，曾经焚烧杜甫的诗集，然后把纸灰拌上蜂蜜做成馅饼，每天用来做早点。他认为这样就能分享杜甫的灵感和才能。

王建是河南许昌人，因为家贫流落魏州乡间。他也不擅长钻营。大历十年（775年）中进士后做过渭南尉、秘书丞、侍御史。看见升迁无望，他主动要求去做陕州司马从军塞上。可是多年军旅生涯唯一的收获就是发现军队比地方还黑暗，无奈只好退伍回到咸阳，卜居五陵原上。

新乐府运动由白居易、元稹高调提倡，但事实上张籍和王建才

是真正的主将，世称张王乐府。白乐天自己也承认这一点，他说"张公何为者？业文三十春。尤工乐府词，举代少其伦。"

张籍乐府诗比较有名的是《征妇怨》和《野老歌》。《征妇怨》谴责战争。

> 九月匈奴杀边将，汉军全没辽水上。
> 万里无人收白骨，家家城下招魂葬。
> 妇人依倚子与夫，同居贫贱心亦舒。
> 夫死战场子在腹，妾身虽存如昼烛。

《野老歌》又名《山农词》，同情苦难的农民。

> 老农家贫在山住，耕种山田三四亩。
> 苗疏税多不得食，输入官仓化为土。
> 岁暮锄犁傍空室，呼儿登山收橡实。
> 西江贾客珠百斛，船中养犬长食肉。

唐朝王公大臣喜欢招揽才子，显示自己礼贤下士。中唐以后藩镇对朝廷阳奉阴违，不但拒绝给皇帝提供美女，还和朝廷争夺人才。一些失意文人和急于进取的青年才俊常常经不住诱惑。韩愈通过《送董邵南序》委婉劝阻。张籍也收到了检校司空、平卢淄青节度使李师道的聘书。"穷瞎张太祝"虽然很想收下那些琳琅满目的珠宝，但最终还是不敢欺师灭祖，以一首《节妇吟》婉言谢绝李师道。

> 君知妾有夫，赠妾双明珠。
> 感君缠绵意，系在红罗襦。
> 妾家高楼连苑起，良人执戟明光里。

《驻骑眺归雁图轴》 近代_溥心畬

知君用心如日月，事夫誓拟同生死。
还君明珠双泪垂，恨不相逢未嫁时。

　　中晚唐诗人诗名不如盛唐诗人响亮，但是在谈情说爱方面，完全是后来居上碾压盛唐。白居易的"在天愿作比翼鸟，在地愿为连理枝"，元稹的"曾经沧海难为水，除却巫山不是云"，李益的"从此无心爱良夜，任他明月下西楼"和李商隐的"春蚕到死丝方尽，蜡炬成灰泪始干""此情岂待成追忆，只是当时已惘然"，至今仍在为男人撩妹告白提供方便。
　　有些屡试不爽的花心男人因此得意忘形到处吹嘘。这时候你只

要假装不经意地从他身边经过，随口背诵"还君明珠双泪垂，恨不相逢未嫁时"，这些情场老手立刻就会变成霜打的茄子。因为无论多么拉风的男人，一定有被人无情拒绝的经历，而女方用来拒绝他的托词很可能是张籍的这句诗。男人最爱的诗人我不能确定是李白、李商隐还是苏轼，但最恨的肯定是张籍。

"看似寻常最奇崛，成如容易却艰辛"，张籍的诗得到王安石的高度评价。他的朋友姚合更是推崇备至，姚合说张籍其人其诗"妙绝《江南曲》，凄凉怨女诗。古风无敌手，新语是人知。"

王建的乐府诗比张籍更有勇气火力更猛，他的《羽林行》揭露禁军暴行。我们把他的描述和韦应物自己的招供相印证，可以看出唐朝禁军确实无法无天。

长安恶少出名字，楼下劫商楼上醉。
天明下直明光宫，散入五陵松柏中。
百回杀人身合死，赦书尚有收城功。
九衢一日消息定，乡吏籍中重改姓。
出来依旧属羽林，立在殿前射飞禽。

王建和大宦官王守澄攀亲，从王守澄那里知道很多宫廷秘闻，以此为素材写了《宫词》上百篇。这些诗记载宫廷习俗描述宫女生活，在当时流传极广，后来有不少诗人仿作。

《唐才子传》对王建的评价很高，说他的诗"感动神思，道人所不能道"。但王建和张籍一样，写得最好的不是他赖以成名的乐府诗，而是本章开篇所引《十五夜望月寄杜郎中》。他的《新嫁娘词》同样清新有趣。

三日入厨下，洗手作羹汤。

未谙姑食性，先遣小姑尝。

《江南三台》更有意思。

扬州池边小妇，长干市里商人。
三年不得消息，各自拜鬼求神。

张籍和韩愈关系比较亲密，而韩愈是中唐文坛领袖，所以王建当时的名声不如张籍。

举子朱庆馀是贺知章的老乡，来自越州山阴。自古以来吴越都被看作一个整体，代表整个江南。朱庆馀以同乡晚辈的身份拜见张籍。张籍看了他的诗稿后留下二十六首，放在衣袖里每天逢人就称道。相信张籍眼光的人们纷纷抄录，朱庆馀成为公认的后起之秀。

参加完进士考试后，朱庆馀心里没底，所以他给张籍写了一首《闺意》，以新娘的口吻打听自己有没有希望录取。

洞房昨夜停红烛，待晓堂前拜舅姑。
妆罢低声问夫婿，画眉深浅入时无？

张籍估计已经从主考那里得到了保证，所以暗示朱庆馀可以放心。

越女新妆出镜心，自知明艳更沉吟。
齐纨未足时人贵，一曲菱歌敌万金。

这件事传为一段诗坛佳话。朱庆馀后来成了张籍的得意弟子，虽然他的仕途和老师一样不顺利，但写过一些还不错的诗。比如他的《宫词》。

> 寂寂花时闭院门，美人相对泣琼轩。
>
> 含情欲说宫中事，鹦鹉前头不敢言。

乐府诗产生的初衷，是为了提醒统治阶级偶尔关心百姓的苦难，希望王公贵族们在享用山珍海味的时候给老百姓留下一点杂粮野菜，在猎尽人间春色的时候给穷人留个柴火妞传宗接代。但帝王将相认为自己天命所归，早已忘记他们原来也是反贼。

李绅是中国帝王将相的一个典型，年少贫穷的时候，他绝对是忧国忧民。他曾经为新乐府运动摇旗呐喊，写过《乐府新题》二十首。他的《悯农二首》让他青史留名，正是这种悲天悯人的作品让人认为他拥有做宰相的胸怀和潜能。

一

> 锄禾日当午，汗滴禾下土。
>
> 谁知盘中餐，粒粒皆辛苦。

二

> 春种一粒粟，秋收万颗子。
>
> 四海无闲田，农夫犹饿死。

可是在他真做了宰相和淮南节度使之后，立刻开始挥霍享受。据说他特别喜欢吃鸡舌，每做一盘鸡舌需要活鸡三百多只，后院宰杀的鸡堆积如山。后厨海味山珍，后庭美女如云。一生傲岸的刘禹锡去过宰相府之后，写过一首《赠李司空妓》表示羡慕。

> 高髻云鬟新样妆，春风一曲杜韦娘。
>
> 司空见惯浑闲事，断尽苏州刺史肠。

李绅见刘禹锡赖在自己府上不肯回去，只好把这位歌妓送给刘禹锡。李绅虽然对自己的理想始乱终弃，我们却不得不承认他是个才子。他的《宿扬州》就是不可多得的好诗。

江横渡阔烟波晚，潮过金陵落叶秋。
嘹唳塞鸿经楚泽，浅深红树见扬州。
夜桥灯火连星汉，水郭帆樯近斗牛。
今日市朝风俗变，不须开口问迷楼。

李绅之外，擅长用诗歌表现民生疾苦的还有聂夷中。聂夷中是黄河沿岸的河东或河南人，咸通十二年（871年）进士。他出身贫寒，去做华阴尉的时候，行李中除了琴书别无他物。他写过《咏田家》，对农民的困苦感同身受。

二月卖新丝，五月粜新谷。
医得眼前疮，剜却心头肉。
我愿君王心，化作光明烛。
不照绮罗筵，只照逃亡屋。

另一首《田家》同样谴责苛政猛于虎，但是相对含蓄。

父耕原上田，子劚山下荒。
六月禾未秀，官家已修仓。

中唐以后，藩镇和宦官两大势力根深蒂固，牛李党争实际上就是这两股势力明争暗斗。这些争斗不但导致战乱此起彼伏，百姓流离失所，而且直接影响读书人视为唯一出路的科举制度。过去诗人

行卷的对象主要是德高望重的文人,现在可以影响考试结果的人已经是宦官和藩镇。陆龟蒙和罗隐一生沉沦,秦韬玉依附宦官田令孜才得以赐进士及第。很多有文才但是没有门路的诗人只能望洋兴叹,他们发现自己即使考中进士也很难升迁,一怒之下开始用诗歌骂人。李涉公然为强盗唱赞歌,皮日休甚至投奔黄巢做了翰林学士。

秦韬玉将门出身,他的名作《贫女》说明他不甘贫贱。

蓬门未识绮罗香,拟托良媒益自伤。
谁爱风流高格调,共怜时世俭梳妆。
敢将十指夸针巧,不把双眉斗画长。
苦恨年年压金线,为他人作嫁衣裳。

陆龟蒙别号天随子、江湖散人、甫里先生,家在太湖边上的江南古镇,那里现在已经成为旅游景点。他没有考中进士,只做过湖州、苏州刺史的幕僚。陆龟蒙的《新沙》也是比较有名的悯农诗。

渤澥声中涨小堤,官家知后海鸥知。
蓬莱有路教人到,亦应年年税紫芝。

陆龟蒙生活安闲,虽然考试做官双双不如意,但并不妨碍他享受人生。他在顾渚山下经营一个茶园,经常携书箱茶灶和笔床钓具泛舟往来太湖上,随波逐浪。

唐朝江南最好的诗人除了戴叔伦就是陆龟蒙和罗隐。请看陆龟蒙如何描写《白莲》。

素花多蒙别艳欺,此花端合在瑶池。
无情有恨何人见,月晓风清欲堕时。

我觉得后来苏东坡被誉为神作的《水龙吟·次韵章质夫杨花词》与之相比也不过如此。陆龟蒙的《和袭美春夕酒醒》更是风情万种摇曳多姿。袭美是皮日休的字。

> 几年无事傍江湖，醉倒黄公旧酒垆。
> 觉后不知明月上，满身花影倩人扶。

皮日休是湖北天门人，可能是因为崇拜孟浩然，他也曾隐居襄阳鹿门山，自号鹿门子、醉吟先生。他和陆龟蒙关系比较好，两人的名字都有点怪，很像武侠小说中的邪派高手。据说皮日休当初参加进士考试的时候，他古怪的名字还曾被考官调笑。

皮日休在进士及第后做过苏州军事判官、著作佐郎、太常博士、毗陵副使等官。他也写过一首同情劳动人民的诗《橡媪叹》，但他最广为人知的诗歌是《汴河怀古》。

> 尽道隋亡为此河，至今千里赖通波。
> 若无水殿龙舟事，共禹论功不较多？

这首诗为大运河这条隋朝亡国之河辩白，认为杨广修筑运河的功劳堪比大禹治水。

皮日休和陆龟蒙并称"皮陆"，他们和罗隐的小品文被鲁迅誉为唐末"一塌糊涂的泥塘里的光彩和锋芒"。

罗隐是唐朝最被低估的诗人之一，他也写过一首讽刺现实的诗《雪》。

> 尽道丰年瑞，丰年事若何？
> 长安有贫者，为瑞不宜多。

罗隐生长在美丽的富春江畔，成年后多次参加进士考试都名落孙山，史称"十举不第"。据说他原来不叫罗隐，多次名落孙山之后决定改名学习陶渊明。罗隐逐渐心灰意冷，"一船明月一竿竹，家住五湖归去来""三月穷途无胜事，十年流水见归心"。他还写了一首《自遣》自我安慰。

得即高歌失即休，多愁多恨亦悠悠。
今朝有酒今朝醉，明日愁来明日愁。

可能是为了应付望子成龙的父母，此后罗隐虽然浪迹江湖寄身幕府，但还是定期进京赶考。不知什么原因，他多次经过钟陵。钟陵就是现在的江西进贤，他年轻的时候在这里认识了当地一个歌妓云英。十几年后当他再度落第路过钟陵时，在酒宴上和云英重逢。云英依然在做歌姬，不过已经是个口无遮拦的中年妇女。她脱口而出："罗秀才怎么还在考试？我以为你早就做官了呢。"

罗隐非常尴尬。云英意识到自己失言，赶紧敬酒道歉。罗隐一笑置之，随手写了首诗赠给云英。

钟陵醉别十余春，重见云英掌上身。
我未成名卿未嫁，可能俱是不如人。

此后罗隐再也没有去过钟陵，甚至看见南京钟山也绕行。

罗隐虽然科场失意，但是诗名却天下皆知。他擅长在平凡的题材上写出新意，比如他写《西施》。

家国兴亡自有时，吴人何苦怨西施。
西施若解倾吴国，越国亡来又是谁？

他笔下的牡丹也能别出蹊径，名副其实的"花样翻新"。

似共东风别有因，绛罗高卷不胜春。
若教解语应倾国，任是无情亦动人。
芍药与君为近侍，芙蓉何处避芳尘。
可怜韩令功成后，辜负秾华过此身。

韩令是指宣武军节度使韩弘。据《唐国史补》记载，长安权贵以欣赏牡丹为时尚。韩弘在唐宪宗元和十四年（819年）进京担任中书令后，看见自己的府第也有牡丹，下令家人用刀砍掉，他认为男子汉不该在花花草草上浪费时间。他要是知道现在流行校花校草，一定会气得拍马舞刀穿越到今天。

李商隐的《筹笔驿》是经典之作，但罗隐的《筹笔驿怀古》也有独到之处，那句"时来天地皆同力，运去英雄不自由"让很多壮志未酬的烈士热泪长流。

黄巢起义后，罗隐和杜荀鹤一道隐居九华山，光启三年（887年）五十五岁时回到家乡依附吴越王钱镠，历任钱塘令、司勋郎中、给事中等官。魏博节度使罗绍威仰慕罗隐诗名，自称晚辈重金礼聘。关于罗隐还有很多民间传说，有些传说把罗隐说得神乎其神。

北宋初年，西昆体推崇李商隐，后来江西诗派推崇杜甫，但我认为罗隐才是唐诗向宋诗转变的关键。宋诗讲求理趣，喜欢在传统诗歌的基础上花样翻新，我觉得正是师法罗隐。

长庆二年（822年），太学博士李涉坐船去九江看望做江州刺史的弟弟李渤。一天夜里行至浣口，数十名强盗突然现身把船围住。

"船上坐的什么人？"

"太学博士李涉。"

匪首听了船夫的回答，立刻命令部下停止抢劫。

"如果真是李博士,我们就放他过去。不过我有个条件,请李先生为我们作一首诗。"

李涉听说有这种好事,赶紧铺开宣纸。这就是《井栏砂宿遇夜客》。

　　暮雨潇潇江上村,绿林豪客夜知闻。
　　他时不用逃名姓,世上如今半是君。

李涉侥幸脱险后,担心强盗反悔,看见山上竹林里有座寺庙,立刻背着包袱上山。鹤林寺的和尚见他神色慌张,问他是不是遇上强盗。李涉说自己只是来春游,并当场赋诗一首。

　　终日昏昏醉梦间,忽闻春尽强登山。
　　因过竹院逢僧话,又得浮生半日闲。

晚唐考试不公的事情时有发生,诗人们忍不住写诗抱怨。唐僖宗乾符年间,侍郎高湘自长沙携岭南连县人邵安石回到长安,随后在他主持进士考试照顾邵安石及第。诗人章碣写了《东都望幸》进行讽刺。

　　懒修珠翠上高台,眉目连娟恨不开。
　　纵使东巡也无益,君王自领美人来。

这首诗被时人广为传诵。后来的考官对章碣心生忌惮。章碣随即在乾符三年(876年)金榜题名。当时李唐王朝已经风雨飘摇,农民起义此起彼伏。章碣在游览秦始皇焚书故址的时候感慨万千,挥毫写下《焚书坑》。

竹帛烟销帝业虚，关河空锁祖龙居。

坑灰未冷山东乱，刘项原来不读书。

这首诗是历来讽刺秦始皇的诗歌中最犀利的一篇。可惜"秦人不暇自哀，而后人哀之；后人哀之而不鉴之，亦使后人而复哀后人也"。

第二十二回

孟东野走马观花　李长吉骑驴觅诗

古人说，读万卷书不如行万里路。旅行是人生最有意义的活动，对诗人尤其重要，他们想要的一切都可以在远方找到。李白如果不是"仗剑去国，辞亲远游"，肯定不可能成为诗仙。孟郊如果不是爱好旅行，肯定也写不出他的代表作《游子吟》。

慈母手中线，游子身上衣。
临行密密缝，意恐迟迟归。
谁言寸草心，报得三春晖。

孟郊，字东野，是湖州武康也就是现在的浙江德清人，出生在其父做昆山尉的时候。因为父亲去世得早，孟郊生活穷苦，但他偏偏爱好旅游。他去过湖南湖北，最远到过广西甚至贵州。

孟郊一边游历一边准备进士考试，隔三差五就去考一次。每次公布考试结果的时候，他都事先把行李收拾好，一看没考上立刻上路，尽量避免和其他举子碰头。他既不想看到金榜题名者得意狂笑，也不想和同样落第者抱头痛哭。

事实证明，读万卷书和行万里路互相矛盾冲突，出门在外除了旅途辛苦，到目的地之后还要和当地文人交游，遇见文君当垆或胡姬压酒，难免醉得一塌糊涂，基本没有时间看书。所以大凡爱好旅游的诗人，包括孟浩然、杜甫、高适、孟郊、卢纶，考试都不是一帆风顺。我一直认为也许李白不考进士是因为他有自知之明，知道自己没有好好学过四书五经。台湾作家张大春说李白不考进士是因为出身商人家庭，我对这种说法深表怀疑，我不信李谪仙有资格出入宫廷供奉翰林，没资格考公务员。就算真有这样的规定，唐玄宗也可以网开一面。

父亲去世后，孟郊家道中落，频繁出游使本来就一贫如洗的他更加饥寒交迫。贫穷的最大好处是没有应酬，没有人打扰你睡懒觉，最大的坏处是饿得难受，根本睡不着。

冷露滴梦破，峭风梳骨寒。

席上印病文，肠中转愁盘。

唐末张为作《诗人主客图》，以孟郊为"清奇僻苦主"；苏东坡倡言"郊寒岛瘦"，后来论者便以孟郊、贾岛为苦吟诗人代表。明朝诗人谢榛认为孟郊诗"苦涩如枯林朔吹，阴崖冻雪，见者靡不惨然"。

韩愈以散文著名，时有"孟诗韩笔"之称。元好问不以为然，认为孟郊不配和韩愈相提并论。

东野穷愁死不休，高天厚地一诗囚。

江山万古潮阳笔，合在元龙百尺楼。

元龙百尺楼的典故出自《三国志·魏志·陈登传》。汉末名士许汜有一天在刘表和刘备面前谈起高士陈登（字元龙），说他曾经路过下邳拜见陈登，陈登对他很不客气，自己睡大床，却让客人睡在角落小床上。刘备问清情况后说："陈登把你当作心怀天下的有识之士，没想到你见面后只知道求田问舍，言无可采，当然对你不客气。如果是我，我会自己高卧百尺楼上却让你睡在地下，岂止是大小高低床的区别？"

当时给孟郊唱赞歌的却正是韩愈师徒。韩愈在写给贾岛的诗中提到"孟郊死葬北邙山，从此风云得暂闲"。李观在《与梁肃补阙书》中说"郊之五言诗，其高处在古无上，平处下顾二谢"，意思是说，孟郊可以轻松超越谢灵运和谢朓。这种说法简直就是在和李白唱反调。谢朓是李白最欣赏的诗人之一，李白对他赞不绝口，"蓬莱文章建安骨，中间小谢又清发""解道澄江静如练，令人长忆谢玄晖"。

孟郊和韩愈在考场上相识，他比韩愈大十五岁。因为韩愈自己考试不顺利，所以他特别同情那些有才学但是不擅长考试的人，他成名后开始为孟郊造势。韩愈不但自己帮孟郊宣传，还动员弟子李翱、李观等人一起为孟郊摇旗呐喊。

孟郊终于在几年之后登第。金榜题名那天，孟郊欣喜若狂。

登科后

昔日龌龊不足夸，今朝放荡思无涯。
春风得意马蹄疾，一日看尽长安花。

孟郊打马狂奔，一口气跑到汴州，然后掉头向南，到了贺知章的家乡越州山阴，几年之后的贞元十七年（801年）才回到长安。吏部把他派去家乡附近的溧阳做县尉。这时孟郊正好五十岁，对自己只能做这么个小官多少有些遗憾。为了给他打气，韩愈特意写了《送孟东野序》。韩愈认为"大凡物不得其平则鸣"，孟郊的处境是上天故意安排的，因为只有穷困才能造就诗人。

到了溧阳之后，孟郊想学古代高士无为而治，不屑于处理那些繁琐公务，主要精力用来游玩写诗。上司一气之下扣除他一半薪资。本来就不富裕的孟郊更加贫穷，饿得没有力气游山玩水，韩愈称他为"酸寒溧阳尉"。

除了韩愈，郑余庆也特别重视孟郊。元和元年（806年），时任河南尹的郑余庆推荐孟郊做了河南水陆转运从事。元和九年，郑余庆转任山南西道节度使，又聘请孟郊为参谋。孟郊欣然赴任，到达河南灵宝时不幸发病身亡。因为一生贫寒，韩愈等人凑钱为他营葬，郑余庆也派人送钱资助他的家人。

晚唐诗人马戴的遭遇和孟郊极为相似。他是定州曲阳即今江苏东海人，久困场屋三十年。他也喜欢到处游历，南及潇湘，北抵幽燕，西出阳关，为了考试还曾久滞长安、隐居华山。直至武宗会昌四年（844年），马戴才和项斯、赵嘏同榜登第，他很可能是赵嘏笔下"太宗皇帝真长策，赚得英雄尽白头"的原型。

马戴的《灞上秋居》写的就是当年艰难备考的情景。

> 灞原风雨定，晚见雁行频。
> 落叶他乡树，寒灯独夜人。
> 空园白露滴，孤壁野僧邻。
> 寄卧郊扉久，何年致此身。

失意的人不免顾影自怜，马戴却连顾影自怜都不敢。他的《落日怅望》使我想起最近几年流行的一句歌词："我在夕阳下怅望，带着流水的哀伤。"

孤云与归鸟，千里片时间。
念我一何滞，辞家久未还。
微阳下乔木，远色隐秋山。
临水不敢照，恐惊平昔颜。

宣宗大中元年（847年），马戴被聘为太原节度使府掌书记，因直言获罪贬为龙阳尉。龙阳即今湖南汉寿。马戴在南游期间，写下《楚江怀古三首》，其中第一首是他诗歌中的翘楚。

露气寒光集，微阳下楚丘。
猿啼洞庭树，人在木兰舟。
广泽生明月，苍山夹乱流。
云中君不降，竟夕自悲秋。

这首诗和张九龄的《望月怀远》都是写月亮的名篇，也是毫无瑕疵的五言经典。"广泽生明月"和"海上生明月"意境相近。

马戴的诗有一种目穷千里、横越大荒的雄浑气象。严羽、杨慎、王士禛、纪晓岚等诗论名家都认为他的诗格远在晚唐其他诗人之上。纪晓岚声言"晚唐诗人马戴骨格最高"。另一位清朝学者叶矫然甚至宣称"晚唐之马戴，盛唐之摩诘也。"

马戴一生仕途也不如意，官终太常博士。但他活到七十岁，明显比孟郊、李贺等人想得开。

前文说过进士考试在唐朝最受重视，但这是个循序渐进的过程，初唐四杰没有一人是进士出身，盛唐五大诗人只有王维、王昌龄是进士，中晚唐伟大诗人几乎全是进士，唯一的例外就是李贺。

李贺，字长吉。和王勃很相似，李贺一样才高八斗，英年早逝。当我们开始惦记邻家美女的时候，他们已经万花丛中过；

当我们开始编造简历找工作的时候，他们已经功成名就；当我们开始发现领导是猪头的时候，他们已经如流星陨落。

他们去世的时候都是二十七岁。李贺在二十七岁时取得的诗歌成就远远超过同样年龄的李白、杜甫，如果不是天妒英才，他完全有可能超越李白。

假如李贺是一个乐观的人，他的一生遭际其实还不错。他家在

《蕉荫读书图》 清_吕彤

河南福昌也就是宜阳，李华笔下那个"芳树无人花自落，春山一路鸟空啼"的地方。父亲做过边上从事和陕县令，虽然不是什么大官，但他毕竟不用做失学儿童。他还得到文坛领袖韩愈欣赏，年少成名千古流芳。

可是李贺偏偏是个悲观的人，在他看来，生在宜阳又如何，他根本无心欣赏节物风光。韩愈赏识是不错，可他更希望像李白那样打动君王。至于千秋万代名，那都是寂寞身后事。他念念不忘的是自己考场失意官场沉沦。在不孝有三无后为大的年代，他竟然没有留下子孙。

少年心事当拏云，从李贺的诗文来看，他曾经心雄万夫。

一

男儿何不带吴钩，收取关山五十州。
请君暂上凌烟阁，若个书生万户侯。

二

寻章摘句老雕虫，晓月当帘挂玉弓。
不见年年辽海上，文章何处哭秋风？

凌烟阁是唐太宗李世民为大唐开国功臣建筑的纪念堂，位于皇城三清殿旁一座不起眼的小楼。最初的二十四位功臣由著名画家阎立本画像，大书法家褚遂良题字。到唐朝末年陆续增加到一百多人。雕虫即雕虫小技，古代文人对自己才能的谦称。

这两首《南园》出自身体瘦弱的李贺之手，多少让人觉得有点纸上谈兵。我想李贺的偶像应该是同样体弱多病的汉朝名将霍去病。李贺这种驰骋疆场建功立业的想法还不是光说不练，从《雁门太守行》来看，他很可能去过边关。

> 黑云压城城欲摧，甲光向日金鳞开。
> 角声满天秋色里，塞上燕脂凝夜紫。
> 半卷红旗临易水，霜重鼓寒声不起。
> 报君黄金台上意，提携玉龙为君死。

燕脂即胭脂，可能代指鲜血。玉龙指宝剑。

此诗是李贺早年最得意的作品。据说当他第一次拜见韩愈的时候，把这首诗放在诗集的最前面。当时韩愈正以都官员外郎分司东都洛阳，那天刚从城外送客回来身体疲倦，门人把李贺的诗集呈上。韩愈随手翻了翻，看到"黑云压城城欲摧，甲光向日金鳞开"，立刻来了精神，叫家人赶紧打开大门迎接李王孙。

李贺初见韩愈还有另一个版本。李贺年少成名，七岁就已名动京城。韩愈和皇甫湜看到他写的诗，却没有见过李贺本人。两人私下议论，"我们博览群书，如果这是古人写的，我们应该知道；如果出自今人之手，我们怎么从未听说？"

这时有人告诉他们这些诗是李贺写的，李贺正跟他父亲李晋肃住在长安。韩愈和皇甫湜决定登门拜访。李晋肃看见名人驾到，赶紧让家人去找李贺。李贺正在后院和小朋友打雪仗呢，头顶碎雪出来见客。韩愈根本不信眼前这个小屁孩就是那些诗歌的作者，决定当场检验李贺的成色。

李贺一边用雪团向小伙伴还击，一边手握毛笔现场直播，这就是《高轩过》。

> 华裾织翠青如葱，金环压辔摇玲珑。马蹄隐隐声隆隆，入门下马气如虹，云是东京才子、文章巨公。二十八宿罗心胸，殿前作赋声摩空，笔补造化天无功，元精耿耿

贯当中。庞眉书客感愁蓬，谁知死草生华风。我今垂翅负天鸿，他日不羞蛇作龙。

元精指天地精华。庞眉可能指少年老成。这首诗写的就是韩愈和皇甫湜登门拜访，不可能弄虚作假。他们大惊之下把李贺扶上马带回官衙，亲为束发奖励有加。

李贺未能参加进士考试，据说和元稹有关。元稹曾经慕名拜访李贺。李贺看见他的名刺，脱口而出说"明经出身的人也好意思来见我？"元稹在门外听到，掉头就走。元稹受了刺激，不久之后发奋读书考取制科第一，随后做了礼部郎官。听说李贺准备考进士，他以维护礼教的名义提出质疑，认为李贺父亲李晋肃的名字和进士同音，李贺出于避讳不应参加进士考试。那些生怕自己不是李贺对手的举子随声附和。李贺竟因此科场失意英年早逝。

东汉末年孔融在写给曹操的《论盛孝章书》中提到"单子独立，孤危愁苦，若使忧能伤人，此子不得永年矣。"这段话仿佛就在说李贺。好在李贺似乎知道自己的宿命和使命，从来没有停止创作。李颀是音乐诗第一作手，后来唯有李贺可以和他相提并论，请看李贺的《李凭箜篌引》。

吴丝蜀桐张高秋，空山凝云颓不流。
湘娥啼竹素女愁，李凭中国弹箜篌。
昆山玉碎凤凰叫，芙蓉泣露香兰笑。
十二门前融冷光，二十三丝动紫皇。
女娲炼石补天处，石破天惊逗秋雨。
梦入神山教神妪，老鱼跳波瘦蛟舞。
吴质不眠倚桂树，露脚斜飞湿寒兔。

吴丝蜀桐代指箜篌，吴地之丝和蜀地之桐是制作箜篌的材料。张高秋是说弹箜篌的时间在深秋。江娥一作湘娥，也就是娥皇女英。素女也是传说中的神女，《汉书·郊祀志上》："秦帝使素女鼓五十弦瑟，帝禁不止，故破其瑟为二十五弦。"十二门是指长安所有城门，长安城东西南北各有三道城门。紫皇指皇帝，道教称天上最尊的神为"紫皇"，李凭是梨园子弟，常为唐朝皇室弹箜篌。吴质即吴刚，传说他是山陕交界的西河人，因学仙犯错被罚在月中砍伐那棵高达五百丈的月桂树。他的工作完全徒劳，因为月桂树被砍开的地方会随即愈合。这个传说和古希腊神话西西弗斯推巨石上山如出一辙。

我从不怀疑天才的存在，但我所说的天才是那种后天努力无法达到的境界，而不是勤学苦练就可以做到的人才。晚唐到晚清正好一千年，在这一千年的时间里，无数绝顶聪明的人都在写作格律诗。可是即使苏东坡这样的古今第一才人，也写不出唐人那种天籁般纯粹的好诗。从这个意义上说，唐朝有无数天才诗人，而"唐诗三李"李白、李贺、李商隐又是其中翘楚。

李白、李贺、李商隐写诗的视角，经常是从上往下看，仿佛站在大罗天上，这是他们属于天才的又一佐证。李白在《关山月》中写到"明月出天山，苍茫云海间。长风几万里，吹度玉门关"，能够看到这个壮观场面的只有天上的神仙。

李贺的《梦天》描述的情景也只有神仙才能看见。

老兔寒蟾泣天色，云楼半开壁斜白。
玉轮轧露湿团光，鸾佩相逢桂香陌。
黄尘清水三山下，更变千年如走马。
遥望齐州九点烟，一泓海水杯中泻。

报国无门,投考无路,心高气傲的李贺不甘心做奉礼郎这样的科级干部,他告别韩愈等师友失意东归。不管文学史家考证的结果如何,我都相信李贺就在此时写下了他的另一首代表作《金铜仙人辞汉歌》。李贺离开长安,就像金铜仙人辞汉,无情有恨,清泪如铅。

茂陵刘郎秋风客,夜闻马嘶晓无迹。
画栏桂树悬秋香,三十六宫土花碧。
魏官牵车指千里,东关酸风射眸子。
空将汉月出宫门,忆君清泪如铅水。
衰兰送客咸阳道,天若有情天亦老。
携盘独出月荒凉,渭城已远波声小。

这首诗诗前有序:"魏明帝青龙元年八月,诏宫官牵车西取汉孝武捧露盘仙人,欲立致前殿。宫官既拆盘,仙人临载,乃潸然泪下。唐诸王孙李长吉遂作《金铜仙人辞汉歌》。"

"茂陵刘郎秋风客"指汉武帝刘彻和他的《秋风辞》,汉武帝去世后安葬在今陕西省兴平县东北的茂陵。神明台上手捧承露盘的金铜仙人正是汉武帝所造,刘彻以为把仙露和玉屑混在一起服用可以长生不老。"夜闻马嘶晓无迹",传说汉武帝的魂魄出入汉宫,有人曾在深夜听到他的马嘶。

李贺回到故乡昌谷,从此以后他把全部精力都用来写诗,每天骑着一头毛驴出门转悠,身后跟着一个小奚奴。小奚奴应该是个少数民族儿童,他帮李贺背着笔墨锦囊。李贺有了灵感后立刻取出纸笔记录,写好后丢进锦囊,傍晚回家再整理成篇。他母亲郑夫人看他呕心沥血,暗暗担心,可是又无法阻拦,因为她知道现在写诗是李贺唯一的爱好,如果连这也不让他遂心,很可能会要了他的命。

韩愈始终关心李贺，他推荐李贺去潞州投奔他的侄婿张彻。可是李贺还是郁郁不得志，不久又回到家乡，终于忧思成疾。据说李贺临终前，忽然在大白天看见一个骑着赤龙的红衣仙人。那仙人手持玉版，上面刻着太古篆字或霹雳石文，声称奉命来召李长吉。李贺不认识这些字也不想升天，下床叩头求情："母亲年老多病，我不能离开她。"

红衣仙人笑着说："天帝建成白玉楼，请你去写篇文赋庆祝。你放心，不会让你受苦。"

李贺害怕啼哭，当时旁边很多人都见证了这一幕。过了一会儿，李贺就没有了气息，而空中雷声隐隐，仙乐风飘。"几回天上葬神仙，漏声相将无断绝"，李贺在他的诗里早已预见到自己的归宿。

晚唐两位伟大诗人李商隐、杜牧都为他写序作传。

李商隐闲坐悲君亦自悲，不忿李贺一生沉沦。

杜牧极力称赞李贺的才能，认为"使贺且未死，少加以理，奴仆命骚可也"。"骚"是指屈原的离骚，奴仆命骚就是凌驾离骚。

> 云烟绵联，不足为其态也；水之迢迢，不足为其情也；春之盎盎，不足为其和也；秋之明洁，不足为其格也；风樯阵马，不足为其勇也；瓦棺篆鼎，不足为其古也；时花美女，不足为其色也；荒国陊殿，梗莽邱垄，不足为其怨恨悲愁也；鲸呿鳌掷，牛鬼蛇神，不足为其虚荒诞幻也。

太白仙才，长吉鬼才。《李凭箜篌引》《金铜仙人辞汉歌》《雁门太守行》《浩歌》《梦天》绝不在李白那些神作之下。而用"向前敲瘦骨，犹自带铜声"写马，独此一家，李白见了也只有惊讶。

李贺被称为鬼才还和钱塘名妓苏小小有关。他的《苏小小墓》写得如此凄美。苏小小因此成为史上最美丽女鬼。

> 幽兰露，如啼眼。无物结同心，烟花不堪剪。草如茵，松如盖。风为裳，水为佩。油壁车，夕相待。冷翠烛，劳光彩。西陵下，风吹雨。

在大唐光辉灿烂的文明背后，无数臣民为此作出牺牲，可怜无定河边骨，犹是春闺梦里人。唐诗是大唐文明的最重要组成部分，可是诗人大多落魄终生。李贺的一生短暂而光辉，极度自信又极度自卑。他的天分不在李白之下，所以极度自信；可是他没能考中进士，只做过奉礼郎，又让他极度自卑。曾经供奉翰林的李白可以聊以自慰，李贺却始终无法释怀。他临终前幻觉上天把他召回，可是我们看到的却是一种深深的悲哀和无奈。

第二十三回

贾岛推敲月下门　张祜往来瓜洲渡

有些东南亚国家崇信佛教，每个男人一生都必须做一次和尚，像服义务兵役一样。中国人出家往往是因为情感受伤、坏事做尽希望佛祖原谅、高人断言必须出家才能健康成长，更多的人是因为家里太穷而把寺庙当作免费提供食宿的地方，所以有人认为我们没有宗教信仰。贾岛和朱元璋、李自成都属于后一种情况。

贾岛是幽州范阳人，早年为了考试倾家荡产，老婆一气之下带着孩子回了娘家。贾岛饿得头昏眼花，正好这时已经做了和尚的表弟无可上人来看他。

表弟开玩笑说："要不你像我一样出家得了。"

贾岛觉得这办法可行，寺庙确实是个读书的好地方，不但管饭还清净。无可上人知道愤世嫉俗的贾岛出家只是权宜之计，害怕将来会受牵连，所以不敢把他引进自己所在的寺庙，建议他去五台山。

五台山是佛教名山，山上到处都是寺庙。接纳贾岛这种参加过进士考试的人可以提高知名度，所以寺庙竞相发出邀约。贾岛平生

第一次感到尊重知识尊重人才的口号不是忽悠。他挑选一家建筑比较气派、住宿条件比较好的寺庙落发后，开始在晨钟暮鼓中温习功课。

为了感谢表弟的启发和帮助，他一直在写《送无可上人》，经过三年时间才完成。

> 圭峰霁色新，送此草堂人。
> 麈尾同离寺，蛩鸣暂别亲。
> 独行潭底影，数息树边身。
> 终有烟霞约，天台作近邻。

圭峰据说是长安附近的一座山峰。霁是指雨雪后天气转晴。祖咏《终南望余雪》："林表明霁色，城中增暮寒。"天台通常是指神话仙境，另外佛教有天台宗，浙江天台山既是佛教名山也是道教名山，号称"佛宗道源，山水神秀"。

贾岛在"独行潭底影，数息树边身"句下注解道"二句三年得，一吟双泪流。知音如不赏，归卧故山秋"。从此大家都知道贾岛是个苦吟诗人。

住持方丈以为捡了个宝，但很快发现贾岛根本无心清修，饭量倒是不小。贾岛嫌庙里的素菜油水不够，偶尔还去山下偷鸡摸狗。方丈顺应广大僧众的要求把贾岛赶走。

贾岛凭着自己的知名度，很快又被五台山其他寺庙接收。和尚们遵照方丈指示精神，不传谣不信谣，所以每家寺庙开始的时候都不知道贾岛的恶习，直到忍无可忍把他撵跑。

每年到了进士考试的时候，贾岛就找借口溜出寺庙，戴上假发去京城赶考，考试失利又藏起假发回庙。多次落第使他越来越急躁，他在考试时"吟病蝉之句以刺公卿"，不但再次落第，还被礼部列为举场十大恶人之一。

贾岛知道自己继续隐瞒身份意义不大，干脆就在洛阳寺庙出家。自从虔信佛教的唐宪宗被宦官杀死后，唐朝皇帝对佛教越来越没好感，唐宪宗的孙子唐武宗甚至下达"杀沙门令"，导演中国历史上最大规模的一次禁毁佛教事件，史称"会昌法难"。贾岛虽然没有赶上这场浩劫，但也差点被当时官方对和尚的限制令气死。官府当时规定僧尼午后不得出寺。贾岛写诗抱怨自己"不如牛与羊，犹得日暮归。"由于他的抱怨说出了全体和尚的心声，贾岛成为洛阳上百座寺庙中最受欢迎的人，连之前看他不顺眼的住持也不敢和他为难。限止和尚外出的禁令取消之后，贾岛成为出家人中的明星，一颗光头照亮两京。

贾岛知道做和尚始终不是自己的理想，所以他还是把主要精力放在写诗上，希望诗名能改变世人对他的恶劣印象并帮助他题名金榜。他的《忆江上吴处士》使他得到很多诗人赞赏。

闽国扬帆去，蟾蜍亏复圆。
秋风生渭水，落叶满长安。
此地聚会夕，当时雷雨寒。
兰桡殊未返，消息海云端。

闽国指福建，蟾蜍指月亮。兰桡相当于古代诗词中经常出现的木兰舟。

这首诗和赵嘏的《长安秋望》一时瑜亮，都是描写长安秋景的绝唱。贾岛的诗名越来越响，有些已经成名的诗人主动和他交往，其中就有后来经常和他相提并论的姚合。在姚合眼里，贾岛"发狂吟如哭，愁来坐似禅"，已经接近癫狂。

有一次，贾岛去终南山中访问朋友李凝，觉得李家清幽宁静，非常适合修身养性，所以写了一首《题李凝幽居》，相约不久之后

还要来访。

> 闲居少邻并，草径入荒园。
> 鸟宿池边树，僧推月下门。
> 过桥分野色，移石动云根。
> 暂去还来此，幽期不负言。

可是对"鸟宿池边树，僧推月下门"一联中的"推"字，他却反复犹豫不能确定，一会儿觉得推字不错，一会又觉得敲字更好。他只顾着"推""敲"不定，没注意自己的毛驴横穿马路，直接冲向一架前面有军士开道的官轿。小毛驴耳濡目染，和主人一样逢官必反。军士把贾岛按倒在地。因为当年李师道等人派进京城的刺客也是伪装成和尚，所以禁军看见光头就怀疑是恐怖分子。他们从贾岛行李中搜出一把锋利的宝剑，更加确定贾岛试图行刺。

贾岛连忙求饶，说自己只顾着吟诗，小毛驴失去控制，并非意图行刺。这时官轿上坐着的官员掀开帘子问："你叫什么名字？"

贾岛老实交代。

那官员接着问："你一个出家人，不想行刺带剑干嘛？"

"宝剑是朋友送给我防身的。我刚去终南山探望朋友，山上有老虎，我怕它们听不懂我念咒。"

那官员问："十年磨一剑，霜刃未曾试。今日把示君，谁为不平事——是不是你写的？"

"是。"

"看来你想用宝剑行侠仗义？"

"说大话和实际行动是两码事。"

"你刚才在写什么诗？"

贾岛把《题李凝幽居》念了一遍。

那官员说："我觉得僧敲月下门比僧推月下门好。"

贾岛念了几遍"鸟宿池边树，僧敲月下门"，决定听从这位官员的意见。

"多谢大人指点。敢问大人尊姓大名？"

"在下昌黎韩愈。"

贾岛没想到眼前坐着的白胡子官员竟然是文坛领袖京兆尹韩愈，立刻躬身下拜。韩愈把他带回府里盛情款待，并写诗高度赞扬贾岛。

> 孟郊死葬北邙山，从此风云得暂闲。
> 天恐文章中断绝，再生贾岛在人间。

贾岛因此声名大振，经常接到城中名人的邀请。

按照常理，贾岛有文坛领袖韩愈推荐，考进士应该易如反掌。可是事实正好相反。因为他得罪了比韩愈地位更高的人。

晋国公裴度是中兴重臣，出将入相，除了少数几个开国元勋，他在唐朝历史上的地位仅次于平定安史之乱的郭子仪。他的府第在长安兴化里。贾岛多次落第之后，认为是权贵排斥他，所以把矛头指向裴度。正好裴度在家大兴土木，贾岛立刻写了《题兴化园亭》进行讽刺。

> 破却千家作一池，不栽桃李种蔷薇。
> 蔷薇花落秋风起，荆棘满庭君始知。

裴度威望很高，当时著名诗人白居易、刘禹锡、韩愈、柳宗元都和他关系良好，韩愈还曾是他的下属，所以朝野都认为贾岛桀骜不驯，像条疯狗一样乱咬。

贾岛还做过更过分的事，他直接得罪了皇帝。有一天，唐宣宗微服私访来到贾岛出家的寺庙，听到有人吟诗便循声登楼，随手拿起案上诗稿。贾岛劈手夺走。他瞪眼对皇帝说："郎君鲜衣美服，一看就是个饱食终日无所事事的贵公子。我相信你吃喝玩乐样样精通，但这个你不懂。"随行的大内高手暗运内力，想让贾岛见识一下大力金刚掌，被皇帝使眼色制止。

唐宣宗回到皇宫，立刻传旨召见贾岛。贾岛以为自己时来运转，兴冲冲骑驴赶到。皇帝和蔼可亲，对贾岛的"秋风生渭水，落叶满长安""鸟宿池边树，僧敲月下门"如数家珍。

贾岛没想到自己的诗能得到皇帝赞扬，非常激动。

"这几句诗确实是贫僧得意之作。"

"你觉得朕能看懂你的诗？"

"当然，陛下聪明圣哲……"

"那你刚才怎么说朕不懂呢？"

贾岛忍不住抬头，发现皇帝就是刚才被自己轻视的那个贵公子，吓得魂飞魄散，磕头流血。

贾岛偶遇皇帝并出言不逊的事太过传奇，后来温庭筠有过同样的遭遇。但似乎贾岛的故事不完全是后人编造，因为唐朝不止一个诗人提到。做过贾岛同僚的安锜说："骑驴冲大尹，夺卷忤宣宗。"李克恭也说："宣宗谪去为闲事，韩愈知来已振名。"

贾岛知道得罪皇帝凶多吉少，第二天一早收拾行李赶紧逃跑，在并州一住十年，直到唐宣宗去世才敢回京。离开并州的时候写下名作《渡桑干河》。

客舍并州已十霜，归心日夜忆咸阳。

无端更渡桑干水，却望并州是故乡。

在韩愈等人帮助下，贾岛做了晋州司户，唐文宗时因涉嫌诽谤，被贬为长江（今四川蓬溪）主簿，因此人称贾长江。后由长江主簿降职普州司仓参军。贾岛晚年孤苦伶仃，武宗会昌三年（843年）因吃牛肉得病死于驿馆。又一著名诗人被牛肉夺命。

贾岛的诗歌和他的苦吟精神深刻影响晚唐五代。晚唐李洞、五代孙晟等人都对贾岛非常崇拜。李洞把贾岛的小铜像随身携带，逢人就称赞贾岛的诗才。有人要是胆敢非议贾岛，小铜像立刻就会变成飞镖。

唐朝和尚有诗才的不少。贾岛之外最著名的和尚诗人是皎然。皎然是吴兴人，传说他是谢灵运十世孙。韦应物做苏州刺史的时候，皎然曾去请教过如何写诗，而他又做过刘禹锡的老师。他不但能写诗，还有诗歌理论传世。皎然最有名的诗是《寻陆鸿渐不遇》。

移家虽带郭，野径入桑麻。
近种篱边菊，秋来未著花。
扣门无犬吠，欲去问西家。
报道山中去，归来每日斜。

陆鸿渐就是茶圣陆羽。皎然也是茶道高手。

晚唐另一个知名和尚贯休是徽州婺源人。镇海节度使钱镠因功加授"检校太尉兼中书令"。贯休趁机去帮灵隐寺化缘。钱镠看了贯休的贺诗《献钱尚父》，当场决定给钱。

贵逼身来不自由，龙骧凤翥势难收。
满堂花醉三千客，一剑霜寒十四州。
鼓角揭天嘉气冷，风涛动地海山秋。
他年名上凌烟阁，岂羡当时万户侯。

龙骧凤翥相当于龙飞凤舞。钱镠意犹未足，希望贯休把"十四州"改为"四十州"。贯休看出钱镠野心勃勃，带着赏钱连夜逃走。

唐朝著名诗人只有两个人从来没有做过官领过俸禄，一是盛唐的孟浩然，一是晚唐的张祜。时人认为张祜是孟浩然转世，张祜本人也以此自嘲，"贺知章口徒劳说，孟浩然身更不疑"。

张祜是河北清河人。清河张氏是中国历史上屈指可数的名门望族。如果只看历史影响，清河张氏甚至超越琅琊王氏，因为他们拥有战国张仪、西汉张良。

张祜自负雄才，他甚至把自己比作诗仙李白，惋惜自己没有遇见贺知章这样的伯乐，"古来名下岂虚为，李白颠狂自称时。唯恨世间无贺老，谪仙长在没人知"。他写《书愤》的时候刚刚三十出头，这个年龄没有封侯他就已经急不可耐，可见他的进取心超过李白。

三十未封侯，颠狂遍九州。

平生镆铘剑，不报小人仇。

张祜喜欢江南山水，长期定居苏州，往来扬州、杭州一带。年轻时的张祜和盛唐王翰一样，结交权贵，挥金如土，纵饮狂歌，飞扬跋扈，江湖人称张公子。

有一次他去拜见淮南节度使李绅，自称"钓鳌客"。

李绅问："你钓鳌用什么做鱼竿？"

"彩虹。"

"鱼钩呢？"

"新月。"

"用什么做鱼饵？"

"相公就是我的鱼饵。"

李绅觉得张祜豪气干云，和自己年轻时很像，当即予以重赏。

近代_溥心畬

那时年少轻狂的张祜目空一切，无意之间冷落过出身寒微的元稹，所以元稹怀恨在心。当天平节度使令狐楚推荐张祜做官的时候，皇帝征求元稹的意见。元稹对皇帝说，张祜轻薄无行，除了会写几首流行歌曲，毫无理政能力，陛下如果提拔这种人，肯定会败坏社会风气。

张祜无奈回到淮南，继续挥金如土，可能就是因此认识了年轻的杜牧。杜牧那时落魄江湖，张祜经常解囊相助。在杜牧帮助下，张祜很快把家产挥霍一空，只好离开物价昂贵的苏州，隐居丹阳曲

阿。他在晚年曾经回过一趟清河故乡，当年才华横溢、踌躇满志，肩负着家族希望的张公子如今一事无成，所以很不招乡人待见。张祜写了首《感归》自我调侃："行却江南路几千，归来不把一文钱。乡人笑我穷寒鬼，还似襄阳孟浩然。"

可能是因为自己的际遇和孟浩然太相似，时人也多次拿孟浩然和他相比，所以张祜不远千里专程去襄阳参观孟浩然故居，并写下《题孟处士宅》："高才何必贵，下位不妨贤。孟简虽持节，襄阳属浩然。"

张祜写过一首很有名的《宫词》。这首诗被谱成流行歌曲后家喻户晓。皇城里的妃嫔宫女因为有切身感受，更是曲不离口。

故国三千里，深宫二十年。
一声何满子，双泪落君前。

相传何满子是开元年间河北沧州著名歌妓，犯罪后向唐玄宗献歌请求免死。白居易说唐玄宗置之不理，元稹的说法恰好相反。后来何满子成为歌曲名，再后来词牌也出现《何满子》。

唐武宗病重时，生怕他最宠爱的孟才人将来会无家可归，所以想提前做好安排。

"朕走了之后你怎么办？"

孟才人说："陛下万寿无疆，永远不会离开臣妾。"

"都到这时候了，我们就不用再自欺欺人了。你有什么想法尽管说出来，趁朕还有一口气在，可以提前为你安排。"

孟才人流泪不语。

唐武宗说："你如果想回家乡和亲人团聚，朕一定答应你。"

孟才人知道皇帝其实希望她殉葬，所以岔开话题。

"陛下，请让臣妾再为您唱一遍张祜的《宫词》吧。"

唐武宗点头。

孟才人拿起琵琶，调好弦音之后开始自弹自唱。她反复唱了数遍，忽然放下琵琶倒在地上。太监上前用手在她唇边一探，发现孟才人已经气绝身亡。

张祜听说这件事后，又写了一首《宫词》纪念孟才人："自倚能歌日，先皇掌上怜。新声何处唱，肠断李延年。"对自己的诗歌产生这么大的影响，张祜有些得意扬扬。他在诗中反复提起孟才人："偶因歌态咏娇颦，传唱宫中十二春。却为一声何满子，下泉须吊旧才人。"

间接导致张祜破产的杜牧深感内疚，开始为张祜敲锣打鼓。他对张祜的《宫词》不吝赞美之词："可怜故国三千里，虚唱歌词满六宫。"杜牧不但自己力挺张祜，还无情反击压制张祜的元稹和白居易。

白居易做杭州刺史的时候，诗人徐凝和张祜都希望他推荐自己考进士。白居易最终选择"今古长如白练飞，一条界破青山色"的作者徐凝。张祜气得拂袖而去。白居易未必针对张祜，但因为他是元稹的好友，所以杜牧认定他和元稹是一丘之貉。他写诗讽刺元、白两人有眼无珠。

> 睫在眼前人不见，道于身外更何求。
> 谁人得似张公子，千首诗轻万户侯。

这还不解恨，后来杜牧又在为人写墓志铭时批评元白两人的新乐府纤艳不逞，传播靡靡之音。

张祜和杜牧都喜欢山温水软的江南，都喜欢谈兵论剑。张祜比杜牧更悠闲，所以他的诗歌虽然不如杜牧飞扬豪俊，但是多了一些婉转轻灵。比如他的名作《题金陵渡》。

> 金陵津渡小山楼，一宿行人自可愁。
> 潮落夜江斜月里，两三星火是瓜洲。

这是古典诗词呈现的最美夜景，只有《枫桥夜泊》可以相提并论。

江南山清水秀，可是很多当地人身在福中不知福，有些杭州人几年都不去一次西湖。所以把江南写得最好的诗歌，往往出自张继、杜牧和张祜这样的外来诗人之手。张祜也写过一首《枫桥》。

> 长洲苑外草萧萧，却算游程岁月遥。
> 唯有别时今不忘，暮烟疏雨过枫桥。

我印象中写江南烟雨的诗，只有戴叔伦的《苏溪亭》同样美丽。张祜比杜牧更爱南方和扬州，因为他决定要在这里终老。

> 十里长街市井连，月明桥上看神仙。
> 人生只合扬州老，禅智山光好墓田。

这首《纵游淮南》也是我最喜欢的唐诗之一。禅智和山光是扬州两座寺庙的名字。

张祜认定自己就是孟浩然，没有做官始终是他的遗憾。其实他应该心满意足心宽体胖，不是所有人都能得到杜郎俊赏。张祜比杜牧提前一年离开人间。相信即使他因为穷困力不从心，杜牧也会让他长眠在禅智山前。

张祜最著名的诗是《题金陵渡》。金陵渡在江苏镇江。在他往来金陵渡的时候，曾去拜访过镇江当地诗人许浑。许浑祖籍安州安陆，他的六世祖是武后朝宰相许圉师，而李白的第一位夫人是许圉师的孙女。许浑进士及第后做过安徽当涂令、监察御史，而当涂又是李白逝世的地方。许浑和李白真有缘分。

许浑官终睦、郢二州刺史，晚年回到润州丁卯桥村舍闲居，自编诗集《丁卯集》。

许浑擅写登临怀古，比如《咸阳城西楼晚眺》。

> 一上高城万里愁，蒹葭杨柳似汀洲。
> 溪云初起日沉阁，山雨欲来风满楼。
> 鸟下绿芜秦苑夕，蝉鸣黄叶汉宫秋。
> 行人莫问当年事，故国东来渭水流。

"溪云初起日沉阁，山雨欲来风满楼"是古今传诵的名联。此外许浑的《秋日赴阙题潼关驿楼》。

> 红叶晚萧萧，长亭酒一瓢。
> 残云归太华，疏雨过中条。
> 树色随关迥，河声入海遥。
> 帝乡明日到，犹自梦渔樵。

他的诗经常写到水，故有"许浑千首湿"之说。除了上面几首，还有《早秋》。

> 遥夜泛清瑟，西风生翠萝。
> 残萤栖玉露，早雁拂金河。
> 高树晓还密，远山晴更多。
> 淮南一叶下，自觉洞庭波。

以上几首诗均入选《唐诗三百首》。唐朝历史正好在三百年上

下，理论上《唐诗三百首》中的每一首诗歌都堪称年度最佳，但事实并非如此，其中有些入选诗歌存在争议，比如唐玄宗李隆基的《经鲁祭孔子而叹之》。不过从来没有人认为许浑的这几首诗名不副实。

许浑的诗现存五百首左右，没有一首古体。近体中又擅长律诗，属对之精切甚至超越杜诗，人称"声律之熟无如浑者"。据说许浑还是杜牧《清明》一诗的真正作者，南唐编选《千家诗》时张冠李戴。

第二十四回

沧海月明珠有泪　秋尽江南草未凋

六朝人物晚唐诗。

如果把唐诗比作一位绝世美人，那么晚唐诗就是她临去秋波那一转。

六朝人物晚唐诗的意思是，六朝的人物最风流，晚唐的诗歌最美好。

李白、杜甫是盛唐的泰山北斗，晚唐最著名的诗人也是李杜。这又是一个神奇的巧合。

李白比杜甫大十一岁，李商隐比杜牧小十一岁。

很多人都认为李商隐和杜牧就是李白、杜甫再生。不过上天似乎忙中出错，他把杜甫的颠沛流离给了李商隐，而杜牧则传承了李白的豪俊风流。

中唐以后，天下有"扬一益二"的说法，意思是扬州最富庶，益州其次，两个在安史之乱中没有经受战火的城市迅速崛起。杜牧祖父杜佑做过淮南节度使，淮南节度使就在扬州开府，所以他和扬州既是一见钟情，也是前生约定。除了短暂回到故乡长安和东都洛

阳，杜牧成年之后一直流连在以扬州为中心的南方。《寄扬州韩绰判官》写的是他心目中的江南。

青山隐隐水迢迢，秋尽江南草未凋。
二十四桥明月夜，玉人何处教吹箫。

关于二十四桥有两种说法，一说为二十四座桥，北宋沈括《梦溪笔谈》甚至考证出每座桥的方位和名称。一说有一座桥名叫二十四桥，因古代有二十四位美人吹箫于此而得名。

官场中人都是想方设法进入长安，杜牧却是千方百计回到江南。所以把江南写得风情万种的诗人，首屈一指的竟是北方才子杜牧。

杜牧对扬州就像苏东坡对杭州。自从杜牧来过之后，扬州就成了杜牧的扬州，所以我戏称他为扬州牧。苏东坡使杭州在江南脱颖而出，但杭州却不是苏东坡一生最重要的地方，黄州才是他的福地，他最重要的诗文和他的东坡名号都来自这里。巧合的是，杜牧也做过黄州刺史。如果黄州山水有灵，为什么没有襄助杜牧？可见诗人和山水之间也要投缘，相看两不厌，只有敬亭山。

性格决定命运，这句老生常谈在杜牧和李商隐身上得到最好的体现。杜牧从来笑口常开，爱江山也爱美人，所以他看到的风景都是明丽的山水摄影。

江南春

千里莺啼绿映红，水村山郭酒旗风。
南朝四百八十寺，多少楼台烟雨中。

山行

远上寒山石径斜，白云深处有人家。

停车坐爱枫林晚,霜叶红于二月花。

在杜牧笔下,即使是雨中寥落的清明,也像是身穿孝服的女子,有一种冷艳清绝的美丽。

清明

清明时节雨纷纷,路上行人欲断魂。
借问酒家何处有,牧童遥指杏花村。

李商隐一生愁眉不展,所以他即使登临览胜,我们看到的也只是他内心的风景,而偏偏他的内心,比女性还多愁善感。

夕阳楼

花明柳暗绕天愁,上尽重城更上楼。
欲问孤鸿向何处?不知身世自悠悠。

板桥晓别

回望高城落晓河,长亭窗户压微波。
水仙欲上鲤鱼去,一夜芙蓉红泪多。

"水仙欲上鲤鱼去"的典故出自《列仙传》,赵国人琴高会神仙术,曾乘赤鲤来,留月余复入水去。"一夜芙蓉红泪多"的典故出自《拾遗记》,魏文帝美人薛灵芸离别父母登车上路,用玉唾壶承泪,壶呈红色,及至京师,壶中泪凝如血。

同样是父亲早逝,家道中落,按理来说心理落差更大的应该是杜牧。杜牧的祖父杜佑做过唐德宗、顺宗、宪宗三朝宰相,而李商隐的门第出身就要低得多,从高祖到父亲最大的官就是县令。

杜牧二十三岁写成《阿房宫赋》，立刻天下知名。其他举子整天在为行卷奔忙，杜牧却只需要安坐家中，就有高官名人主动拜访。这些高官名人就像现代社会的明星经纪人，为了争夺杜牧这个当红新星不择手段，其中最欣赏杜牧的是太学博士吴武陵。

唐文宗大和二年（828年），进士考试确定在洛阳举行，主考是礼部侍郎崔郾。吴武陵从此以后就缠上了崔侍郎。只要崔郾出现的地方，吴武陵和他的毛驴也会到场，见面之后二话不说，立刻掏出《阿房宫赋》对着崔郾朗诵。崔郾苦不堪言，只好躲在家里不出门。

崔郾从长安出发前往洛阳那天，百官公卿都到郊外为他饯行。正当大家诗酒往还的时候，吴武陵再次骑着毛驴出现。崔郾不便发作，只好耐着性子和吴武陵谈判。

"你到底想怎样？"

"请大人取杜牧为状元。"

"状元已经有人了。"

"我不信有谁比杜牧更牛。"

"不但状元定下来了，前三名也已经答应人家了。我知道杜牧有才，但我也没办法，这些举子的靠山一个比一个大。"

吴武陵急了。

"如果今年杜牧不在前五名，我肯定跟你没完。"

放榜后，杜牧果然中了进士第五名。

唐朝科举考试到了中晚唐之后，风气逐渐变坏。杜牧虽然家世才学一流，却只能屈居第五。也就是说在主考官眼里，杜牧虽然是杜佑的孙子，但杜佑毕竟不是现任宰执，所以必须照顾那些当朝权贵推荐的举子。崔郾号称公允尚且如此，何况其他主考？

虽然没有得到预期的状元，但杜牧还是很高兴。

东都放榜未花开，三十三人走马回。

> 秦地少年多酿酒，却将春色入关来。

杜牧随即又报考了贤良方正直言极谏科，新科进士中只有他一人通过。此前他和同年进士曾经一起去过平康里，所以当他再次出现在这里庆祝"重登科"的时候，那些歌妓很好奇。

> 星汉离宫月出轮，满街含笑绮罗春。
> 花前每被青娥问：何事重来只一人？

杜牧的一生每一阶段都和美女有关。中国古代的著名文人只有杜牧毫无顾忌地追逐美女，从不掩饰自己爱江山更爱美人。

李商隐十六岁开始引起天平军节度使令狐楚注意。令狐楚不但出将入相，位高权重，还是骈文写作大家。唐代古文运动虽然气势如虹，但政府公文还是骈体文的天下。令狐楚非常欣赏李商隐的才华，不但亲自教他写作骈体文，还送钱给他养家。李商隐的骈体文突飞猛进，他年轻时最出名的不是诗歌而是骈文。这种骈体文训练强烈影响他的诗风，后来他的诗歌辞采华丽，典雅精致，就是得益于他深厚的骈文功底。

李商隐和杜牧一样年少成名，但他却屡试不第，有人考证他可能从十五岁就开始参加进士考试，直到十年之后才在令狐楚之子令狐绹关照下考中进士。

文宗开成三年（838年）的主考官是令狐绹的好朋友，他在和令狐绹聚会的时候主动要求提供帮助。

"郎君有没有需要照顾的熟人？"

"李商隐，李商隐，always 李商隐。"

这件事李商隐在给朋友的书信里自己提起，可见千真万确绝无可疑。

连过两个考试大关后,杜牧按惯例被授予弘文馆校书郎,试左武卫兵曹参军。急于进取的杜牧没心思在弘文馆整理图书,当年年底应江西观察使沈传师之召,奔赴洪州做了江西团练巡官。沈氏兄弟爱好文学,李贺等当时著名诗人都得到他们关照。李贺去世后,沈传师之弟沈述师还请杜牧撰写《李贺集序》。杜牧在沈传师面前多少有些拘束,所以更喜欢和沈述师交游。他经常往沈述师家中跑,还看上了沈家的歌女张好好。

沈述师知道杜牧年少轻狂风流放浪,自己家里的歌女也喜欢杜郎,所以抢先一步把张好好纳为小妾,断了杜牧的念想。大和八年,杜牧和张好好相遇洛阳,此时沈述师已经去世,张好好沦落为街头小馆当垆卖酒的老板娘。杜牧感慨万千,回去写了一首五言长篇《张好好诗》。这首诗的原稿历经千年风雨,和李白的《上阳台帖》真迹一道流传至今,成为故宫博物院的镇馆之宝。

在洛阳郊外的金谷园,杜牧想起了另一位薄命红颜绿珠。

繁华事散逐香尘,流水无情草自春。
日暮东风怨啼鸟,落花犹似坠楼人。

李商隐考中进士的当年,对他有知遇之恩的令狐楚病逝。在帮助令狐绹料理完令狐楚的丧事后不久,李商隐应泾原节度使王茂元之邀去做幕僚。这件事让李商隐得到一个美丽温柔的妻子,同时失去了做翰林学士的机遇。本来翰林学士知制诰这个代表文人最高荣耀的职位几乎是为李商隐量身定做的,纵观华夏数千年历史,有谁比李商隐更擅长书写华美典雅的文字?

其时牛李党争激烈,王茂元与李德裕交好,被视为李党的大将,而令狐楚父子属于牛党。李商隐做了王茂元女婿之后,令狐绹的同党立刻把李商隐视为叛徒。他们做手脚让李商隐的博学宏词考试没有通过。李商隐以《安定城楼》宣泄自己被陷害的愤怒。

> 迢递高城百尺楼，绿杨枝外尽汀洲。
> 贾生年少虚垂涕，王粲春来更远游。
> 永忆江湖归白发，欲回天地入扁舟。
> 不知腐鼠成滋味，猜意鹓雏竟未休。

安定即安定郡，在今甘肃省泾川县北，唐朝泾原节度使驻节地。"贾生年少虚垂涕，王粲春来更远游"，贾生指西汉贾谊，贾谊认为"时事可为痛哭者一，可为流涕者二，可为太息者六"，因此多次向汉文帝上书。文帝不纳。贾谊呕血而亡，年仅三十三岁。王粲是东汉末年建安七子之一，他在年轻时曾流寓荆州依附刘表，郁郁不得志，于春日作《登楼赋》，感慨"虽信美而非吾土兮，曾何足以少留？""欲回天地入扁舟"说的是春秋时范蠡故事，范蠡辅佐越王勾践灭吴后，乘扁舟归隐五湖。最后一句的典故来自《庄子·秋水》，鹓雏是古代传说中一种很像凤凰的鸟，不屑于和鸱鸮争夺腐鼠。

王安石特别欣赏"永忆江湖归白发，欲回天地入扁舟"，认为有杜甫老成之风。杜甫的诗歌在五十岁之后才炉火纯青，而李商隐写这首诗的时候只有他一半的年龄。

开成四年，李商隐再次参加吏部考试，这一次顺利通过并做了秘书省校书郎，不久之后调任弘农尉。李商隐自作主张为犯人减刑，遭到上司训斥后愤而辞职回到洛阳。李商隐婚后买不起房，长时间寄住在洛阳崇让坊岳父家，多愁善感的李义山难免觉得寄人篱下。

李商隐的人生态度远不如杜牧潇洒。杜牧能够做到随遇而安，只要有美酒美女，他从不怨天尤人。沈传师从江西观察使转任宣歙观察使，杜牧也跟随到宣城。宣城离南京不远，以杜牧好玩的心

性，肯定趁机到此一游。所以我推断他的名作《泊秦淮》就写于这个时候。

> 烟笼寒水月笼纱，夜泊秦淮近酒家。
> 商女不知亡国恨，隔江犹唱后庭花。

商女指歌女。后庭花即《玉树后庭花》，南朝陈后主陈叔宝所作亡国之音。

大概在秦淮河边没有遇见想象中的江南美女，杜牧回到宣城后，又找借口溜到湖州，怂恿崔刺史在中秋节举办嘉年华会。崔刺史不知杜牧想干什么，但他尽量满足杜牧要求。以杜牧的家世背景，加上又是进士前五名出身，前程不可限量，将来或许有用得着的地方。反正湖州当时是全国经济十强，有的是钱铺张。

到了中秋节这天，街上果然热闹非凡。刚吃过早饭，杜牧就要求崔刺史换上便装陪他上街闲逛。崔刺史看见杜牧双目炯炯有神，专盯年轻美貌的女子，方才明白杜牧的醉翁之意。可是杜牧找了半天，依然没有发现中意的美女。正当他们准备打道回府时，杜牧突然停下脚步呆若木鸡。崔刺史顺着他的视线看过去，只见河道里乌篷船头站着一位素面朝天的小美女。这女孩如出水芙蓉清丽脱俗，可是只有十岁左右。

崔刺史泼冷水："算了，走吧。人家还是未成年少女。"

"我可以等她长大，现在只是订亲，以后再来娶她。"

"这事听起来不合常理，他们会以为你是疯子。"

"只要有你在，他们就不会大惊小怪。"

崔刺史觉得这样太荒唐，但无奈杜牧赖着不肯走，只好让身后跟随的捕快把这女孩和她母亲请上岸来。

那母女俩局促不安。崔刺史把情况简单说明。女孩母亲虽然是个乡下妇人，但显然见过世面很有主见。她不卑不亢地说："小女能够嫁给杜大人是她的福分，只是希望定个期限。过了期限如果杜大人不来迎娶，小女不可能一直等下去。"

杜牧回答："十年之内，我一定会来湖州做刺史。如果我没有遵守约定，你就可以把她嫁给别人。"

老妇人同意这个条件。杜牧问清楚女孩家的地址，改天专程上门送了一份贵重的聘礼。他穷得到处赊欠酒债，这份聘礼自然是崔刺史夫妇忍痛割爱。

杜牧对小美女念念不忘，心中挥不去她素面朝天的模样，回到宣城后写成《秋夕》。

银烛秋光冷画屏，轻罗小扇扑流萤。
天街夜色凉如水，卧看牵牛织女星。

辞去弘农尉之后，李商隐经过一段时间的休整，在武宗会昌二年（842年）设法回到秘书省。这时候宰相李德裕当政，他和李商隐的岳父王茂元是同党，所以李商隐踌躇满志，积极宣扬李德裕的政治主张。可惜命运再次和他开玩笑，母亲的去世让他不得不离职回家守孝。随着唐武宗去世李德裕罢相，李商隐失去了他一生最好的从政机遇。屋漏偏逢连夜雨，会昌三年王茂元又在讨伐藩镇叛乱时病逝。

无奈之下，李商隐把目光转向曾经帮助过他的令狐绹。令狐绹爱理不理。官场失意的李商隐开始做情场浪子，他穷得连买花的钱都没有，唯一可以打动对方的就是哀怨缠绵的情诗。因为他爱慕的对象多是公主贵妇或女道士，所以不得不把诗题隐去。他的无题诗有一部分以男女之情隐喻君臣遇合以及他和令狐绹的友谊，但大多数就是纯粹的情诗。需要说明的是，古人不是一夫一妻制，他们并

不觉得有了情人或爱上歌妓会遭雷劈。

一

昨夜星辰昨夜风，画楼西畔桂堂东。
身无彩凤双飞翼，心有灵犀一点通。
隔座送钩春酒暖，分曹射覆蜡灯红。
嗟余听鼓应官去，走马兰台类转蓬。

二

相见时难别亦难，东风无力百花残。
春蚕到死丝方尽，蜡炬成灰泪始干。
晓镜但愁云鬓改，夜吟应觉月光寒。
蓬山此去无多路，青鸟殷勤为探看。

这两首无题诗明显是写给情人。前一首诗中和李商隐心有灵犀的可能是个歌妓，台湾历史小说家高阳认为是李商隐的小姨。后一首诗中的蓬莱仙女应该是个女道士，有人一口咬定是宋华阳，不知有何凭据。

大和七年，淮南节度使牛僧孺先是聘请杜牧为推官，后来又让他做掌书记。城中大小官员、豪商巨贾的宴会上，从此多了一个每请必到、不请也到的杜郎。二十四桥附近的花街柳巷，经常有歌妓拒绝接客，因为杜牧答应帮她们赎身从良。

在这里，他又看上了一个小美女。

娉娉袅袅十三余，豆蔻梢头二月初。
春风十里扬州路，卷上珠帘总不如。

对于这段时间的荒唐无聊,杜牧在《遣怀》中不打自招。

> 落魄江湖载酒行,楚腰纤细掌中轻。
> 十年一觉扬州梦,赢得青楼薄幸名。

牛僧孺不放心,派几个精明能干的便衣卫士暗中保护。大和九年,杜牧奉调回京,临行前牛僧孺除了礼物之外,还送给他一个神秘的箱子,吩咐他到了路上再打开。杜牧感觉箱子沉甸甸的,以为牛僧孺重金相赠,出城之后打开一看全是卫士上交的平安帖。

李商隐知道在长安等待下去不会有任何进展,所以接受了桂管观察使郑亚的邀请。大中元年(847年)三月,李商隐告别家人随郑亚来到桂林。桂林山水甲天下,可是我们在李商隐的诗中看不见漓江风情和阳朔胜景。"春物岂相干,人生只强欢",他依然躲在自己的小楼里自艾自怨。

> 深居俯夹城,春去夏犹清。
> 天意怜幽草,人间重晚晴。
> 并添高阁迥,微注小窗明。
> 越鸟巢干后,归飞体更轻。

"天意怜幽草,人间重晚晴"是历来传诵的名句,可是看起来完全不像刚过而立之年的青壮年的作品。忧能伤人,思虑过度的诗人已经有了迟暮之感。

在桂林不到一年,郑亚就被贬为循州刺史,李商隐只好回到京城长安。他厚着脸皮写信向令狐绹求助,再次吃了闭门羹,只好通过考试做了周至尉。白居易也做过周至尉,据说白居易非常欣赏李商隐的文才,曾经开玩笑说要投胎做李商隐的儿子。李商隐也有意

思，后来为儿子取名白老。可惜白老遗传变异，完全没有白居易和李商隐的才气，因此遭到刻薄的温庭筠嘲笑讽刺。

大和九年，杜牧作为监察御史分司东都。前文说过分司东都的官员多是虚衔，只有御史才有实权，所以别看监察御史只是正八品下的小官，但是洛阳的文武百官非常忌惮。

已经退休的司徒李愿是名将李愬的兄弟，曾经因为骄奢豪纵引起兵变。洛中名士都把受邀去李家参加宴会看作身份地位的象征。可是杜牧身为宪兵司令，李愿不敢邀请。杜牧心里痒痒，竟请人向李愿致意，希望可以赴宴，保证不找麻烦。李愿只好给他发送请柬。

杜牧不管什么尊卑辈分，直接坐在李愿身边，目不转睛地盯着李家的舞姬，一边喝酒一边问："紫云在哪里？有人说她万里挑一。"李愿指给他看。杜牧盯着紫云看了半天，点头说："果然名不虚传。司徒如果想把她送给我，别不好意思开口。"

李愿笑弯了腰。那些歌妓也一起绝倒，乱了舞步。杜牧举杯一饮而尽，即席赋诗："华堂今日绮筵开，谁唤分司御史来。忽发狂言惊满座，两行红粉一时回。"

开成二年，杜牧做了宣徽观察使崔郸的团练判官，随即入朝担任左补阙、史馆修撰，又从膳部比部员外郎出为黄州、池州、睦州刺史。宣宗大中二年，在宰相周墀帮助下，回朝做了司勋员外郎。

李商隐担任周至尉时间不长，也被调回京城。

这段时间晚唐的两大才子有过交集。李商隐写了《杜司勋》表达仰慕之情。

高楼风雨感斯文，短翼差池不及群。

刻意伤春复伤别，人间唯有杜司勋。

李商隐对自己的才华非常自信，曾经有美女为了他耽误终身。

《菊花图》 清_邹一桂 恽兰溪

那些公主贵妇和女道士愿意做他情人，肯定也是因为他的才名。可是他回首平生，却发现自己无论考试还是做官，都必须依赖权门。此情岂待成追忆，只是当时已气昏。李商隐写过很多咏史诗，讽刺昏君是不变的主题。隋炀帝和唐玄宗都未能幸免，即使历史上口碑不错的汉文帝，也被李商隐抓住命门。

贾生

宣室求贤访逐臣，贾生才调更无伦。
可怜夜半虚前席，不问苍生问鬼神。

宣室指汉代皇城未央宫前殿的正室。逐臣即贾谊，他曾被贬长沙。据司马迁《史记》记载，汉文帝曾向贾谊"问鬼神之本"。虚

指徒然，空自。前席是指座位向前挪近。这首诗讽刺汉文帝徒有明君之名。

大中三年九月，李商隐得到武宁军节度使卢弘止的邀请，前往徐州做卢弘止的幕僚。离开长安之前，李商隐登上乐游原，留下一首五言绝句。

向晚意不适，驱车登古原。
夕阳无限好，只是近黄昏。

大中四年，杜牧出为湖州刺史。在赴任之前，他也来到乐游原。

清时有味是无能，闲爱孤云静爱僧。
欲把一麾江海去，乐游原上望昭陵。

昭陵是唐太宗的皇陵。李商隐的诗一般理解为对大唐帝国的前途暗怀忧心。杜牧似乎是抱怨自己的政治抱负无法实现，幻想自己出生在可以大显身手的贞观年间。杜牧很认真地写过一些军政文章，注释过《孙子兵法》，显然希望自己能像祖父杜佑一样出将入相。但是他风流才子的形象已经深入人心，所以没人想听他纸上谈兵。杜牧也不生气，高高兴兴赴任湖州刺史去了。

此时距离当年约定的时间已经晚了四年，当年那位小萝莉不但已经出嫁，还生了一串葫芦娃。杜牧得知结果后喝得大醉，心中郁闷写诗追悔。

自是寻春去较迟，往年曾见未开时。
如今风摆花狼藉，绿叶成荫子满枝。

李商隐运气也不好，由于他的恩主卢弘止在大中五年春天病故，他不得不另谋出路。福无双至祸不单行，他的妻子王夫人又在这年春夏间病逝。温婉美丽的王夫人是李商隐生命中最美好的遭遇，她的离去是对李商隐的致命打击。李商隐和元稹都是出身贫寒娶了豪门千金，他们在婚后都有过情人，但是妻子去世之后却无比怀念。他们深情眷念的背后多少有些辜负爱人的悔恨。

同年秋天，应西川节度使柳仲郢之邀，李商隐把子女安顿好，跟随柳仲郢去了四川梓州幕府。他的名作《夜雨寄北》就写于这段时间。这首诗有的版本又名"夜雨寄内"。

> 君问归期未有期，巴山夜雨涨秋池。
> 何当共剪西窗烛，却话巴山夜雨时。

大中九年，柳仲郢被调回京城，临走时安排李商隐做了盐铁推官。李商隐在这个职位上干了两三年之后离任北返。归途经过陕西陈仓的圣女祠，写下《重过圣女祠》。在我心目中这是李商隐仅次于《锦瑟》的好诗。

> 白石岩扉碧藓滋，上清沦谪得归迟。
> 一春梦雨常飘瓦，尽日灵风不满旗。
> 萼绿华来无定所，杜兰香去未移时。
> 玉郎会此通仙籍，忆向天阶问紫芝。

萼绿华和杜兰香都是和湖南有关的女神仙。萼绿华在九嶷山中得道，东晋时夜降羊权家。杜兰香是后汉时人，三岁时在湘江边被渔父收养，长到十来岁后有青童灵人把她带走。她告诉养父她是仙女杜兰香，下凡是因为触犯天条。

湖州当地名士沈亚之是杜牧的友人，不过杜牧做湖州刺史时他

已经去世将近二十年。杜牧抽空去凭吊了好友的故居，写了一首凄美的悼念诗《沈下贤》。

斯人清唱何人和，草径苔芜不可寻。
一夕小敷山下梦，水如环佩月如襟。

大中五年，杜牧回到长安，先后做了考功郎中、知制诰，次年升为中书舍人。大中六年，杜牧觉得人生已经无可留恋，自己写好墓志铭，烧毁文稿从容离开人间。我觉得潇洒一生的杜牧之所以在五十岁的时候浩然归去，是因为他不想让人看到自己老态龙钟的一面，就像很多天姿国色的美人中年以后深居简出，不想让人看到她们已经憔悴的容颜。

李商隐在家闲居期间，以《锦瑟》回首平生。

锦瑟无端五十弦，一弦一柱思华年。
庄生晓梦迷蝴蝶，望帝春心托杜鹃。
沧海月明珠有泪，蓝田日暖玉生烟。
此情可待成追忆，只是当时已惘然。

在很多中国人心目中，唐朝是中国历史上最鼎盛的王朝，唐诗是中国文学的巅峰极致，而《锦瑟》又是最华美的唐诗。这首诗精妙绝伦却意旨不明，无数文人学者试图解释都无功而返，除了回首平生自伤身世，还有悼亡、寄托等多种说法。苏东坡认为没那么复杂，中间两联描摹的就是锦瑟"适、怨、清、和"四种音色。

大中十三年底，玉蕴蓝田，珠还沧海，李商隐离开人世，终年四十六岁。

第二十五回

温庭筠横行考场　韦端己难忘娇娘

在和温庭筠一起考试的举子中,有个山东曹州人黄巢。没有证据显示他们有私交,但他们各自完成了自己的历史使命。两个落第举子改变了中国历史,黄巢起义导致唐朝灭亡,改变了中国政治史;温庭筠是词史上第一位重要词人,改写了中国文学史。

夕阳无限好,只是近黄昏。到了温庭筠和黄巢的时代,这个伟大的王朝已经身患绝症,所有人都在袖手旁观甚至推波助澜。家国兴亡自有时,唐朝的灭亡不但黄巢没有责任,朱温也只是因利乘便。

黄巢是一位天才诗人,传说他在五岁时写了下面这首《咏菊》。

飒飒西风满院栽,蕊寒香冷蝶难来。
他年我若为青帝,报与桃花一处开。

黄巢五岁写的这首《咏菊》艺术水准远在骆宾王七岁写的《咏鹅》之上,如果他们的作者身份以及写作年龄没有疑问,我们完全

可以说黄巢的天才超过骆宾王。

黄巢成年后去长安赶考,沿着当年骆宾王走过的道路。历史有时就是这么奇妙,唐朝最初和最后的才子都来自山东,而且最后都走上造反之路,只不过骆宾王是唐朝的忠臣,而黄巢是唐朝的掘墓人。

唐朝进士考试不糊名,对那些有一定实力和名声的考生不是坏事,因为主考官一般不敢忽视他们。但对温庭筠却不是好事,因为在当朝官僚眼里,温庭筠就代表文人无行。

其实温庭筠出身高贵,他和杜牧一样,都是著名宰相的后人。他的先祖温彦博是初唐名相,和房玄龄、魏征同殿称臣。温彦博在做并州行军长史时被突厥俘虏后不肯屈服,时人把他称为大唐苏武。他生前被封虞国公,死后获得陪葬昭陵的殊荣。温庭筠对祖先被赞为苏武非常骄傲,他写过一首《苏武庙》。

苏武魂销汉使前,古祠高树两茫然。
云边雁过胡天月,陇上羊归塞草烟。
回日楼台非甲帐,去时冠剑是丁年。
茂陵不见封侯印,空向秋波哭逝川。

其中"云边雁过胡天月,陇上羊归塞草烟"写边塞风景可以媲美王维的"大漠孤烟直,长河落日圆","回日楼台非甲帐,去时冠剑是丁年"更是律诗对仗的典范。

温庭筠出身名门才思敏捷,按理来说功名唾手可得。但他却和杜甫一样,一生最大的遗憾就是名落孙山。杜甫是因为一上考场就紧张,温庭筠正好相反,在考场过于放松。晚唐进士考试体裁和之前略有不同,要求举子写格律严谨的文赋,整篇文章必须八处押韵,不多不少。温庭筠敏捷到叉手之间便成一韵,八叉手八韵即成。温庭筠因此被人称为"温八叉"。古人宽袍大袖,叉手大概就是冬天把双手交叉插进袖筒取暖的动作。其他举子心悦诚服，纷纷收买温庭筠帮自己代考。

帮人舞弊既能赚钱又可以满足虚荣心，温庭筠竟然上瘾，"日救数人"。很多考生都通过他的帮助金榜题名，他本人却一直名落孙山。

温庭筠当时名声很大，黄巢不可能不认识，很可能正是温庭筠的遭遇刺激黄巢举起反旗。既然温八叉这样的考试机器名门之后都不能金榜题名，黄巢认为自己永远只能做陪考，所以在经过几次落第之后，他站在曲江南岸当年陈子昂摔琴推销自己的地方，望着皇家园林紫云楼，开始考虑下次进京是带笔还是带刀。

> 待到秋来九月八，我花开后百花杀。
> 冲天香阵透长安，满城尽带黄金甲。

不知是不是因为崇拜陶渊明，黄巢特别喜欢菊花，不过命运使他贩盐黄海边，而不是采菊东篱下。多年的读书赶考使家里负债累累，他决定跟随村里的年轻人走私还债。当时贩盐就像现在贩毒，利润很大但是风险更高。盐贩们被迫练武佩刀，他们的队伍不断壮大，有时官军即使预先设好埋伏，也只能眼睁睁看着他们策马高歌而过。

唐僖宗乾符元年（874年），信心膨胀的盐贩们在王仙芝带领下举旗造反，次年黄巢起兵响应。乾符五年，王仙芝在湖北牺牲，黄巢被推举为冲天大将军。广明元年（880年）起义军攻陷洛阳和长安，唐僖宗效法唐玄宗逃奔成都。黄巢自立为帝，国号大齐。

唐朝不但造反的是诗人，领兵镇压的也是诗人。镇海节度使高骈是镇压黄巢的官军主将，他写过《山亭夏日》这样的诗篇。

绿树阴浓夏日长，楼台倒影入池塘。
水精帘动微风起，满架蔷薇一院香。

另一位镇压黄巢起义的大将是凤翔节度使郑畋。郑畋十八岁中进士，因为年龄太小引起唐武宗怀疑。唐武宗让主考官把他的试卷拿来亲自核实，方才相信没有作弊。郑畋最著名的诗是《马嵬坡》。因为这首诗有人认为他有做宰相的潜质，后来果然官至同中书门下平章事。

玄宗回马杨妃死，云雨难忘日月新。
终是圣明天子事，景阳宫井又何人。

景阳宫井故址在南京玄武湖边。南朝陈后主陈叔宝在隋军破城后无路可逃，只好和宠妃张丽华、孙贵嫔躲在井中，结果依然被俘。

起义军最后在叛徒朱温和沙陀人李克用等人夹击之下失败。黄巢本人也在泰山狼虎谷遇害。他兵败被杀应无可疑，但是下面这首诗却让他的下落扑朔迷离。

记得当年草上飞，铁衣着尽着僧衣。
天津桥上无人识，独倚栏干看落晖。

如果这首诗出自黄巢，那他很可能死里逃生。同样的事件后来在明末清初重演。现在很多史学家都相信李自成并没有战死九宫山，而是在离湖北九宫山不远的湖南石门夹山寺归隐。

考场之外，温庭筠同样以炫耀才情出名。据说李商隐出过一个上联考他："远比召公，三十六年宰辅。"温庭筠略一思索就对出下联："近同郭令，二十四考中书。"召公是周武王的弟弟，先后辅政三十六年。郭令就是唐朝中兴重臣郭子仪,他做中书令的时间很久,主持官员考核多达二十四次。

唐宣宗爱听《菩萨蛮》,宰相令狐绹求助温庭筠,说好你拿稿费我署名。可是温庭筠改不了爱炫耀的本性,很快就泄露出去,让令狐绹丢人现眼。温庭筠不但不道歉,反而说"中书堂内坐将军",讽刺令狐绹没有学问。

唐宣宗喜欢微服私访出宫游荡。这天他在街上看见有个书生被大家围住索要签名,一打听正是温庭筠。他也上去凑热闹,想看看温庭筠是否徒有虚名。

"飞卿兄,久仰大名。你要是能猜到我的身份,今天午饭我请。"

《花鸟图》 清_余穉

第二十五回 温庭筠横行考场 韦端己难忘娇娘

温庭筠见他盛气凌人，后面还有一些趾高气扬的跟班，所以故意轻视他。

"你肯定是家财万贯的财主。"

"不是。我是国家干部。"

"你是长史、司马之类的处级干部？"

"不是。"

"六参、簿尉之类的科级干部？"

"也不是。"

"朝中的大官我基本都认识，所以你肯定是乡下来的土财主。你最好别在这里冒充领导，赶快回去喂猪。"

皇帝气得七窍生烟，血压上升体温下降。侍卫们赶紧把他抬回宫中。

温庭筠当面羞辱皇帝的事情慢慢在民间传开。朝廷官员自然宁可信其有。温庭筠知道自己考进士已经没有指望，所以希望弄个差事养家糊口。吏部尚书向宣宗请示。宣宗答应让温庭筠做官，不过他要亲自撰写制词。制词就是委任状。温庭筠做隋州隋县尉的制词是："孔门以德行为先，文章为末。尔既德行无取，文章何以称焉？徒负不羁之才，罕有适时之用。"

隋县就是现在的湖北随州，温庭筠的《瑶瑟怨》应该就写于做隋县尉期间。

冰簟银床梦不成，碧天如水夜云轻。
雁声远过潇湘去，十二楼中月自明。

大中末年，山南东道节度使徐商镇守襄阳，征辟温庭筠为巡官。温庭筠过了段诗酒唱和的安定日子。可惜好景不长，徐商奉召回京后温庭筠只能再次流浪。他在淮南写诗赠给贵族子弟裴诚、令狐滈等少年。其中令狐滈是令狐绹的儿子。

> 江海相逢客恨多，秋风叶下洞庭波。
> 酒酣夜别淮阴市，月照高楼一曲歌。

冤家路窄，当时淮南节度使正是令狐绹。不久之后温庭筠被巡逻兵打掉牙齿，他认定令狐绹是幕后主使，一气之下回到长安申诉，可是有关部门置之不理。

咸通六年（865年），温庭筠出任国子助教，不久贬为河南方城尉。赴任前夕，好朋友纪唐夫为他践行。纪唐夫说温庭筠"凤凰诏下虽沾命，鹦鹉才高却累身"。温庭筠再也受不住命运的打击，在去方城的途中病逝。

作为晚唐著名才子，温庭筠兼擅诗词。词是诗的分支变体，所以又名诗余。倍受推崇的"六朝人物晚唐诗"应该就包括温庭筠、皇甫松等人的词。

温庭筠的诗歌写得精致鲜明，他最著名的诗是《商山早行》。

> 晨起动征铎，客行悲故乡。
> 鸡声茅店月，人迹板桥霜。
> 槲叶落山路，枳花明驿墙。
> 因思杜陵梦，凫雁满回塘。

欧阳修对"鸡声茅店月，人迹板桥霜"赞不绝口，多次试图仿作。

陈琳是建安七子之一，才高而不得志。温庭筠和他同病相怜，所以特地去徐州下邳陈琳墓拜祭。

> 曾于青史见遗文，今日飘蓬过此坟。
> 词客有灵应识我，霸才无主独怜君。

石麟埋没藏春草，铜雀荒凉对暮云。
莫怪临风倍惆怅，欲将书剑学从军。

铜雀即曹操所建铜雀台，故址在邺城（今河北临漳）西。

温庭筠是花间词代表作家，和后面将要说到的韦庄齐名。在唐朝温庭筠算不上伟大诗人，但他却是顶级词人，堪称词家开国功臣。他的经典词作很多，这里随意列举两首。

梦江南

千万恨，恨极在天涯。山月不知心里事，水风空落眼前花，摇曳碧云斜。

菩萨蛮

玉楼明月长相忆，柳丝袅娜春无力。门外草萋萋，送君闻马嘶。画罗金翡翠，香烛销成泪。花落子规啼，绿窗残梦迷。

温庭筠的放浪形骸不但让自己怀才不遇，还拖累了他的儿子。他儿子温宪多次名落孙山，明显是受他的声名狼藉牵连。温宪失意之下在崇庆寺壁上留下一首诗，控诉自己的悲惨遭遇。

十口沟隍待一身，半年千里绝音尘。
鬓毛如雪心如死，犹作长安下第人。

沟隍据说是指没有水的城壕，我们可以想象生活在其中的凄凉，而且这是在寒冷的北方。

宰相郑延昌本是压制温宪的朝官之一，他在上香时偶然看到这首诗，心生怜悯，回去之后召见本年知贡举的赵崇，希望赵崇照顾温宪。温宪因此才考中进士。

在中国文学史上，温庭筠和韦庄主要是以词人的身份出现。不过韦庄早年却是著名的"秦妇吟"秀才，到了晚年在蜀国生活安定，才开始填词消磨时间。

传说韦庄是韦应物的四世孙或初唐宰相韦见素的后人。古人虽然有比较严格的家谱确认身份，但是中国人自古喜欢夸耀自己的出身，所以绝不放过同姓的名人。从讲故事的角度，我们更愿意相信韦庄是韦应物的后人。

《秦妇吟》是韦庄经历黄巢之乱后写的一首长诗，他因此一举成名。据说韦庄小时候做过白居易的邻居，曾经拜白居易为师，所以《秦妇吟》带有明显的新乐府印记。韦庄既指责义军毁灭长安，"内库烧为锦绣灰，天街踏尽公卿骨"，也控诉官兵趁火打劫，"野宿徒销战士魂，河津半是冤人血"。韦庄生怕这样的诗篇会给自己的家族带来麻烦，所以晚年绝口不提这首诗。他家本有一组上书整首《秦妇吟》的屏风，也被他付之一炬。

韦庄到成都后修葺浣花溪畔的杜甫草堂，闲暇时候就在草堂隐居，所以他的诗文集也叫《浣花集》。《浣花集》没有收录他赖以成名的《秦妇吟》。这首古代文人第一长诗竟因此失传，直到上世纪初，有个姓王的道士在敦煌莫高窟无意间掉进封闭千年的藏经洞，《秦妇吟》和一批敦煌曲子词才得以重见天日。

韦庄也是个风流才子。年轻时虽然疲于奔命，但他依然到处留情。《女冠子》写的就是少年情事。

> 四月十七，正是去年今日。别君时，忍泪佯低面，含羞半敛眉。
>
> 不知魂已断，空有梦相随。除却天边月，没人知。

在山温水软的江南，韦庄一边怀念遥远的故乡洛阳，一边留意身边卖酒的姑娘。

人人尽说江南好，游人只合江南老。春水碧于天，画船听雨眠。

垆边人似月，皓腕凝霜雪。未老莫还乡，还乡须断肠。

这首《菩萨蛮》是韦庄最著名的词。很多日本人修习中国书法的目的非常明确，就是为了向亲友夸耀自己会写"垆边人似月，皓腕凝霜雪"。

韦庄的一生是个很好的励志故事，因为在六十岁之前，除了《秦妇吟》他几乎一事无成，可是在六十以后的十五年时间里，他官至宰相并成为和温庭筠齐名的花间派主将。

韦庄是唐朝诗人中年龄最大的进士，他在年近花甲的时候才金榜题名。韦庄还是唐朝诗人中跑得最快的人，当时天下大乱，韦庄一直奔跑在逃难大军的最前面。考虑到韦庄主要是靠两条腿奔跑，不得不封他为唐朝的神行太保。

天复元年（901年），六十六岁的韦庄最后一次参加长跑，穿越蜀道来到最安全的成都。天祐元年（904年），唐昭宗李晔被朱温所杀，蜀主王建试图讨伐朱温被韦庄劝阻。天祐四年，朱温灭唐，韦庄力劝王建称帝。王建做了皇帝后任命韦庄为宰相。朱温试图通过和王建结为兄弟吞并巴蜀，又被韦庄识破。韦庄在蜀期间，蜀国的典章制度多出其手。

但是韦庄并不如意，传说他有个小妾不但花容月貌，而且蕙质兰心文辞清丽，王建借口请她去宫中教授妃子，君门一入深似海，从此韦郎是路人。韦庄寄人篱下，只好忍气吞声。为了宣泄郁闷，他写了一首《谒金门》。

空相忆，无计得传消息。天上嫦娥人不识，寄书何处觅？

新睡觉来无力，不忍把伊书迹。满院落花春寂寂，断肠芳草碧。

那个美丽小妾看到这首词之后绝食而死。

七十五岁这年，韦庄经常念诵杜甫的"白沙翠竹江村暮，相送柴门月色新"，同年在成都花林坊寿终正寝。人们认为这两句诗是谶言，预告韦庄即将辞别人间。

韦庄和温庭筠一样，主要成就是词，但也写过一些好诗。他最好的诗是《台城》。

江雨霏霏江草齐，六朝如梦鸟空啼。

无情最是台城柳，依旧烟笼十里堤。

他的《金陵图》似乎是针对高蟾的《金陵晚望》。高蟾说"一片伤心画不成"，韦庄不以为然。

谁谓伤心画不成？画人心逐世人情。

君看六幅南朝事，老木寒云满古城。

在战乱中坚持考试的诗人除了韦庄还有杜荀鹤。杜荀鹤自称"江湖苦吟士，天地最穷人"，传说他是杜牧之子。杜牧做池州刺史时妻妾不和，他夫人把已有身孕的小妾程氏赶走。程氏改嫁长林乡正杜筠之后生下杜荀鹤。杜荀鹤成年后正好碰上黄巢起义，随身携带的考试秘籍经常被散兵游勇抢去做烟纸，所以多次落第。他对朝廷彻底绝望，转而投靠背叛黄巢后迅速崛起的朱温。

封建文人写诗一般讲究温柔敦厚，即使是批评官府或朝廷，也

要掌握分寸。年轻时的杜荀鹤也想做个谦谦君子,所以抱怨怀才不遇的时候非常含蓄。

> 早被婵娟误,欲妆临镜慵。
> 承恩不在貌,教妾若谁容?
> 风暖鸟声碎,日高花影重。
> 年年越溪女,相忆采芙蓉。

可是随着年龄增长,他看不到一点希望,终于忍无可忍。他的《再经胡城县》直接指控县官草菅人命。

> 去岁曾经此县城,县民无口不冤声。
> 今来县宰加朱绂,便是生灵血染成。

他曾长期躲在九华山中读书,所以特别了解《山中寡妇》。

> 夫因兵死守蓬茅,麻苎衣衫鬓发焦。
> 桑柘废来犹纳税,田园荒后尚征苗。
> 时挑野菜和根煮,旋斫生柴带叶烧。
> 任是深山更深处,也应无计避征徭。

杜荀鹤因为投靠朱温才考中进士,偏偏朱温的梁朝又维持不久,没能像他的本家朱元璋那样建立一个强盛的王朝。明朝才子杨慎落井下石,把杜荀鹤贬得一无是处。

如果考虑到韦庄和杜荀鹤的晚节不保,晚唐最后一位诗人应该是韩偓。韩偓很小就有才名,十岁的时候在送别姨父李商隐的宴会上即席赋诗,举座皆惊。李商隐印象很深,后来特意赋诗称赞:"十岁裁诗走马成,冷灰残烛动离情。桐花万里丹山路,雏凤清于老凤声。"

韩偓小字冬郎,龙纪元年（889年）进士及第后官至兵部侍郎。因为不肯向朱温低头,带领家人逃往闽南。他最有名的诗是《已凉》,从题目到语言风格都可以看出李商隐的影响。

> 碧阑干外绣帘垂,猩色屏风画柘枝。
> 八尺龙须方锦褥,已凉天气未寒时。

他还写过一首名字很长的诗《自沙县抵龙溪县,值泉州军过后,村落皆空,因有一绝》。

> 水自潺湲日自斜,屋无鸡犬有鸣鸦。
> 千村万落如寒食,不见人烟只见花。

在韩偓逃离长安之后不久,唐昭宗李晔被节度使李茂贞赶出京城,又被华州刺史韩建挟持到华州,郁闷中登楼写了一首《菩萨蛮》。

> 登楼延望秦宫殿,茫茫不见双飞燕。渭水一条流,千山与万丘。
> 野烟生碧树,陌上行人去。何处有英雄,迎归大内中。

当时陪他登楼的大臣和亲王听到这首词后痛哭失声。天可汗的子孙如今只能摇尾乞怜。这首词是唐朝皇室发出的亡国哀音,但皇帝亲自动笔又说明一种新的诗体已经初试啼声。从此以后直到南宋,词的数量和诗相当,成就更是远在诗歌之上。

附 录

唐代职官简述

御史大夫：秦始置，为御史府之长，掌副丞相事，监管监察、执法及文书图籍，三公之一。东汉时改称司空，渐为虚衔。隋唐时仍为御史台长官，专掌监察执法，正三品。

仆射：仆射，为所领某事之长官，隋时左右仆射皆从二品，左掌管吏、礼、兵三部尚书，右掌都官、度支、工三部尚书，唐代若加同中书门下平章事、参知机务，则为宰相。

散骑常侍：秦以来设散骑，并有中常侍，为皇帝侍从，无常职，无定员。东汉省散骑，中常侍用宦者。曹魏时散骑常侍掌规谏，或说典章表诏命手笔之事。唐贞观初置二人，从三品，后增为正三品。

谏议大夫：秦设谏大夫，掌议论，无定员。唐初延隋制，从四品下，贞元四年分左右，左隶门下省，右隶中书省，掌侍从赞相，规谏讽喻。

监察御史：秦朝御史大夫下设监御史，或称监察御史。唐朝隶属于御史台检察院，正八品上，职责为分察百僚，巡按郡县，纠视刑狱，肃整朝仪，多以新科进士充任。

侍御史：秦汉以来为御史大夫属官，负责弹劾违法官吏或奉使州郡执行监察。唐朝置四人，从六品下。

京兆尹：汉代三辅官之一，治理京师，两千石，位同九卿，可参与朝议。唐玄宗开元初年，改雍州为京兆府，以亲王领雍州牧，改雍州长史为京兆尹，并增置少尹，以理府事。

翰林学士：唐玄宗开元二十六年（738年）改翰林供奉为翰林学士，以官中所居处为学士院。专掌内命，参与机要，号为内相，但不为正官，仅系临时差遣。首席学士称为承旨，常能升为宰相。

侍读学士：唐开元间集贤殿设，与直学士等官掌刊辑经籍、撰写文章、缮写御本等事。

崇文馆学士：唐贞观十三年（639年）置崇贤馆，为皇太子学馆，上元二年（675年）避章怀太子讳，改为崇文馆，藏经籍图书，有学士、直学士等，皆无常员。

修文馆直学士：唐武德四年（621年）置修文馆，隶属门下省，后改为弘文馆。神龙元年（705年），因避太子李弘讳，改为昭文馆，以宰相一人兼馆主，给事中一人判馆务，下设学士（五品以上）、直学士（六品以下）等，掌管校理典籍，教授生徒并参议政事。唐玄宗开元七年（719年）复称弘文馆。

集贤院学士：唐开元十三年（725年），设集贤殿书院，改修书史为集贤殿学士，由五品以上官员充任，入选者多为饱学多才者，掌刊辑典籍，以辨明邦国大典。

国子四门博士：四门学创立于北魏（386—534年），初设于京师四门，故称。隋后隶属于国子监，教授儒家经典，内置博士、助教、直讲。

太学博士：西汉建元元年（公元前140年）置五经博士，教授儒家经典，后渐称为太学博士。唐代置三人，正六品上，掌教文武五品以上及郡县公子孙之从三品曾孙之为国子生者。

太常博士：秦置奉常，为九卿之一，西汉景帝时改为太常，掌管宗庙礼仪、祭祀及选试博士等，下设卿、丞、博士等。

校书郎：两汉于兰台、东观多置文学之士，使掌校雠，即校书之任，但是没有设置特定官职。曹魏始置校书郎，第八品，为秘书监属官，典校秘书。唐代设八人，为文士起家之选。在弘文馆、崇文馆、司经局亦有设置。

著作郎：曹魏明帝时始置，属于中书省，员一人，第六品，专掌国史，或为兼官。唐时置于著作局，隋唐时著作郎仅有其名，没有实际职责，撰史之职已移至史馆，仅与佐郎掌修撰碑文，祝祭之文。

起居郎：隋炀帝时设起居舍人，唐贞观二年（628年）罢，移其职能于门下省，置起居郎，二员，从六品上，显庆年间，复于中书省置起居舍人，与起居郎分掌左右。掌起居注，记录皇帝日常行动与国家大事。

礼部尚书：北周设礼部，长官为礼部大夫。隋唐皆置，属于尚书省，掌管国家典章法度、祭祀、科举和接待宾客之事。礼部尚书为礼部长官，侍郎为其副手，下设侍郎、郎中、员外郎、主事等。

工部尚书：工部为掌管营造工程事项的机关，起源于周代官制中的冬官，隋代开皇二年始设立工部，掌管各项工程、工匠、屯田、水利。

检校工部员外郎：检校为官名，东晋时有检校御史，属散官，唐属加官，皆诏除而非正名。工部掌管各项工程、工匠、屯田、水利，员外郎为次级官员。

刑部侍郎：刑部之名始于隋，唐延置，掌管法律刑狱，刑部尚书为刑部长官，侍郎为其副手，下设侍郎、郎中、员外郎、主事等。

吏部侍郎：吏部掌管全国官吏的任免、考课、升降、调动等事务。司的长官为郎中，副长官为员外郎，其属官有主事，令史，书令史等。

凤阁舍人：唐曾称中书省为凤阁，凤阁舍人即中书舍人，掌起草诏令。

秘书省正字：南朝梁始置秘书省，典司经籍，兼掌修史，正字是秘书省下设低级官员。

通事舍人：魏晋以来，出纳文书、起草诏令之事归中书省，魏于中书省设中书通事舍人，第七品，掌宣传诏命，唐朝为从六品上，掌管通奏引纳，承旨宣劳等事，以善辞令者充任。

侍御史：秦汉以来为御史大夫属官，十五员，给事殿中，举劾违法官吏或奉使州郡实行监察，唐置四人，从六品下。

御史中丞：秦置，汉沿之，为御史大夫之副手，在殿中兰台掌管国家图籍，对外督查州刺史，内领侍御史十五人，受公卿奏事，举劾百官。历代又有称御史大夫者，唐不常设。

考功郎中：考功为官署名，东汉光武帝改尚书三公曹主岁书考课，课诸州郡，魏尚书有考功、定课二曹，南朝宋置功论郎，北魏有考功郎，北齐尚书省部下有考功曹。隋唐时为吏部所属四史之一，主文武官员考课之事，长官为郎中，下有员外郎，主事等。

检校祠部员外郎：检校为官名，东晋时有检校御史，属散官，唐属加官，皆诏除而非正名。祠部，曹魏尚书省诸曹之一称祠部曹，主礼制，东晋始于尚书省设祠部，掌祭祀事，设尚书为主管，员外郎为次级官员。

驾部员外郎：驾部为官署名，曹魏尚书省下设诸曹之一，掌管放牧车马，置郎中一人，属吏有典事等。隋唐为兵部所属四司之一，掌管车舆、传驿、厩牧之事，长官为郎中，次为员外郎，下有主事等员。

虞部郎中：虞部为官署名，曹魏置尚书省诸曹之一，郎中一人，第六品，属吏有典事等，掌管地图、山川远近、园囿田猎等。隋唐以来，虞部遂为工部四司之一，掌京城街巷种植、山泽苑囿、薪炭田猎。

司勋员外郎：司勋为官署名，隋始置，为吏部四司之一，主勋赏之事，掌管为郎中，次为员外郎。

奉礼郎：汉代大鸿胪下即有奉礼郎数十人，两晋北魏亦置，北齐始置奉礼郎三十人，主鸿胪寺下属机构司仪事。唐置四人，从九品上，开元年间减为二人。

右拾遗：唐武则天时设左右拾遗，分属中书、门下两省，各二员，从八品上，掌供奉规谏，扈从承舆，相当于当代的监察兼助理机构。

右补阙：唐武则天垂拱元年（685年）置，职务为对皇帝行谏及举荐人才，与拾遗同掌供奉讽谏。左补阙属门下省，右补阙属中书省。

给事中：秦置，两汉时多为加官，因给事于殿中，故名，执掌顾问应对。唐代为正五品上，执掌陪侍左右，分判省事。

光禄卿：光禄寺为官署名，北齐以后置寺立署，掌宫廷之膳食、帐幕器物等，唐以后始专管皇室膳食。卿、少卿为主副官，丞参领寺事，另设主簿等属官。

驸马都尉：汉武帝时始置驸马都尉，掌驾车之副马，为近侍官。南北朝时多以皇室、外戚充任，后渐以尚公主者为之。

太子中允：汉代太子官属官，唐初设，亦称中舍人，贞观初改为太子中允，置员二人，位于左春坊左庶子下，为其副职，正五品下，共掌侍从赞相，驳正启奏，并监药及通判房局事。

太子少傅：官名，始于商周，为太子太傅副职，佐太傅辅导太子，历代延置。与太子少师、太子少保合称东宫三少，为东宫六傅之一。位次太子少师，高于太子太保。

太子宾客：三国吴置，东宫属官，西晋时选文义之士为之，以侍皇储，但并非官职。唐显庆元年置，四人，正三品，位次东宫三少，掌侍从规谏，赞相礼仪。

太子詹事：秦汉时，皇后、太子宫各置詹事，总管家事，东汉废，魏晋复置，为太子宫属之长，曹魏时两千石，第三品，下统家令等官，唐时为从三品。

左赞善大夫：赞善为官名，为詹事府下属左、右春坊之属官，从六品，掌管以直言辅导太子事。然仅备翰林院官之迁转，并不常设。

殿中侍御史：曹魏始于兰台遣二御史居殿中察举非法，第七品，唐代设六员，从七品下，掌管殿庭供奉仪式，亦以知左右巡，分察京城左右两街，号两巡使。

秘书丞：东汉桓帝始置秘书监，掌文籍等事，唐代为从五品上。

侍御史：秦汉以来为御史大夫属官，十五员，给事殿中，举劾违法官吏或奉使州郡实行监察。唐置四人，从六品下。

太祝：商代始置，掌管祝词祈祷之事，为祝官之长，秦西汉时期为太常属官，在祭祀时主读祝词，迎送神灵，唐代属于太常，在正九品至八品间。

司马：西周始置，专掌军事，后代因之，但执掌、地位有差异，唐延设于王府、都督府、都护府及诸州，节度使、兵马元帅下亦设行军司马，为参赞军务之佐官。

太守：秦推行郡县制，郡守为一郡行政长官，西汉初延置，更名为太守。魏晋南北朝皆延置，隋炀帝罢州置郡，改州刺史为郡太守。

长史：战国秦置，李斯曾任长史，两汉置为三公、将军之重要辅佐，总管府中百官，协理军政要务，亦可为边郡太守属官，掌一郡兵马，秩六百石，三国两晋南北朝多延置。

都护：西汉宣帝神爵二年（公元前60年）设西域都护，为西域地区最高长官。都护为加官，后不常置。唐代自太宗至武则天年间，先后设置六大都护府，每府设大都护、副大都护各一人，秩为从二品、正三品，掌管边境防务、行政与各族事务。

节度使：唐代开始设立的地方军政长官。因受职之时，朝廷赐以旌节，故称，相当于现在的军区书记和司令职位。

刺史：汉武帝元封五年（公元前102年）初置，分管各州事，任监察之职。唐制州分上中下三等，上州刺史从三品上，中州刺史从四品上，下州刺史从四品下。

按察使：唐初仿汉代刺史制，派官赴各道巡查，考核吏治，实际为各州刺史之上级，权力仅次于节度使，凡有节度使之处皆带观察处置使衔。

节度推官：宋置，属各州幕职官，从八品，掌佐理州政，总理诸案文移，人数多少，视州大小及职事繁简而定。

掌书记：唐代节度使下置一人，掌管朝觐、聘问、慰荐、祭祀及号令升绌之事。

推官：唐代节度使、观察使、团练使之属官，掌管勘问刑狱。

县尉：县行政长官之佐属，掌一县之军事。秦始置，后略有不同，唐时多为进士出身者初仕之官，京畿县尉职位尤重。

主簿：汉以后中央及地方官署多设置，为低级事务官。魏晋时权责加重，参与机要。唐宋后权任渐轻，唐制为从七品，其他闲散官署则为八九品不等，多为士流初仕之官。

左羽林大将军：隋炀帝改左右领军府为左右屯卫，所领兵为羽林，天授二年（691年），改羽林军为羽林卫，设大将军各一人，正三品，将军各二人，从三品。

左金吾卫大将军：金吾卫为唐代官署名，掌管皇帝禁卫、扈从等事的亲军。上将军一人，大将军一人，将军各二人。掌官中、京城巡警，烽候、道路、水草之宜。

神策军护军中尉：神策军是唐朝后期北衙禁军，原为西北的戍边军队，后进入京师成为唐王朝的最重要禁军，负责保卫京师和宿卫宫廷以及行征伐事，为唐廷直接控制的主要武装力量，是唐朝维持统治的最重要的军事支柱。

参军：南北朝始置，东汉末曹操以丞相总揽军政，其僚属常以参丞相军事之名办事，但非正式官名。至南北朝，诸王及将军开府者，皆置参军一职，为重要幕僚，隋延其制，无定制，且品秩不一，唐因之。

图书在版编目（CIP）数据

银鞍白马度春风：回到唐诗现场 / 李晓润著．
—上海：上海社会科学院出版社，2017
　ISBN 978-7-5520-1915-5

　Ⅰ.①银…Ⅱ.①李…Ⅲ.①唐诗—鉴赏
Ⅳ.①I207.227.42

中国版本图书馆 CIP 数据核字（2017）第 041286 号

银鞍白马度春风：回到唐诗现场

著　　者：李晓润
责任编辑：杜颖颖
特约编辑：刘红霞
封面设计：主语设计
出版发行：上海社会科学院出版社
　　　　　上海市顺昌路 622 号　邮编 200025
　　　　　电话总机 021-63315900　销售热线 021-53063735
　　　　　http://www.sassp.org.cn　E-mail: sassp@sass.org.cn
印　　刷：北京美图印务有限公司
开　　本：710×1000 毫米　1/16 开
印　　张：21.75
字　　数：180 千字
版　　次：2017 年 6 月第 1 版　2017 年 11 月第 2 次印刷

ISBN 978-7-5520-1915-5/I·241　　　　　　　　定价：49.80 元

版权所有　翻印必究